KB097058

15초 후에
죽는다

ATO JUGOBYO DE SHINU

by Mei SAKAKIBAYASHI

Copyright © 2021 by Mei SAKAKIBAYASHI

First published in Japan in 2021 by TOKYO SOGENSHA CO., LTD.

Korean translation rights arranged with TOKYO SOGENSHA CO., LTD.

through JM Contents Agency Co.

Korean edition copyright © 2022 by Blueholesix

15초 후에
죽는다

사카키바야시 메이 단편 연작소설 — 이연승 옮김

블루홀6

차례

1
—
15초

지금 내 눈앞에 총알이 허공에 떠올라 있다.

손을 뻗으면 닿을 거리에서 뒤쪽이 나를 향해 있다.

……뭐지, 이게? 야근 때문에 피곤해서 환각이라도 보는 건가?

총알이 공중에 멈춰 있는 모습은 마치 마그리트가 그려내는 기묘한 세계 같다. 결코 봐서는 안 될 장면에서 시간이 멈춰 버린 듯한, 투박한 정적과 정체 모를 불안감. 그러고 보니 주변이 이상하리만치 고요하다. 조금 전까지 가을밤을 수놓던 곤충들의 울음소리도 뚝 끊겨 있다.

그리고, 불안감. 그렇다. 구체적으로 무엇에 불안을 느끼는가 했더니 작고 검붉은 물보라가 지금 내 눈앞에 있는 총

알 주변을 휘감고 있다. 핏방울처럼 보이는 그것은 공중에서 일직선으로 궤적을 점점이 그리고 있다. 꼭 몸을 관통한 직후에 셔터를 누른 사진처럼.

그 궤적을 눈으로 좇는다.

앗……!

잠시 후 나는 그 붉은 물보라가 내 가슴에 생긴 검은 구멍에서 총알까지 이어져 있다는 것을 깨달았다.

이 구멍은 또 뭐지……? 아니, 구멍 같은 말로 나 자신을 속이지 말자. 이건 누가 봐도 '총상'이다. 왜냐하면 그곳에서 총알이 튀어나왔으니까. 튀어나온 후, 그리고…… 눈앞에서 멈췄다? 이게 뭐야? 대체 무슨 일이 일어난 거야!

총알과 핏줄기뿐만이 아니다. 나 자신도 정지해 있다. 팔다리를 움직일 수 없고 호흡도 멈춰 있는 듯하다. 온 세상의 시간이 정지한 채 그저 내 생각만이 머릿속을 맴돌고 있다.

무슨 일이 있었던 걸까. 바로 조금 전까지 지극히 평범한 일상을 보내고 있었던 기억이 생생하다. 평소처럼 일하고 평소처럼 야근하다가 작업이 끝나 슬슬 집에 가려고 일어서던 참이었다. 그 순간 눈앞에 총알이 나타났고, 그리고 시간이 멈췄다.

내가 이 기묘한 상황을 받아들이기 위해 필사적으로 기

억을 되짚고 있을 때.

어디선가 뚜벅, 뚜벅 하는 서늘한 발소리가 들렸다. 거기에 겹쳐 낮고 갈라진 어떤 남자의 목소리도.

"이런, 이런……. 심심한 애도를 표합니다. 꼭 가슴이 뻥 뚫린 것처럼 슬프고 애통하시겠지요. 아, 그 가슴을 보며 이런 말씀을 드리는 건 절대 아닙니다. 자, 그럼."

천이 펄럭거리는 소리가 들리더니 모든 게 정지해 있던 내 시야 속에서 검은 무언가가 춤추듯 나부꼈다. 그리고 또다시 뚜벅 하는 가죽 구두 소리가 울리고 그야말로 수상쩍어 보이는 검은 망토를 펄럭이는 누군가가 깊숙이 뒤집어쓴 후드를 한 손으로 들어 올렸다.

그 후드 아래에서 드러난 것은 암갈색 털에 회색 눈을 가진 고양이의 얼굴이었다.

고양이. 그렇다. 사람 키만 한 거대한 고양이가 내 눈앞에 두 다리로 서 있는 것이다. 고양이는 입술을 움직여 "마중 나왔습니다" 하더니 히죽 웃었다.

그러지 않아도 하나부터 열까지 이해가 안 돼 혼란스러운 마당에 이 말도 안 되는 전개는 또 뭔가.

극도로 혼란스러워하는 나를 보며 고양이는 "웅?" 하고 고개를 갸웃거렸다.

"아, 설마 아직 눈치채지 못한 건가요? 누님도 할 수 있습니다. 말씀해 보세요. 늘 하던 대로. 지금 묻고 싶은 게 한두 가지가 아닐 텐데요."

"아…… 아, 어……."

정말이다. 입을 움직이는 느낌은 없지만 어딘가에서 내 목소리가 들린다. 고양이는 "네, 그렇게요" 하고 고개를 끄덕였다.

"……아, 저기, 뭐, 뭐가 어떻게 된 거야? 지금 이게 무슨 상황이지? 아니, 그보다 마중 나왔다니?"

목소리를 다시 얻자마자 수많은 의문이 샘솟았다. 고양이는 두 손, 아니 두 앞발이라고 해야 할까. 아무튼 그것을 앞으로 내밀어 파도처럼 밀려오는 내 질문을 저지했다.

"진정하세요, 진정하세요. 상황을 잘 파악하기 위해서는 우선 순서를 정하는 게 중요합니다. 그런데 뭐, 혼란스러운 것도 당연하겠지요. 누님은 그 어떤 전조나 조짐도 없이 순식간에 죽어 버렸으니까요."

"주, 죽었다고? 내가?"

"네. 보시다시피."

고양이는 내 눈앞에서 허리를 숙여 고양이등*이 되어 허공에서 멈춘 총알을 손끝으로 쿡쿡 찔렀다.

"총에 맞았습니다. 뒤에서요."

고양이는 당연한 듯 말했지만 내가 그 말을 곧이곧대로 받아들일 리 없다.

"총에 맞았다니…… 왜? 어째서?"

"글쎄요. 그 부분은 제가 헤아릴 수 있는 영역이 아닙니다. 그나저나 누님은 대체 뭘 하신 건가요? 어떤 적을 만들어야 이렇게 죽을 수 있는 거죠?"

"적이라니! 나같이 평범한 촌구석 약사한테 적이 어딨겠어!"

그러자 고양이는 어깨를 들썩이며 킥킥 웃었다. 실로 인간미가 느껴지는 몸짓이다.

"그게 말이죠, 누님. 살의라는 건 원래 인간과 인간이 모이면 언제 어디서든 싹틀 수 있는 겁니다. 물론 총이 동원되는 경우는 드물지만요. 총살이라니, 누님은 지금껏 제가 봐 온 죽음 중에서도 상당히 희귀한 축에 속하네요."

"봐 오다니……. 대체 넌 정체가 뭐야?"

고양이는 내 맞은편 책상에 폴짝 올라가 앉더니 자기 가슴을 툭툭 두드렸다.

---

* 일본에서는 허리가 구부정한 새우등 자세를 고양이등이라고 한다.

"사람이 죽기 전에 '누가 마중 나왔다'라고 하곤 하죠? 그게 바로 접니다. 돌아가신 분들이 이 세상을 잘 떠날 수 있게 안내해 드리는, 뭐 그런 존재라고 할까요."

"저, 저승사자라는 말이야? 아니, 하지만 누가 봐도 고양이인데……."

"겉모습 같은 건 중요하지 않습니다. 천사니 사신이니 저승사자니 호칭은 실로 다양하지만 결국 문화권과 사람들의 상상 속에서 '죽음'을 바라보는 방식이 다를 뿐이죠. 흐음, 누님은 아무래도 다소 판타지한 것들을 좋아하는 취향이셨나 보네요."

고양이가 유유히 나를 내려다본다. 왠지 낯익다고 생각했더니 이 고양이, 내가 어렸을 때 읽은 그림책 속 고양이 캐릭터와 닮았다. 경박한 말투에 비해 외모는 뭔가 음침한 느낌의 고양이 사나이. 그림책이 주는 적막한 분위기와 겹쳐 어린 마음에도 묘하게 오싹했다. 내 안에 있는 죽음의 이미지가 이 고양이라고 하면 확실히 그럴지도 모른다.

아니, 그런 건 아무래도 상관없다. 지금 내게 가장 중요한 건 바로 눈앞에 떠 있는 이 총알이다.

이런 총알을 사용하는 엽총에 전쟁터 등에서 쓰이는 총기만큼의 위력은 없을 것이다. 전에 이곳 진료소 의사에게 들은 적이 있다. 주로 해수害獸 퇴치용으로 쓰이는데 사냥감을 한 방에 잡지는 못할지언정 그 자리에서 움직이지 못하게 하기에는 충분하다고 했다.

그러나 난 지금 바로 등 뒤에서 총에 맞았고 총알이 명치를 관통했다. 의료계에 종사하는 사람으로서 가슴에 이런 상처가 생긴 사람에게 "괜찮습니다. 금방 나을 겁니다"라고 선뜻 말하지는 못할 것이다.

역시 난 죽은 건가……. 아, 아니 그렇다고 해도.

"그럼 이 상황은 뭐야? 죽었는데 왜 고양이랑 대화하고 있지?"

"아, 그건, 그러니까, 흔히들 말하는 '주마등 타임'이라는 겁니다. 들어보신 적 있으시죠? 인간이 죽기 직전 수많은 기억이 머리를 스쳐 간다는 이야기요. 다만 누님의 경우에는 그 시간을 조금 길게 잡아 뒀습니다. 갑자기 등 뒤에서 탕, 하고 '그럼 난 이만, 안녕' 하는 거잖습니까. 인생의 여운이니 뭐니를 느낄 새도 없었겠죠. 그래서 저세상에 모시고 가기 전 우선 누님이 자신의 상황을 충분히 이해하고 이승에 작별 인사를 할 시간을 제공해 드리고자 한 겁니다. 뭐신이 선사하는 아주 작은 서비스라고 할 수 있겠네요."

"서비스라니. 그런 말도 안 되는 이야기가……."

놀라움을 넘어 어처구니가 없었다. 만약 몸이 움직인다면 요란하게 한숨을 내쉬었을 것이다.

또 주마등이라고 해도 그렇게 인생을 천천히 되돌아볼 만큼 오래 산 것도 아니다. 대학에서 약학을 전공한 후 대형 제약사 취직에 실패하자 교수의 소개로 이 지방 진료소에 부임했다. 아무 연고도 없는 산골짜기 시골 마을로 이사하기 솔직히 망설여졌지만 불만을 토로할 처지는 아니었다.

인접 지역 의료를 거의 도맡고 있는 이 진료소는 항상 인력이 부족하기 때문에 나 같은 약사도 흔쾌히 받아 주었다. 조건도 괜찮은 편이고 지역 사람들과도 그럭저럭 무난하게 인간관계를 쌓아 왔다고 자부한다. 자극이 부족한 삶이었지만 앞으로도 일자리를 잃지 않고 평온하게 살아갈 수 있었을 것이다. ……그렇게 믿었는데.

그랬는데.

그토록 평범한 삶을 살아온 내가 왜 살해되어야 하는 걸까.

"……누구야?"

"네?"

"날 쏜 사람이 누구냐고."

"아, 그런 건 저도 모릅니다. 사고나 초자연 현상 따위는 아니에요. 지금 누님 뒤에 확실히 있으니까요. 누님을 죽인 범인이."

"그럼 알려 줘! 누구 손에 죽는지도 모르는 상태로 편히 저세상에 갈 수 있겠어? 난 평소에 살해될 만한 이유는 고사하고 다른 사람의 미움을 산 기억도……."

거기까지 말하고 문득 말을 멈췄다. 그렇다. 분명 나는 지금까지 평범하고 평온한 삶을 살았다. 딱히 적을 만든 기억도 없다. 하지만.

이런 내가 살해될 이유를 굳이 꼽는다면.

만약 그 일로 그 사람이 나를 깊이 원망했다면.

불현듯 무서운 상상에 사로잡혔다. 그렇다. 한 명 있었다. 나를 죽이고 싶을 만큼 미워할 가능성이 있는 사람이, 딱 한 명.

"이야. 벌써부터 원귀의 품격이 느껴지시네요."

고양이는 "이런, 이런" 하고 고개를 흔들었다.

"곤란합니다, 곤란해요. 누님의 심정은 이해하지만 전 알려드릴 수 없습니다. 그건 자연의 섭리에 반하는 일이니까요. 등 뒤에서 총에 맞은 사람은 누구에게 죽었는지 모르는 상태로 이 세상을 떠나야만……."

"하지만 총에 맞아도 꼭 즉사하는 건 아니잖아. 머리를 맞았으면 모를까. 적어도 고개를 돌려서 범인을 확인할 정도의 여유는 있을 거야."

"그렇게 말씀하셔 봐야 누님은 이미 명이 다했습니다. 음, 그러니까, 어디 됐더라."

고양이는 망토 아래에서 뭔가를 부스럭거리더니 "있네요. 바로 이겁니다. 생명의 촛불!" 하고 작은 등불 같은 물건을 꺼냈다.

"음, 정식 이름은 '여명 시계'라고 하죠. 바로 이 촛불이 누님에게 앞으로 남은 시간을 나타내는데, 보시다시피……."

거기서 고양이는 갑자기 입을 다물더니 등불 안을 빤히 들여다봤다. 등불 밖으로 희미하게 빛을 발산하는 짧은 양초가 보인다.

"이런. 아직 15초가 남았네요."

고양이는 서둘러 생명의 촛불을 다시 망토 아래로 집어넣더니 멋쩍은 듯 이마를 앞발로 툭툭 두드렸다.

"헤헤, 또 사고를 쳤네요. 이런이런. 정말 부끄럽습니다. 제 성격이 워낙 급한 탓에. 그래도 뭐 이 정도는 오차 범위에 들겠죠. 그럼 앞으로 15초 후에……."

"잠깐, 잠깐만! 기다려!"

어깨를 으쓱거리며 시야 밖으로 사라지려는 고양이를 서

둘러 불러 세웠다.

"응? 왜 그러시죠? 그렇게 조급해하시지 않아도 금방 다시 돌아올 건데."

"잠깐. 확인 좀 할게. 그러니까 앞으로 15초 동안은 내가 살아 있을 거라는 말이야?"

고양이는 고개를 끄덕였다.

"그렇습니다. 아무래도 아슬아슬하게 급소를 빗나간 것 같네요. 총알이."

"그…… 그럼, 그동안에는 움직일 수 있어? 고개를 돌린다든지."

"네. 하려고 하신다면야. 하지만 즉사라고 해도 무방할 정도의 치명상이니까요. 뛰거나 점프하는 것처럼 너무 무리하게 움직이시면 피가 콸콸 흘러서 5초도 못 가 의식을 잃을걸요."

"그럼……."

15초. 이 고양이는 앞으로 내가 15초 동안 살아 있을 거라고 했다. 그렇다면.

"혹시 뭔가를 적어서 남기는 것 정도는 할 수 있을까?"

그러자 고양이는 "응?" 하고 눈썹 인간으로 말하자면 눈썹에 해당되는 부분을 올렸다.

"예를 들어 고개를 돌려 범인의 얼굴을 확인하고 그 이름을 어딘가에 써서 남기는 것. 이 정도라면 어떻게든 할 수 있지 않을까?"

"허허, 이것 참. 허허, 맙소사."

고양이는 자못 유쾌한 것처럼 웃음을 터뜨렸다.

"무서울 정도로 짧은 여생을 범인의 이름을 남기는 데 쓰겠다는 말씀이신가요? 이런 세상에. 정말 배짱이 대단하신 분이었군요. 네네. 몰라봤습니다."

"그냥 예를 든 거지 실제로 그렇게 할지는 아직 몰라. 아무튼, 어때?"

고양이는 "물론" 하고 호들갑스럽게 고개를 끄덕였다.

"가능하겠지요. 누님이 범인의 이름을 단박에 깨닫고 그걸 단시간에 정확하게 써서 남긴 후 경찰이 나중에 발견하면 누님의 억울함도 풀린다는 줄거리인가요? 하지만 과연 그렇게 모든 일이 잘될까요."

"먼저 범인을 확인하지 않으면 장담할 수는 없지만."

"응? 설마 누님, 혹시 뭔가 짐작 가는 거라도 있으신 겁니까?"

고양이는 흥미가 동한 것처럼 수염을 씰룩거리며 물었다.

"흠흠. 이거 꽤 재밌을 것 같네요. 네, 좋습니다. 조금 빨리 데리러 오는 바람에 누님을 혼란스럽게 했으니 사과의 의미로 도움을 드리죠. 뭐 도움이라고 해 봐야 제가 할 수 있는 건 이 세상의 섭리에 저촉되지 않는 수준의 도움이지만요. 어쨌든 누님은 아직 이 세상의 주민이시니."

고양이는 조금 전 보여 준 여명 시계를 다시 꺼내더니 "조금 더 알기 쉽게 보여 드리지요" 하고 등불의 뚜껑을 열었다. 순간 그 안에서 뭔가가 휙 튀어나와 고양이 바로 옆 허공에 전자시계의 글자판 같은 주황색 글자가 떠올랐다. 그곳에 표시된 '15.08'이라는 숫자는, 지금 상황으로 미루어 보건대……

"네. 바로 이 숫자가 앞으로 누님에게 남은 정확한 시간입니다. 15초가 약간 넘죠? 자, 지금부터 누님의 의지로 이 주마등 타임에서 빠져나가 주세요. 빠져나가겠다고 생각하는 것만으로 충분합니다. 그 순간부터 현실 속 시간이 움직이고 대신 이 여명 시간이 줄기 시작하죠. 그리고 시간이 흐르는 동안, 즉 카운트가 진행되는 동안에 누님이 원하면 언제든 주마등 시간으로 다시 돌아올 수 있습니다."

"그 말은 곧 언제든 시간을 멈출 수 있다는 뜻이야?"

"그렇습니다. 예를 들어 일시 정지를 아주 짧게 반복하며 조금씩 행동할 수도 있겠죠. 어떤가요? 제법 괜찮죠?"

15초

"휴우."

물론 그럴 수만 있으면 더할 나위 없다. 그나저나 내가 원할 때 시간을 멈출 수 있다니, 그거야말로 고양이가 말하는 자연의 섭리에 반하는 느낌이 드는데.

고양이는 그런 내 생각을 꿰뚫어 본 듯했다.

"흐음. 납득이 안 되시나요? 현실적인 해석을 원하신다면 이렇게 말씀드려도 되겠지요. 인간은 생명의 위기에 처하면 뇌의 사고 속도가 극한까지 높아져 마치 온 세상이 멈춘 것 같은 감각에 휩싸입니다. 그리고 평소에는 절대 가질 수 없는 사고력을 갖게 되죠. 누님의 경우 자신이 이제 곧 죽는다는 걸 본능적으로 알고 있고, 남은 시간 동안 뭘 할 수 있을지 지금 뇌가 맹렬한 속도로 분석하고 있을 겁니다. 지금 여기 있는 저와 여명 시계는 누님이 죽기 직전에 본 환각 같은 게 되려나요."

잠깐만. 그렇다면.

"만약 이 짧은 시간 안에 응급처치를 할 수 있다면, 혹시……."

그러자 고양이는 고개를 좌우로 흔들었다.

"그건 불가능합니다. 누님이 아무리 적절한 조치를 한다고 해도 여명 시간이 늘어날 일은 없고 더욱이 살아나는 건 불가능해요. 누님의 수명은 이미 운명으로 결정됐으니까요."

"아, 그렇구나⋯⋯. 알겠어. 그럼 조금만 생각할 시간을 줘."

상황이 묘하게 됐다. 앞으로 내게 남은 시간은 15초지만 그 15초를 가장 유용하게 쓸 방법을 곰곰이 고민할 시간은 있다. 이 모든 게 꿈이기를 바라는 마음은 여전해도 지금 눈앞에 있는 총알이 그런 내 희망을 지워 없애고 있다.

좋아. 내가 살해됐다는 사실을 일단 받아들이자. 황당무계하고 믿기 어렵지만 받아들이지 않으면 이야기가 진행되지 않는다. 그럼 먼저 돌아서서 범인을 확인해야 할까. 돌아서기까지 몇 초가 걸릴까. 아무리 빠르게 돌아서도 1초는 걸리지 않을까.

"자, 어떡하시겠어요?"

"이, 일단 돌아서서 상대의 얼굴부터 확인해야⋯⋯."

"정말 그걸로 괜찮으시겠어요?"

고양이는 창가 책상에 걸터앉은 채 능글능글하게 미소 지으며 날 바라보고 있다.

"잘 생각하세요. 일단 한번 선택하면 되돌릴 수 없으니까요."

15초

"괜찮다니까. 난 우선 범인이 누군지 알고 싶어."

"알겠습니다. 그럼…… 행운을 빕니다."

고양이는 책상에서 폴짝 뛰어내려 내 시야 밖으로 사라졌고 그 자리에는 15.08이라는 숫자만 남았다. 이로써 내가 시간을 움직이고 싶다고 생각하면 그 순간부터 남은 시간이 줄어들기 시작하는 걸까.

마침내 내 여명을 소비할 단계가 된 것이다.

등 뒤에서 누가 다가오는 인기척을 전혀 못 느꼈으니 범인은 아마 열어 두고 있던 문밖에서 총을 쐈을 것이다. 나는 오른발을 앞으로 내민 채로 정지해 있다. 이 오른발을 바로 땅에 대고 왼발을 축으로 몸을 반 바퀴 회전하면 돌아설 수 있다.

잘할 수 있을까. 만약 휘청이다가 넘어지기라도 하면 엄청난 시간 손실이 생긴다. 게다가 내 몸은 방금 막 총에 맞아서 강한 충격을 받았다. 물론 지금껏 총에 맞아 본 경험이 없으니 어떻게 될지는 모른다. 일단 부딪혀 볼 수밖에 없다.

그렇다. 고민해 봐야 아무것도 바뀌지 않는다. 고양이는 말했다. 언제든 다시 시간을 멈출 수 있다고. 그렇다면 신중하게 조금씩 해 나가면 된다.

나는 마음을 굳게 다지고 '움직여' 하고 속으로 외쳤다.

그 직후.

수많은 일이 거의 한순간에 동시에 일어났다.

우선 이 세상의 것으로 믿기지 않을 정도의 엄청난 폭음이 내 온몸을 강타했다. 총성이 분명하지만 마치 폭격기가 몸에 부딪힌 것 같은 느낌이다. 거기에 더해 몸을 관통한 총알이 유리창을 깨뜨리는 날카로운 소음이 귓전을 때렸다.

소리의 소용돌이 때문에 정신이 아득해졌지만 몸은 '돌아서야 해'라는 내 의지를 완수하기 위해 거의 무의식적으로 움직였다. 오른발을 땅에 대고 중심을 이동한 후 상반신을 비틀어⋯⋯ 바로 그때, 가슴에서 엄청난 통증이 느껴졌다.

그 통증이야말로 나에게서 의식을 분리시키는 가장 큰 장애물이었다. 아프다는 감각은 처음 한순간뿐이고 곧 그 통증은 아픔을 넘어선 더욱 무시무시한 감촉으로 변모했다. 이런 상태로는 사람의 얼굴을 확인하기는커녕 제대로 생각조차 하기 어렵다.

그럴 만하다. 당연하지 않은가.

나라는 사람은 지금 죽기 일보 직전이니까.

―스토⋯⋯옵!

거의 무아지경 상태에서 외쳤다. 또는 머릿속으로 그렇게 간절히 소망했다.

정신을 차렸을 때는 모든 굉음이 거짓말처럼 뚝 끊겨 있었다. 세상이 또다시 정지했고 나도 조금 전처럼 움직일 수 없게 됐다. 그러나 이번에는 가슴 언저리에 뭔가 몹시 불쾌한 감촉이 남아 있다. 조금 전에는 총에 맞은 직후 정지되는 바람에 통증이 뇌에 도달하지 않았다. 그러나 지금은 다르다.

통증은 시간에 따른 감각이다. 시간이 멈추고 내 사고 속도가 극한까지 높아진 이런 상태에서는 통증 그 자체를 느끼지는 않는 듯하다. 그래도 지금 내 가슴에 바람구멍이 생긴 것을 뇌가 인식해서인지 형언할 수 없는 불쾌한 감각이 내 사고를 위협했다.

시야 한구석에 조금 전 고양이가 꺼낸 전자시계 숫자가 비치고 있다. 14.50. 다행히 시간이 그리 많이 흐르지는 않았다. 조금 전 그게 겨우 0.5초 동안 일어난 일이었다는 사실에 대한 놀람과, 그동안 뭐 하나 제대로 못 하고 귀중한 수명을 깎아 먹었다는 공황감이 가슴에 치밀어 올랐다.

그렇다. 남은 시간이 얼마 없다. 나는 이제 정말 죽는 것이다.

비로소 그 사실이 실감으로 마음을 무겁게 덮쳤다. 28년 동안 쉼 없이 온몸에 혈액을 공급해 온 내 심장이 앞으로 몇 번의 박동 후 그 활동을 영원히 멈추는 것이다…….

"어떻습니까? 혹시 계획을 변경하시겠어요?"

고양이의 목소리가 들렸다. 그러나 지금은 그쪽을 신경 쓸 여력이 없다.

조금이라도 방심했다가는 죽음에 대한 공포와 멈춰 버린 통각에 마음이 지배되고 만다. 그런 건 무의식의 영역까지 침범한다. 이 15초 동안만큼은 정신을 똑바로 차려야 한다. 지금 내게 필요한 건 범인을 향한 분노와 증오를 연료로 한 순발력, 오직 그뿐이다.

내 몸은 돌아서려고 옆을 향한 자세 그대로 멈춰 있다. 그렇다. 아직 돌아서지도 못했다.

"다시 한번, 이제는 제대로 돌아볼 거야."

"오. 정성이 갸륵하시군요."

고양이는 우스운 것처럼 킥킥 웃었다.

목부터 위가 복도 쪽을 향하자마자 시간을 다시 멈추자. 내 정신은 이 끔찍한 통증을 오래 견디지 못한다.

나는 조용히 '움직여!' 하고 속으로 외쳤다.

또다시 굉음이 공간을 뒤덮고 온몸을 찢어발기는 듯한 극심한 통증이 발끝에서 정수리까지를 훑는다. 그래도 나는 이를 악물고 젖 먹던 힘을 다해 돌아섰다.

그리고, 예상한 위치에서 예상한 인물의 모습을 확인하고 '……역시……!' 하고 곧장 시간을 멈췄다. 시계를 확인한다. 남은 시간 13.85초. 이것이 내게 남은 마지막 삶이다. 앞으로 오랫동안 이어져야 할 내 삶은 순식간에 여기까지 깎이고 말았다.

……저 여자 때문에.

방 밖 어두운 복도에 범인이 있었다.

스물 안팎의 여자가 하얀 연기가 피어오르는 총구를 이쪽으로 향한 채 엽총을 겨누고 있다. 시골뜨기치고는 예쁜 얼굴을 흘러넘치는 증오와 살의로 잔뜩 일그러뜨린 채.

"흐음. 그러니까 요약하자면 저 여자분은 누님을 어머니의 원수로 착각해 이런 흉한 짓을 저질렀다. 그 말씀이신가요?"

복도에서 엽총을 겨누고 있는 여자의 이름은 다카라바야시 사나. 이 진료소를 이용하는 지역 주민 중 한 명이다. 사나는 어머니 요리코와 둘이 진료소 근처에 있는 셋집에서 살고 있다. 이웃들 말에 따르면 요리코는 평소 딸 사나를 끔찍이 아꼈고 마을 농사일을 도우며 혼자 힘으로 딸을 키웠다. 그러나 무리하게 일한 탓인지 3년쯤 전부터 요리코는 자율 신경계 질환을 앓게 되었다.

그 뒤로는 고등학교를 졸업한 사나가 어머니의 일을 이어받아 홀로 가게를 꾸려 갔다고 한다. 요리코는 초기에는 진료소에 통원했지만 점차 증세가 악화해 외출이 어려워지자 의사와 약사인 내가 다카라바야시 씨 집을 직접 찾아가는 재택 의료로 전환했다.

그 무렵 요리코는 누가 봐도 정신적으로 한계에 도달한 것처럼 보였다. 사랑하는 외동딸에게 힘든 일을 떠맡겼다는 죄책감에 사로잡혀 있었을 것이다. 사나는 사나대로 병간호와 일 때문에 피로가 쌓였고, 결국 모녀는 둘이 함께 매일 향정신성 약물을 복용하게 되었다.

지금 돌이켜보면 환자가 요구하는 대로 향정신성 약물을 처방해 준 것이 환자를 약물 중독에 빠트렸다고 해도 과언이 아니다. 그때 나와 의사가 조금 더 그들을 내 가족처럼 생각하며 치료법에 대해 깊이 고민했다면…… 어쩌면 요리코의 죽음을 막았을지도 모른다.

1년 전쯤에 일어난 일이다. 요리코는 유독한 농업용 살충제를 스스로 마시고 사나를 혼자 남겨 둔 채 세상을 떠났다.

"참으로 안타까운 사연이군요. 그러니까 지금 저 여자분은 이렇게 생각하고 있다는 말인가요? 내 어머니가 이곳에서 무분별하게 약을 처방하는 바람에 약물 중독에 빠져 결국 자살했다. 그러니 복수하겠다?"

고양이는 정지한 세계를 자유롭게 돌아다니며 총을 겨누고 있는 사나를 여러 각도에서 찬찬히 관찰했다.

"아마 그렇겠지. 난 그저 내가 해야 할 일을 했을 뿐인데, 말도 안 되는 오해를……."

나는 일부러 강한 어조로 그렇게 단정했다.

사실 사나의 범행 동기는 그뿐만이 아닐지도 모른다. 내가 그때 그 일을 비밀로 하지 않았다면 요리코는……. 그러나 현실에서 그녀는 스스로 목숨을 끊었다. 자신이 직접 그런 선택을 내린 이상 내가 죄책감을 느낄 이유는 없다.

그렇다. 난 순수하게 피해자고, 벌 받아야 할 죄인은 사나다.

그러나 고양이는 그런 내 마음을 알지도 못하고 "흐음. 참 무시무시한 일이군요" 하고 유쾌한 것처럼 어깨를 들썩이며 웃었다. 남의 일이라고 가볍게 생각하고 있다.

"그래서, 누님은 어떡하실 거죠?"

"어떡할 거냐니?"

"남은 13초를 뭘 하면서 보내실지 묻는 겁니다. 방금 이야기를 들어보면 이 여자분한테는 일단 누님을 살해할 만한 동기가 있는 것 같습니다. 객관적으로 봐도 말이죠. 그러니 그냥 내버려 둬도 경찰이 조만간 이 여자분을 범인으로 지목하지 않을까요?"

"글쎄……. 이 여자의 이름이 수사 선상에 오른다 해도 증거가 충분히 모일지는 알 수 없지. 저 엽총이 여자 것도 아니고."

얼마 전 어느 엽사가 산에서 사냥을 하다가 그만 벼랑에서 굴러떨어져 크게 다치는 사고가 있었다. 그는 진료소에 와서 지금도 입원해 있는데 그가 가지고 있던 엽총이 사라졌다. 경찰은 추락 당시 사고 현장 부근에 떨어졌을 것으로 추정했지만 동료 엽사들이 일대를 수색해도 엽총은 발견되지 않았다.

"그걸 이 여자분이 주워서 몰래 가지고 있었다는 말인가요?"

"아마도. 사고 현장이 사나가 자주 일하던 논밭 근처이기도 하고. 근데 저 엽총을 훔칠 수 있었던 사람이 사나만은 아니야."

"그렇군요. 총으로는 범인을 추적할 수 없다는 말이네요. 그나저나 역시 세상일은 참 알 수가 없습니다. 이런 가냘픈 여자분이 무려 총을 들고 다른 사람을 쏘다니요."

15초

"아니, 그 반대야. 만약 범인이 덩치 큰 남자라면 굳이 총 같은 걸 쏘지 않고 목을 조르거나 때려죽일 수 있었겠지. 그런 직접적인 방법을 택하지 않은 건 반격당하는 상황이 두려워서 아닐까? 독을 먹여 죽이려고 해도 난 약에 있어서는 전문가고."

"오, 듣고 보니 분명 그렇군요. 그럼 총살이 가장 안전하고 확실한 방법이었다는 말인가요. 거기에 운 좋게 범인을 추적하기 어려운 엽총까지 손에 넣었다. 이런 걸 두고 가는 날이 장날이라고 하나요?"

나에게는 불행하기 그지없지만 사나에게는 절호의 찬스가 찾아온 셈이다.

자, 그럼 범인 분석은 이 정도로 하고 다시 한번 상황을 정리해 보자.

지금 이곳은 진료소에 딸려 있는 조제실이다. 올해 진료소를 증축하면서 조제실을 신축 구역으로 옮기게 되었다. 내가 오늘 밤늦게까지 남아 있었던 것도 조제실 이전 작업 때문이었다. 약품 보관장과 각종 장치들은 이미 옮겼고 나머지 뒷정리와 청소 중이었다. 이곳은 앞으로 내 집무실이 될 곳이다. 아니, 이제 난 곧 죽을 테니 결국 빈방으로 남는 걸까.

응? 잠깐만.

난 문득 어떤 사실을 떠올리고 사나가 서 있는 모습을 유심히 관찰했다. 사나는 두 손에 목장갑을 낀 채로 총을 겨누고 있다. 지문을 남기지 않을 목적일 것이다. 다리 쪽을 보니 발에는 고무 밑창이 달린 신발을 신었다. 이건 분명 사나 본인의 신발일 것이다. 조제실 앞에서는 다들 신발을 신은 채로 돌아다니고 요새는 비도 오지 않아서 발자국이 남을 위험이 없다고 판단한 걸까.

그럼, 저걸 저렇게 하면…….

내 머릿속에 어떤 수식이 떠올랐다. 계산상으로는 가능하다. 문제는 그 재료가 이 방, 그것도 내 손이 닿을 거리에 충분히 갖춰져 있는지인데.

나는 조제실에 있는 물건들을 떠올리며 차근차근 작전을 세워 나갔다.

조제실 가운데에는 커다란 작업대가 있고 그 위에 형광등을 켜고 끄는 끈이 드리워져 있다. 작업대 위에는 미처 정리하지 못한 약병들이 가지런히 놓여 있다. 지금 난 그 작업대 앞에 서 있고 약병과 형광등 끈에까지 모두 손이 닿는다. 그리고 바로 옆 바닥에는 청소할 때 쓴 물통이 그대로 있을 것이다. 그 안에 아직 물이 담겨 있을 텐데 여기서는 보이지 않는다.

조제실 안에는 책상이 하나 더 있다. 조금 전 고양이가 걸터앉아 있던 창가 쪽 사무 책상이다. 뒤뜰에 면한 창밖 풍경이 마음에 들어 그곳에 내 책상을 두기로 마음먹었다. 그 책상 위에 있는 것은 산더미처럼 쌓인 서류 뭉치, 전기스탠드, 필기구가 담긴 펜꽂이. 내 집무실로 쓸 곳이니 내가 좋아하는 수선화를 꽂은 꽃병도 장식해 두었다. 그리고 책상 옆에는 수도와 싱크대.

약병, 물통 속 물, 싱크대, 서류 뭉치, 펜꽂이, ……그리고 꽃병.

충분하다고 할 수는 없지만 이 재료들만으로 어떻게든 해 볼 수밖에 없다. 확실성은 부족할지언정 최선의 메시지가 될 것이다.

머릿속으로 행동 순서를 여러 번 시뮬레이션한다. 내게 주어진 시간은 무시무시하게 짧지만 잘 활용하면 불가능하지는 않다. 아니, 잘 안되더라도 최소한의 것은 전달할 수 있다. 그렇다면 하지 않을 도리가 없다.

기회는 단 한 번뿐이다. 만약 실수로 손이 살짝 미끄러지기만 해도 모든 계획이 물거품 된다. 그럼 나는 한을 품은 채로 내 인생을 마감해야 한다.

실패는 허락되지 않는다. 눈앞에 있는 이 여자가, 그 죄에서…… 살인죄에서 벗어나는 일이 생겨서는 안 된다.

"각오는 되셨습니까?"

고양이가 넌지시 물었다.

나는 사나를 향한 증오로 가슴속을 충분히 채우고.

"응."

마침내 행동을 개시했다.

내 숨소리가 너무 시끄러워서 몇 번이나 걸음을 멈추고 마음을 가라앉혔다. 그러나 불이 켜진 그곳에 가까워질수록 흥분이 잦아들기는커녕 오히려 점점 고조됐다.

뒷문을 지나 진료소에 들어온 지 얼마나 됐을까. 나는 마침내 불이 켜진 조제실 앞에 도착했다. 돌아보니 뒷문에서 이 조제실까지는 10미터 남짓에 불과하다. 고작 이 정도 거리를 이동하는데 시간을 그렇게 잡아먹은 걸까. 아무리 인기척이 없는 으슥한 곳이라고 해도 조심성이 지나쳤을지 모른다.

목장갑 너머로 훔친 엽총의 무게를 느끼며 반쯤 열린 문

틈을 통해 살며시 조제실 안을 들여다본다. ······있다. 그 여자다. 한가운데에서 이쪽을 향해 등을 돌린 채 앉아 있다.

그 모습이 시야에 들어온 순간 지금까지의 흥분이 거짓말처럼 가라앉고 온몸에서 열기가 가시는 것을 느꼈다. 다행이다. 여기까지 왔으니 이제는 안심해도 된다.

저 여자가 날 눈치챈 것 같지는 않다. 좋아. 그대로 가만히 있어라. 아무것도 깨닫지 못한 채로 조용히 저세상으로 가라. 네 손에 죽은 우리 엄마처럼.

저 여약사의 범행을 알고 있는 사람은 나뿐이다. 그날 저 여자는 느닷없이 우리 집에 찾아와 두고 간 물건이 있다고 했다. 나는 여자를 집 안에 들였지만 왠지 수상해서 여자의 거동을 넌지시 감시했다. 그리고 여자가 부엌에서 몰래 상비약을 바꿔치기하는 모습을 목격했다. 그때는 뭔가 다른 새 약으로 바꿔 주는 줄 알았지만, 그날 그 약을 먹은 엄마는 갑자기 고통스러워하기 시작했다. 그리고 무슨 일이 일어났는지 미처 이해하기도 전에 엄마는 세상을 뜨고 말았다.

경찰은 엄마의 죽음을 자살로 결론지었다. 그러나 나는 알고 있다. 엄마는 저 여자가 바꿔치기한 독약을 마시고 죽었다.

저 여자가 엄마를 죽인 이유는 불분명하다. 어떤 이해관계가 있을 수 있고, 어쩌면 그저 집에 찾아오는 게 귀찮아서 같은 사소한 이유일지도 모른다. 어쨌든 내가 지금부터 해야 할 일은 변하지 않는다.

엽총의 총구를 살며시 치켜든다. 이 거리에서 총알이 빗나갈 리는 없다. 나는 방아쇠에 손가락을 얹었다.

그때 여자가 갑자기 몸을 벌떡 일으켰다. 꼭 빨리 쏴 달라고 하는 것처럼 총구와 같은 높이까지 등이 올라온다.

좋아. 그럼 쏴 주지.

나는 어떤 망설임이나 감정도 없이 방아쇠를 당겼다. 메마른 총성이 한밤중의 진료소에 울려 퍼졌다. 실로 속이 후련해지는 소리다. 여자는 등에 검은 구멍이 뚫린 채 비틀거렸다.

해냈다.

모든 짐을 내려놓은 듯한 해방감에 휩싸였다. 마침내 목표를 달성했다……

그렇게 생각한 바로 다음 순간, 믿을 수 없는 일이 일어났다.

치명상을 입었을 여자가 내 쪽을 휙 돌아본 것이다. 여자와 눈이 마주쳤고, 내가 미처 반응하기도 전에.

여자는 손에 쥔 약병을 나를 향해 던졌다.

나는 시야 끝에 있는 여명 시계의 숫자를 확인했다. 13.02. 뒤이어 오른손으로 던진 병이 목표한 대로 조제실 입구 바로 앞 바닥에 떨어져 깨진 것을 봤다. 좋아. 첫 번째 단계는 성공한 듯하다. 왼손에는 형광등 끈도 확실히 쥐고 있다.

나는 시간을 다시 움직이고 몸을 한 바퀴 돌린 후 끈을 잡아당겼다. 형광등이 꺼지면서 창문으로 들어오는 달빛이 유일한 광원이 되었다.

그동안에도 가슴 구멍을 중심으로 뭔가 허무하면서도 격렬한 통증이 내 온몸에 스며들고 있다. 꿈틀, 꿈틀하는 귀에 익은 리듬에 맞춰 가슴에서 피가 콸콸 흐르지만 상관없다. 그 통증을 증오와 격앙으로 바꿈으로써 비로소 나는 내 생애 가장 충실한 15초를 보낼 수 있다.

조제실 불이 꺼짐과 동시에 창문을 향해 크게 다리를 내디뎠다.

한 걸음.

앞으로 내디딘 왼쪽 다리가 바닥에 있는 물통에 걸려 바닥에 물이 쏟아졌다.

두 걸음.

다시 시간을 멈추고 시간을 확인한다. 11.73초. 앞으로 11초 남짓……!

"바빠 보이시네요."

나왔다. 검은 망토를 입은 고양이. 조제실 벽에 등을 기댄 채 팔짱을 끼고 나를 보고 있다.

"강 건너 불구경하니까 재밌어?"

"네. 그런데 궁지에 몰린 누님께 시간을 멈추고 장고할 수 있는 절호의 기회를 드린 건 접니다. 누님의 마지막 발악을 특등석에서 구경해도 뭐라고 하지는 말아 주세요."

그야말로 생색내는 듯한 말투다. 그래 봐야 내가 보고 있는 환각에 불과한 주제에.

그건 그렇고 중요한 건 지금부터다. 난 지금 창가의 사무 책상까지 손이 닿는 거리에 와 있다. 복도를 등지고 있어서 사나의 모습은 보이지 않지만 이제는 추격에 대비해 계속 조제실 밖을 신경 써야 한다.

책상 앞에서 다음으로 할 행동을 머릿속에 떠올리고 있을 때.

"저."

고양이의 목소리가 내 사고를 비집고 끼어들었다.

"왜?"

"아, 누님을 방해할 생각은 추호도 없습니다. 그런데 한 가지, 지금 누님이 무슨 생각을 하고 계시는지 알려 주셨으면 해서요."

"무슨 생각을 하냐니…… 저 아이의 이름을 적으려고 하잖아. 여기에."

"네, 그건 저도 알고 있습니다. 알다마다요. 하지만 누님. 그럼 조금 전에 던진 약병은 대체 뭔가요? 설마 밟으면 폭발하는 신비한 분말을 뿌려서 저 여자분의 몸을 산산조각 낼 계획이라도?"

"그런 마법의 가루가 있을 리 없지. 저건 그냥 유당이야."

"유당이라."

고양이는 어처구니가 없다는 듯이 내 말을 다시 읊조렸다.

"약을 쉽게 복용하라고 환자에게 섞어서 주는 가루지."

"오, 그런 건 저도 처음 듣습니다. 그런데 그런 걸 바닥에 뿌려서 대체 뭘 하시려고……? 앗! 설마 소금 대신 뿌리신 겁니까! 그렇군요. 마지막 순간에 혹시 귀신이라도 붙을까 봐."

"이제 곧 내가 귀신이 될 판인데 그게 무슨 소용이야. 저건 사나를 견제하기 위해 뿌린 거야. 사나가 두 번째 총알을 쏘지 못하게 하려고."

"오. 그러니까 단순 위협 같은 건가요?"

"아니, 그뿐만은 아니야. 난 지금 분명한 어떤 의도를 가지고 사나에게 약병을 집어 던졌어. 그걸 본 사나는 이렇게 생각하겠지. '상대는 약사이니 이건 뭔가 특수한 약품일지 모른다'라고. 그렇다고 폭약이라고까지 생각하지는 않겠지만. 그런데 이게 정말 어떤 특수한 약품이고 신발과 옷에 묻으면 잘 떨어지지 않아 결정적인 흔적을 남길 수도 있다고 생각하면 부주의하게 그 위를 걷거나 하지는 못할걸. 발자국이 선명하게 남을 테니."

"아아."

고양이가 손뼉을 짝 쳤다.

"이제야 이해했습니다. 이렇게 조제실 입구에 카펫처럼 가루를 뿌려서 조제실에 들어오거나 입구에 서서 총을 쏘지 못하게 할 심산이시군요. 그러고 보니 누님이 뭔가를 적어서 메시지를 남기면 저 여자분이 나중에 들어와 다시 지워 없앨 수도 있으니까요. 그걸 막기 위한 대책이군요. 하지만 조제실 입구에 가루를 뿌리는 것만으로 과연 살인자의 다리를 붙잡아 놓을 수 있을까요……?"

이건…… 대체 뭐지?

난 지금 내 앞에 펼쳐진 하얀 가루를 내려다보고 있다. 총을 쏜 직후에 저 여자가 나를 향해 던진 약병에 들어 있던 가루다. 그 가루가 조제실 입구에서 복도까지 퍼졌다.

여자는 조제실 바닥에 쓰러진 채로 꼼짝하지 않는다. 그야 당연하다. 누가 봐도 치명상을 입었으니까. 그러나 총에 맞은 후 숨이 끊어지기 전까지 저 여자는 조제실 안에서 뭔가를 하고 있었다. 돌아서서 내 얼굴을 똑똑히 보고 이 약품을 집어 던진 후에.

혹시 자신을 쏜 사람이 나라는 걸 알리는 메시지 같은 걸 조제실 어딘가에 적어 둔 걸까?

그럼 상당히 난처해진다. 서두르지 않으면 총소리를 들은 경비원이 들이닥친다. 들키면 모든 게 끝장이지만 그렇다고 내 정보를 그대로 남겨 두고 떠날 수도 없다.

나는 살며시 다리를 들어 가루 위로 한 걸음 내디뎠다. 저 여자가 이런 가루를 던진 건 조제실에 내 발자국을 남길 목적일 것이다. 찰나의 순간에 용케도 그런 발상을 떠올렸다. 내가 흥분하거나 조급하게 굴었다면 신발을 신은 채 이 위를 걸었을지 모른다. 그렇게 생각하니 섬뜩해졌다.

지금 내 신발은 엽총과 함께 겨드랑이에 끼워져 있다. 가루 위에 남는 발자국은 신발의 발자국이 아니다. 복도 끝 신발장에 있던 진료소 전용 슬리퍼의 발자국이다. 여자를 쏴죽인 후 나는 바닥에 가루를 뿌린 여자의 의도를 눈치채고 곧장 슬리퍼를 가지러 갔다. 그로 인해 소중한 10여 초를 낭비했지만 어쩔 수 없다.

가루로 만들어진 카펫을 지나 조제실에 들어간 나는 '자, 그럼' 하고 조제실을 둘러봤다. 대체 어디에 어떤 글자를 써서 남긴 걸까?

나는 11.73초에서 시간을 멈춘 채 고양이에게 내 의도를 설명했다.

"사나는 이 진료소에 자주 왔으니 건물 구조를 어느 정도 알고 있을 거야. 만약 이 가루를 밟지 않는 게 낫다고 판단하면 분명 슬리퍼를 가지러 가겠지. 신발장은 바로 근처에 있고 입원 환자나 당직 의사가 있는 곳에서도 멀어서 들킬 위험이 거의 없으니 잠깐 슬리퍼를 가지러 가는 것 정도면 괜찮다고 판단할 거야. 그 짧은 시간을 버는 게 지금 나에게는 무엇보다 중요해. 슬리퍼가 필요하다고 느끼고 그걸 가지러 갔다가 다시 돌아와 신발을 벗고 슬리퍼로 갈아 신는다. 이 모든 행동을 다 마치려면 최소 10초 이상은 걸리겠지."

"하하. 그렇게 슬리퍼를 신고 조제실에 들어설 때쯤에는 누님은 이승에서 할 일을 모두 마치고 소천한 이후겠네요. 한마디로 저 가루는 시간 벌기용이라는 말씀이시죠? 분명 지금 누님에게 가장 필요한 건 남은 15초 동안 그 누구에게도 방해받지 않을 환경입니다. 흠⋯⋯ 그런데 과연 그렇게 일이 잘 풀릴까요. 저 여자분이 신발을 벗고 맨발로 들어올 수 있고, 그걸 떠나 애초에 발자국이 남는 건 신경도 안 쓸 가능성도 있지 않나요? 나중에 없애면 그만이라고 생각하실 수도."

"그건 솔직히 말해 하늘에 맡길 수밖에 없어. 뭐 사나가 가루 위에 발자국을 남겨 주면 그게 제일 좋겠지만."

나머지 시간을 활용할 계획을 세울 때 이보다 짧은 시간 안에 사나를 멀리 보낼 방법은 떠오르지 않았다. 지금은 사나가 내 계략에 속아 주기를 바랄 수밖에 없다. 내 계획대로 신발을 벗어 주기를.

그렇다. 가장 중요한 건 시간을 버는 게 아닌 바로 저 신발이다. 맨발이든 슬리퍼든 상관없다. 우선 저 신발을 벗겨야 한다.

"그래서, 이제 질문 다 했지? 잡담은 이 정도로 하고 슬슬 다음 행동을 해야 할 것 같아서."

"아아, 귀찮게 해서 죄송합니다. 헤헤. 그럼 전 일단 물러나 있겠습니다. 모쪼록 마음먹은 대로 되시기를."

고양이는 그렇게 말하고 시야 밖으로 폴짝 뛰어 사라졌다.

좋아. 그럼 다시 시작이다.

다음은 드디어 메시지를 남기는 작업에 돌입한다. 필기구는 사무 책상 펜꽂이에 꽂혀 있는 매직펜이 좋을 것이다. 운 좋게 지금 펜꽂이에 있는 펜은 한 자루를 제외하고 모두 같은 종류의 펜이다.

저 펜을 뽑아서 이렇게 저렇게…… 그리고 그 작업은 모두 오른손으로 하고 왼손은 앞으로 뻗어서…….

머릿속으로 앞으로 4초 동안 해야 할 중요한 임무를 여러 번에 걸쳐 예행 연습한다. 괜찮아. 순서대로만 하면 충분히 할 수 있다. 아니, 해야만 한다.

정신을 집중하고 신경을 바짝 곤두세우며 나는 또다시 죽음을 향해 한 발짝 내디뎠다.

시간이 움직이자마자 책상을 돌아보고 펜꽂이에 꽂힌 펜을 움켜쥐었다. 동시에 왼손을 꽃병 쪽으로 뻗는다. 조금 전에 걷어찬 물통 때문에 발이 젖는 것을 느끼며 펜을 꺼내 엄지와 검지로 잡고 일시 정지. 시계는 10.72초. 그럭저럭 괜찮은 페이스다.

다시 시간을 움직여 한 손으로 펜 뚜껑을 분리한다. 일시 정지를 여러 번 반복하며 세심한 주의를 기울여 펜을 잡고 손을 책상 위에 갖다 댄다.

우선 책상 전체를 가로지르듯 가로로 긴 선을 긋는다. 그와 동시에 책상 위 서류 뭉치를 힘껏 밀친다. 다시 서둘러 펜촉을 움직여 첫 번째 선과 수직으로 교차하게 세로로 세 줄을 더 긋는다. 가장 왼쪽 줄은 짧고 나머지 두 줄은 길게.

좋아. 다 됐다. 시간을 멈추자 여명 시계는 8.01초를 가리키고 있었다. 남은 시간 앞으로 8초. 일체의 군더더기 없이 움직였다고 생각하지만 선을 긋는 데 예상보다 시간을 잡아먹고 말았다. 하지만 메시지는 다 썼다. 내 의도는 이것만으로도 충분히 전달될 것이다. 이제 마무리만 남았다. 오른손으로 선을 긋는 사이 내 왼손은 꽃병 가장자리를 붙잡은 채 머리 위로 높이 치켜들고 있었다.

다시 시간을 움직여 꽃병을 아래로 힘껏 내리친다. 꽃병이 책상에 부딪히기 바로 직전에 시간을 멈춘다. 예상했던 것보다 꽃병에 꽂힌 꽃송이가 적지만 아마 이것으로 충분할 것이다.

시간을 확인한다. 남은 시간 7.69초. 앞으로 7초 정도 후에 나는 죽는다…….

"이야, 이거이거, 엄청나게 투박한 메시지네요."

책상 위에 내가 그린 네 개의 줄을 들여다보며 고양이가 말했다.

"그보다 더 자세하게 그릴 시간은 없어. 그래도 충분히 전달되지 않을까?"

"네? 뭐가 말이죠?"

"뭐긴. 당연히 범인 이름이지. ……설마 못 읽는 거야?"

축약이 지나쳤나. 그러나 눈치채기 어렵지는 않을 것이다. 이걸 본 사람이 범인의 이름을 알고만 있다면.

❈

멀리서 사람 목소리와 함께 뭔가가 움직이는 소리가 들린다. 이런. 경비원일까? 총소리를 듣고 순찰을 시작한 것으로 보인다.

나는 서둘러 어두운 조제실 안을 수색하기 시작했다.

우선 가장 먼저 눈길을 끈 것은 창가에 있는 책상이다. 책상 위에는 깨진 꽃병 파편과 꽃이 어지럽게 널려 있다. 여자는 저기서 대체 뭘 하고 있었을까.

창가로 향하는 도중에 바닥에 엎드려 숨이 끊어져 있는 여자의 시신을 힐끗 본다. 이 여자는 죽기 전에 무슨 짓을 꾸민 거야? 시신 주변에는 이런저런 서류가 난잡하게 흩어져 있지만 어떤 서류인지는 어두워서 잘 보이지 않는다. 그렇다고 불을 켤 수는 없다. 경비원이 눈치챌 테니.

물통이 쓰러지는 바람에 물에 젖은 바닥을 소리 나지 않게 조심조심 걸어간다. 간신히 책상 앞에 도착한 나는 그것을 발견하고 무심코 "으윽" 하고 신음하고 말았다.

여자는 책상에 직접 매직펜으로 뭔가를 쓴 것 같다. 가로로 길게 직선을 긋고 거기에 교차하게 세 줄을 더 그렸다. 언뜻 보기에 글자처럼 보이지는 않는 네 개의 줄이지만 나는 금세 깨닫고 말았다.

그렇다. 이건 내 이름이다.

가타카나로 '사나ㅓㅓ'를 가로로 쓴 것이다. 획수를 축약하기 위해 가로줄을 한 줄로 그렸다. 평범한 사람은 이해하기 어렵겠지만 간과하고 넘어갈 수는 없다. 어떡해야 할까.

매직펜으로 쓴 이 글자를 지울 수 있을까.

그때 내 눈에 책상 끝에 있는 펜꽂이가 보였다. 그 안에는 매직펜이 여러 자루 꽂혀 있다. 전부 똑같은 종류의 펜으로 보인다. 이걸로 메시지를 덮어쓸 수 있지 않을까? 줄을 여러 줄 더 그으면 내 이름이라고 알아챌 수 없을 것이다.

……아니, 잠깐.

생각해 보니 너무 부자연스럽다. 꽃병 파편과 꽃으로 숨기기는 했지만 이렇게 나중에 얼마든지 날조할 수 있는 메시지를 책상 위에 큼지막하게 남기다니. 내가 현장에 들어와 이 위에 선을 몇 개 더 그리면 이런 메시지 따위…….

그렇다면.

맙소사. 그런 거였나!

나는 여자의 의도를 깨닫고 몸을 부르르 떨었다. 이럴 수가. 그 짧은 시간 동안 그런 발상까지 떠올렸을까.

여자는 아마 이 메시지만 종류가 다른 매직펜으로 썼을 것이다. 거기에 나중에 다른 펜으로 선을 덧그리더라도 잉크 종류의 차이로 처음에 쓴 메시지를 판독할 수 있게 한 것이다.

나는 다시 조제실 안을 둘러봤다. 여자가 자신이 쓴 매직펜을 이곳 어딘가에 숨겼을 게 분명하다. 그것을 찾지 못하면 이 메시지를 지울 수 없다. 하지만 펜을 찾는 데 시간을 소모하면……

　그때 멀리서 철컹하고 문이 열리는 소리가 들렸다. 온몸에 소름이 쫙 돋는다. 복도를 걷는 발소리가 다가온다. 조제실에 도착하는 건 이제 시간문제다.

　서둘러야 해. 얼른 펜을 찾아야 해……!

　내가 친절하게 메시지의 의미를 설명해 주자 고양이는 호들갑스럽게 고개를 끄덕였다.

　"흐음, 가타카나 말인가요. 네, 이제야 이해했습니다. 그렇군요, 그렇군요. 그런데 정말 이것만 있으면 되는 건가요? '사나'만 남기는 건 여자분의 이름을 모르는 경찰들에게는 꽤나 불친절한 느낌도 듭니다만."

　"괜찮아. 내가 알기에 이 일대에서 이름이 '사나'인 사람은 다카라바야시 사나밖에 없어. 꼭 '다카라바야시'라는 여섯 글자를 쓰지 않아도 이것만으로 개인을 특정할 수 있을 거야."

　"네. 이해합니다. 이해하고 말고요. 그런데 다소 주제넘은 말일 수도 있지만 이런 메시지 같은 건 저 여자분이 금세 발견하지 않을까요? 그리고 범행 현장에 자기 이름이 남아 있다면 어떻게 해서든 지우려고 하겠죠."

"응. 그래서 이렇게."

말을 마친 내가 시간을 움직이자 꽃병이 세차게 책상에 부딪혔다.

"방해하는 거지."

내가 남긴 메시지 위에 유리 파편과 물, 그리고 수선화 꽃들이 흩뿌려지는 것을 보고 다시 시간을 멈춘다. 앞으로 7.30초.

"방해라……. 저, 누님."

고양이는 어이없다는 듯이 말했다.

"글자를 이렇게 크게 쓰셨는데 고작 이 정도로 숨길 수 있을까요? 방해물들을 전부 치우고 위에 선을 덧그리면 그만일 텐데요."

"응. 꼭 그렇게 해 줘야 해."

"네……?"

고양이와 대화하는 동안 나는 적당한 꽃을 찾고 있었다. 줄기가 가늘고 물기를 흠뻑 머금었을수록 좋다. 그러나 막상 보니 생각보다 수선화들의 줄기가 두꺼웠다. 어쩔 수 없다. 다소 손실은 생길지언정 꽃을 가공하기로 하자.

또다시 시간을 움직였다. 나는 왼손으로 재빨리 꽃 두 송이를 움켜쥐고 매직펜 바닥으로 줄기 밑동을 짓눌렀다. 시간을 멈추고 시계를 확인한다. 5.98초. 이런. 벌써 5초대까지 내려왔나.

"응? 흐음……."

짓눌린 꽃줄기를 보고 고양이는 당황한 기색을 보였다.

"지금 뭐 하시는 거죠? 뭔가 조금 전부터 누님의 의도를 파악하기가 어렵네요."

"이쯤 되면 감이 오지 않아? 내 노림수가 뭔지."

"흐음. 그렇게 말씀하셔도……. 죄송합니다. 머리가 영 둔해진 것 같네요. 그 꽃을 대체 어디에 쓰시려는 건가요?"

"어디냐니."

목표물을 향해 정확히 겨냥한 후에 시간을 움직인다.

"바로 여기지."

나는 밑동이 납작해진 꽃줄기 두 개를 벽에 있는 콘센트 한쪽 구멍에 꽂았다.

※

있다!

드디어 찾았다!

나는 서둘러 작업대 아래 틈새에서 펜을 집어 들었다. 뚜껑이 분리돼 있다. 저 여자가 쓴 펜이 틀림없다. 예상대로 펜은 책상 위 펜꽂이에 있는 펜들과 종류가 달랐다.

서둘러! 서둘러야 해! 몇 줄만 덧그리면 돼. 그러니 얼른……!

나는 몸을 일으켜 책상을 돌아봤다. 메시지 위를 뒤덮은 꽃병 파편과 꽃송이들을 왼손으로 치우려고 책상에 손을 짚는다.

바로 그 순간.

눈앞이 대낮처럼 새하얘지더니 몸속 깊숙한 곳에서 엄청난 파열음이 터졌다.

※

"잘 봐."

아무래도 이 고양이는 이과 관련 지식이 별로 없는 듯하다. 설명해 주지 않으면 모를 것이다.

"지금 내가 손을 떼면 이 꽃은 뿌리 부분이 콘센트 구멍에 꽂힌 채로 책상에 닿게 돼. 그리고 책상 위는 지금 꽃병에 있던 물이 흘러 젖어 있고 그 물은 이 꽃 두 송이를 거쳐 콘센트 전극과 이어지지. 이 상태로 꽃병 파편과 꽃을 치우려고 책상에 손을 얹으면 어떻게 될까?"

고양이는 잠시 침묵에 잠겼다가 입을 열었다.

"……감전 말인가요."

그전까지 까불거리던 것과는 달리 감탄하는 목소리로 말한다.

"응. 맞아. 사나는 지금 목장갑을 끼고 있지? 만약 나처럼 고무장갑을 꼈다면 전기가 통하지 않을 수도 있지만."

운이 좋았다. 평소 일 때문에 고무장갑을 낄 때가 많은 나는 오늘처럼 퇴근 전까지 장갑을 벗지 않는 날도 있다.

그리고 당연히 이 고무장갑에는 전기가 통하지 않는다. 하지만.

"목장갑이라면 물이 쉽게 스며드니 사나의 몸에 전류가 흐르게 돼."

"……흐음. 하지만 누님. 단지 전극에 닿은 것만으로도 감전이 일어나나요? 송전선 같은 곳에 새가 앉아 있어도 감전

되지는 않잖습니까. 전선이 한 줄만 있으면 전압 차가 생기지 않아서 전류가 흐르지 않는다는 말을 어디선가 들은 기억이 있습니다만."

"어디서 들었는지는 몰라도 그 말이 맞아. 지금 이 꽃은 콘센트 한쪽 전극에만 꽂혀 있으니 이것만으로는 감전되지 않겠지. 하지만 이 메시지를 위장하려고 책상 앞에 선다면 조제실 바닥에 흐른 물통 속 물에도 발이 닿게 돼. 만약 그때 사나가 저 고무 밑창 신발이 아닌 맨발 상태이거나 슬리퍼를 신고 있다면 콘센트에서 사나의 발까지가 전도 물질로 이어지는 셈이지. 그다음에는 물통 속 물이 이 방 싱크대에 닿기만 하면…… 그러니까 싱크대 아래 수도관에 물이 닿으면 끝이야. 저 수도관은 땅속에 묻혀 있으니 전위가 땅의 전위와 같아. 따라서 발에 닿은 물과 책상 위 물에는 100볼트의 전위차가 생기게 돼. 그리고 두 곳의 물에 손과 발이 닿아 있는 사나의 몸에도 100볼트의 전위차가 생겨 감전이 일어나는 거야."

"하하……. 그러니까, 지금 누님은."

고양이가 조심스럽게 입을 열었다.

"저 여자분을 덫에 빠뜨리려는 건가요?"

"응. 난 저 여자를 죽이려고 해."

내 말을 듣고 고양이는 잠시 고민하는 모습을 보이더니 얼마 후 못 말리겠다는 것처럼 한숨을 푹 내쉬었다.

"확실히 누님 말씀처럼 감전이 일어날 것 같긴 하네요. 돌이켜보면 누님이 바닥에 저 가루를 뿌린 것도 여자분이 신발을 벗게 할 목적이었군요. 바닥에서 발로 쉽게 전기가 통할 수 있도록. 그리고 조제실의 불을 끈 것도 이 꽃송이 전선을 눈치채지 못하게 하려고……. 흐음. 그런데 말이죠. 누님이 전기를 끌어오려고 하는 곳은 기껏해야 100볼트의 콘센트 아닌가요? 그것만으로 과연 사람이 죽음에 이를 정도의 감전이 일어날까요?"

"계산상으로는 가능해. 우선 이 건물은 오래돼서 누전 차단기가 없는 탓에 콘센트에서 대량의 전류가 땅에 흘러도 멋대로 전력 공급이 끊기거나 하지는 않아. 그리고 넌 '기껏해야'라고 했지만 콘센트의 전극은 땅과 비교해 100볼트의 전위차가 있어. 물에 젖어 손과 발에 접촉 저항이 사라지면 인체의 전기 저항치는 500옴 정도이니 이상적으로는 200밀리암페어의 전류가 체내에 흐르게 되지. 정확히 기억나지는 않지만 대체로 50밀리암페어 정도가 감전 시에 심실세동을 일으키는 전류의 경계치일 거야. 그걸 족히 뛰어넘는 전류가 흐른다면 사나의 심장에 충분히 치명적인 손상을 입힐 수 있어. 감전사에 이르는 조건들이 잘 갖춰졌다고 할 수 있는 셈이야."

"흐음…… 그런, 가요……."

고양이는 뭔가 할 말이 더 있는 것처럼 신음했다.

"왜 그래?"

"아, 예. 그게…… 한 말씀 드리자면…… 우선 솔직히 감탄했습니다. 저 '사나' 메시지는 경찰이 아닌 범인을 향해 쓴 것이었군요. 현장에 남아 있는 메시지를 지우고자 하는 범인의 심리를 활용해 복수를 위한 덫을 깐다. 그것도 고작 10초 만에 대단히 치사율이 높은 덫을. 누님은 참 대단한 분 같습니다. 놀라워요. 다만 한 가지만 말씀드리자면 …… 뭐랄까, 그다지 떳떳한 일을 벌이시는 것 같지는 않네요."

"뭐야, 그게 무슨 뜻이야? 이제 와서 내가 하는 일에 트집 잡는 거야?"

"트집으로 받아들이시다니 뜻밖입니다."

고양이는 그렇게 말하고 사무 책상 위에 폴짝 올라가 부서진 창문으로 뒤뜰로 나갔다. 달빛이 비치는 뒤뜰에서 고개를 돌려 진지한 얼굴로 나를 바라본다.

"트집이 아닌 충고입니다. 다소 공상 섞어 해석하자면 전 누님을 마중 나온 저승사자입니다. 즉, 저승사자로서 누님을 모시고 가기 전 '이제 곧 염라대왕님께 심판받을 몸인데 살인 같은 중죄를 저질러서야 되겠는가'라고 조언드리는 겁니다. 또 현실적으로 해석해도 전 숨이 끊어지기 직전 누님 눈에 마지막으로 비치는 환각입니다. 환각은 누님 자신의 양심의 결정체로서 누님이 죄를 범하는 상황을 최대한 막으려 하고 있죠. 사람을 죽이는 건 좋지 않다는 것을 일깨우면서요."

"쓸데없는 소리 하지 마. 네가 어떤 존재건 상관없이 난 내 의지로 이 세상을 떠나기 전에 무슨 수를 써서라도 저 여자를 죽이기로 결심했어. 앞으로 틀림없이 내가 살해될 걸 알고 있는 상황에서 그런 나 자신을 죽이려는 사람의 앞날을 결정할 수 있다면 누구든 똑같은 선택을 할 거야."

"그런가요. 하지만 누님은 이제 곧 죽지만 가족들은 남습니다. 누님을 잘 아는 친구분들도 많을 테고요. 그분들의 기억 속에서 누님은 사람을 죽인 범죄자로 남게 되는 겁니다. 그건 어떻게 생각하시나요?"

"그건……."

이 고양이 자식, 또 아픈 곳을 찌른다. 지금껏 일부러 그쪽에는 고개를 돌리고 있었는데.

내 마음이 흔들리는 것이 전해졌는지 고양이는 거듭 물었다.

"또 이런 말씀 드리기 뭐하지만, 누님의 복수 논리는 조금 이기적이지 않나요? 아까 동기 이야기를 하실 때 누님은 다소 무리하게 저 여자분을 단순히 나쁜 사람으로 만들고 끝내려 하는 느낌을 받았습니다. 그때 전 이런 생각이 들더군요. 아, 이 사람은 어떤 죄책감 같은 걸 갖고 있구나."

속으로 혀를 쯧 찬다. 들켜 버린 걸까.

"이건 그저 제 추측입니다만, 누님은 사실 요리코 씨의 자살을 막을 수 있는 위치에 있지 않았습니까? 그렇죠?"

정곡을 찔린 나머지 할 말을 잃고 만다.

그렇다. 나는 요리코에게 자살 욕구가 있다는 걸 알고 있었다. 그녀가 스스로 목숨을 끊기 전부터.

요리코는 당초 농약이 아닌 수면제를 먹고 자살을 시도했다. 내가 집을 찾아갔을 때 내 가방에서 훔친 수면제로.

그날 진료소에 돌아온 나는 이내 약이 사라진 것을 깨닫고 다시 요리코의 집으로 향했다. 나를 맞아 준 사나에게는 깜빡하고 두고 간 물건이 있다고 하며 집 안에 들어갔고, 아니나 다를까 사라진 수면제를 부엌에서 찾았다. 요리코가 쓴 것처럼 보이는 유서와 함께.

그때 즉시 의사와 상의해 대책을 마련했다면 요리코를 구할 수 있었을지도 모른다. 그러나 약과 유서를 발견했을 때 내 머릿속을 스친 건, 혹시라도 약의 관리 책임을 물을지도 모른다는 내 안위에 대한 우려였다. 그래서 그저 땜질에 불과하다는 걸 알면서도 유서와 약을 은닉했다. 어떻게 대처하건 일단 눈앞의 위기는 피하고 보자고 스스로 되뇌며. 설마 그날 그녀가 다시 농약을 먹고 죽을 줄 누가 예측이나 할 수 있었을까.

그렇다. 아무리 나 자신을 정당화해도 사나가 날 어머니의 원수로 생각하는 건 어떤 의미에서 진실인 셈이다.

"이유가 있다고 해서 복수를 긍정하는 건 아니지만, 적어도 누님에게만 정당성이 있다고 할 수는 없겠네요. 이번 같은 경우에는."

고양이는 내게서 시선을 돌리고 먼 곳을 보며 담담히 말했다.

"즉, 저 여자분을 죽이면 누님은 진짜 죄인이 되고 맙니다. 누님. 나쁜 말은 안 하겠습니다. 누님이 죄인이 아닌 정직한 사람으로 소중한 이들의 기억에 남고 싶다면 사람을 죽여서는 안 됩니다. 아, 납득하기 어려우신 건 이해합니다. 누님은 지금 저 여자분을 향한 원망이 가슴속에 가득할 테니까요. 하지만 그럼 전달하면 되지 않을까요? 마땅한 수단으로, 마땅한 상대에게 말이죠. 누님 스스로 아수라의 길에 몸을 던질 필요는 없다는 말입니다. 인간 세상에는 이미 죄인을 심판하는 구조가 잘 짜여져 있으니까요."

고양이는 유리가 깨진 창틀에 손을 얹고 창 너머에서 내 얼굴을 빤히 쳐다봤다.

"누님에게 주어진 시간은 앞으로 5초에 불과합니다. 누님은 그 시간을 어떻게 쓰실 생각이신지요?"

고양이의 말대로 여명 시계는 5.45초를 가리키고 있다. 덫은 이미 완성했지만 아직 시간이 조금 남았다.

행동할 시간, 그리고 그 행동을 곰곰이 되짚어 볼 시간도.

앞이 보이지 않는다. 귀도 들리지 않는다. 조금 전까지 그렇게 밝았는데 지금은 사방이 어둠에 뒤덮였고 귓속에서 기묘한 고음이 울려 퍼지고 있다.

숨을 쉬어야 한다. 그렇게 절실히 생각하지만 가슴이 움직이지 않는다.

심장은……? 심장은 잘 뛰고 있는 걸까……?

고통스럽다. 가슴이 찢어질 것처럼 아프다. 숨을 쉬어야 한다……. 숨을 쉬지 않으면 죽고 만다……!

나는 시간을 움직여 손에 들고 있던 꽃 중에 한 송이를 콘센트에서 뽑고 다시 시간을 멈췄다. 5.01초.

"이건……?"

어느새 조제실 안에 들어온 고양이가 내 오른손에 들린 꽃을 보며 물었다.

"뭐랄까…… 절충안이라고 할까. 물론 나도 아무 이유 없이 사람을 죽이고 싶지는 않아. 하지만 역시 날 죽인 사람을 용서하긴 어렵지 않겠어? 그러니 마지막은 하늘에 맡기기로 한 거야."

"그 말씀은."

"그러니까 이 전선을 하나만 남겨서 저 아이가 감전돼 죽을 가능성을 조금 낮췄어."

솔직히 잘한 일인지는 모르겠다. 증오하는 상대를 죽이려 하는 상황에서 상대가 죽을 가능성을 낮추다니. 살인범은 결코 하지 않을 행동이다. 사나를 향한 살의를 전부 버리지 못하고 꽃을 두 송이 다 뽑지도 않았으니 도리에 맞는다고도 할 수 없다. 어정쩡한 선택일지도 모르지만 어떡해야 좋을지 나 자신도 알지 못했다. 이 격정과 윤리관의 대립을 어떡해야 좋을지.

"애초에 물에 젖은 꽃줄기의 전도성이 어떤지 실험해 보지 않았으니 신뢰도가 얼마나 될지 알 수 없어. 표면의 수분에 전기가 잘 통하면 괜찮겠지만 중간에 저항치가 높은 부분을 지나면 줄기의 열 때문에 꽃이 타 버릴 수 있고, 어떤 충격으로 줄기가 콘센트 구멍에서 빠질 가능성도 있어. 그런 상황에 대비해 두 송이를 꽂은 거지만."

지금 콘센트에는 꽃이 한 송이만 꽂혀 있다. 그 꽃의 끝부분은 책상 위에 고인 물과 맞닿아 있다. 고양이는 그 부분을 손으로 더듬으며 만족스러운 것처럼 고개를 끄덕였다.

"그렇군요. 뭐 고민할 필요는 없을 것 같습니다. 이 꽃 한 송이가 바로 누님 가슴속에 있는 양심의 크기라고 생각하면 되겠죠. ……그런데 누님을 부추긴 마당에 또 이런 말씀 드리기 뭐하지만, 만약 그렇게 해서 저 여자분이 살아남을 경우 이 책상 위 메시지는 인멸되고 말 겁니다. 어쩌면 여자분이 도망칠 수도 있고요. 그건 어떡하실 건가요?"

"다른 메시지를 남기면 돼."

내 시야 끝에는 책상 위에 있던 서류들이 바닥에 널려 있었다.

―이쪽에서 소리가 들린 것 같은데.

―어? 저 앞에 뭔가가 떨어져 있지 않아요?

내 귓가에 남자들의 대화가 희미하게 들린다.

이 조제실로 사람들이 다가오고 있다. 이제 곧 도착할 것이다……!

"하앗!"

나는 힘차게 상반신을 벌떡 일으켰다. 동시에 어마어마한 통증이 온몸에 스쳤다.

목구멍에 비명을 꾹꾹 눌러 담으며 열심히 일어서려고 시도한다. 관절이 움직이지 않는다. 다리에 힘이 들어가지 않는다. 왼쪽 가슴이 불타는 것처럼 뜨겁다.

조금 전에는 정말 죽는 줄 알았다. 아니, 지금 몸 상태를 생각하면 무사히 살아났다고 하기는 어려울 것이다. 앞서 일어난 감전으로 치명적인 피해를 입었을 수도 있다.

그래도 이를 악물고 일어나 책상 위로 눈길을 향한다. 저 여자가 남긴 메시지가 아직 그대로 남아 있다. 이걸 지워야 해…… 어떻게 해서든 지워야 해…….

다행히 내 오른손은 아직 뚜껑이 분리된 매직펜을 쥐고

있었다. 아니, 쥐고 있다고 할 수는 없을까. 그저 손가락이 말을 안 들어 펜을 떨어뜨리지 못하고 있을 뿐이지만 아무 튼 상관없다.

떨리는 손으로 펜 끝을 책상 위에 가져갔다.

"으윽."

조금 전 이 책상에 손이 닿아 감전됐다. 얼마나 불운한 일 인가. 아마 꽃병에 있던 물이 의료 기구 같은 것에 닿아 전 기가 통했을 것이다. 하지만 목숨을 건진 걸 보면 어떤 이유 로 전원이 차단됐고 이제는 물에 손이 닿아도 감전되지 않 을 수 있다. 아니, 그 가능성에 모든 것을 걸어야 한다……!

펜 끝이 책상에 닿자 전기가 통하지 않는데도 온몸이 공 포로 움찔거렸다.

"우우우우우웃……."

소리를 죽이려고 해도 턱에 힘이 들어가지 않는다. 입에서 는 비명과 오열 섞인 한심한 외침이 하염없이 새어 나온다.

"으아아아아아아!"

여자가 그린 선 위에 가로세로 줄을 여러 개 덧그린다. 한 줄 더! 한 줄 더! 아직 부족하다. 아직 내 이름이 지워지지 않았다……!

─혹시 그 안에 누구 계십니까?

조제실 바로 밖에서 남자 목소리가 들려서 나는 흠칫하고 돌아봤다. 손전등 불빛이 입구를 비추고 있다.

이제 그만. 여기까지다. 지금 당장 이곳을 떠나야 한다.

나는 손가락을 비틀어 펴서 펜을 내던지고 바닥에 떨어져 있던 신발을 겨드랑이에 끼워 넣었다. 엽총은 그대로 두고 간다. 이건 애초에 나와는 상관도 없는 물건이었다.

그 밖에 뭔가 잊은 게 없는지 조제실을 둘러본 순간, 내 시야 속에 어떤 것이 들어왔다.

❈

시간을 움직이자마자 오른쪽으로 몸을 비틀어 바닥에 쓰러지는 동시에 서류 중 한 장을 주워 든다…….

나는 머릿속으로 앞으로의 움직임을 예행 연습했다. 죽기 직전 마지막 5초쯤 되면 아마 가만히 서 있기도 힘들 테니 마지막에는 무리하지 않고 바닥에 누워서 메시지를 남기기로 했다.

"저 책상 메시지는 사나가 보라고 남긴 거지만, 경찰에게 메시지를 남기는 방법이라면 얼마든지 있어. 이를테면 바닥에 떨어진 서류 중 한 장에 '사나'라고 적기만 해도 돼. 저렇게 많은 서류 중 한 장에 사나라고 적은 다음에 섞어 놓으면 경비원이 이 조제실에서 벌어진 일을 눈치채기 전까지 사나가 그걸 발견하기는 어려울 거야."

"흠흠, 뭐야, 간단했군요."

"응. 내 목적이 그저 메시지를 남기는 것뿐이었다면 15초는 너무 길 정도지."

처음부터 감전 트랩은 확실성이 낮았다. 운 좋게 걸려든다면 이 자리에서 사나를 감전사시킬 수 있지만 그녀가 용케 도망칠 상황을 고려하면 경찰에게 보낼 메시지도 남겨 둬야 한다. 나는 그 진짜 메시지를 위해 처음부터 이 5초는 일부러 남겨 두었다.

이제는 정말 마지막이다. 지금까지 해 온 것과 비교해 그리 어렵지는 않겠지만 여기까지 와서 실수는 용납되지 않는다. 내 인생 마지막으로 하는 행동이다. 그렇게 생각하니 새삼스레 이런저런 추억이 머리에 하나둘 떠오르기 시작했다. 평범한 삶이었다. 후세에 이렇다 할 뭔가를 남긴 것도 아니다. 내가 남긴 것이라고는 어중간한 트랩과, 그리고 5초 만에 쓸 수 있는 단순한 메시지뿐.

이제 됐다. 나는 잠시 감회에 잠긴 후.

"……좋아."

마침내 시간을 움직였다.

몸을 뒤틀어 서류가 널려 있는 바닥에 쓰러지고자 한다.

그리고 그 직후.

두 번째 총성이 내 몸을 관통했다.

❈

해냈어……! 내가 해냈어……!

입에서 자꾸 튀어나오려는 함성을 필사적으로 참으며 나는 집으로 향하는 밤길을 힘차게 달리고 있었다.

그 여자의 메시지는 무사히 지웠다. 또 증거가 될 만한 것들도 전부 없앤 다음 경비원이나 다른 누구에게도 들키지 않고 창문으로 도망치는 데 성공했다. 모든 게 계획대로 된 것은 아니지만 그래도 결과적으로 나는 복수를 완수했다.

이걸로 충분하다. 아무 걱정하지 않아도 된다. 엄마를 독살한 그 여자는 이제 세상에 없다.

그건 그렇고 참 끈질긴 여자였다. 가슴이 뚫린 뒤에 그런 메시지를 남기다니.

다행이다.

두 발을 쏴서.

또다시 세계가 정지해 있다.

무슨 일이 일어난 걸까. 난 마지막 메시지를 남기기 위해 시간을 움직여 바닥에 쓰러지려 했고, 그 직후 바로 근처에서 충격음이…….

……대체 무슨 일이 일어난 거지?

그때 내 귓가에서 큭큭 하고 웃음을 참는 듯한 소리가 들렸다.

"또 총에 맞으셨네요. 누님."

검은 망토를 두른 고양이가 내 옆에 서서 나를 내려다보고 있었다. 조금 전까지 진지했던 얼굴에는 야비한 미소가 떠올라 있다.

"저것 보세요."

고양이는 발로 창가를 가리켰다.

유리가 깨진 창문 밖에는 내 쪽으로 총구를 향한 채 엽총을 겨누고 있는 사나의 모습이 보였다.

"이…… 이건. 말도 안 돼……!"

"글쎄요. 말이 안 될 게 있나요. 누님도 두 번째 총알에 맞아 수명이 단축될 가능성을 걱정하시지 않았나요? 그것도 꽤 이른 단계부터."

나는 지금 바닥에 몸을 던지는 도중에 허공에 정지해 있다. 바닥에 엎드리려 했지만 총에 맞은 충격 때문에 몸이 반 바퀴 회전해 얼굴이 창문을 향한 상태로 멈췄다. 그런 나를 고양이가 마치 연민하는 듯한, 멸시하는 듯한 얼굴로 내려다보고 있다. 지금까지 보여 준 적 없는 표정이다.

"그 우려가 현실로 다가온 거죠. 그리고 궁금하실 누님의 앞으로 남은 시간은."

고양이가 한 손을 내 앞으로 내밀자 그 위에 여명 시계가 희미하게 표시됐다. 0.61초.

"어느새 이렇게 됐네요."

"이럴 수가……."

"이제 이 세상에서 누님이 할 수 있는 일은 거의 남아 있지 않습니다. 그러니 뭐, 원래대로라면 누님이 살아생전 몰랐던 것을 제가 알려드려도 큰 지장은 없겠지요. ……누님. 누님은 범인의 추격을 의식하고 있었습니다. 덫을 까는 동안에도 계속 등 뒤를 신경 쓰고 있었죠. 하지만 창밖에는 조금도 주의를 기울이지 않더군요. 거기서 총알이 날아올 상황을 전혀 예상하지 못하셨겠지요."

"그, 그럴 수밖에 없는 게, 바로 조금 전까지만 해도 복도에 있었는데 갑자기 밖에 나가다니……."

"그 여자분은 애초에 바깥에서 이 건물 안으로 침입했습니다. 곧장 다시 밖으로 나가도 이상하다고 할 수는 없죠. 조금 더 자세히 설명드릴까요? 누님이 약병을 던졌을 때 여자분은 자신이 저격에 실패해 반격당한다고 판단했습니다. 그래서 쏜살같이 도망쳤죠. 이곳에 처음 침입할 때 들어온 진료소 뒷문으로요. 하지만 뒷문을 지나 밖으로 나갔을 때 여자분은 문득 생각을 바꿨습니다. 누님은 지금 복도 쪽을 경계하고 있을 것이다. 그럼 뒤뜰로 돌아가 창문에서 총을 쏴 주겠다, 라고요. 네……. 분명 누님이 총에 맞고 지금까지 고작 10초 정도밖에 흐르지 않았습니다만, 사람은 10초에 50미터 정도는 달릴 수 있지 않나요? 한번 상상해 보시죠. 복도에서 뒤뜰의 저곳까지 전력 질주하면 몇 초 만에 닿을 수 있을지를."

그렇다. 고양이의 말대로다. 조제실 입구에서 뒷문까지는 기껏해야 10미터 정도밖에 되지 않는다. 나를 쏜 다음 곧장 뒷문을 지나 뒤뜰로 돌아가는 동안 총을 재장전한 후 창문 너머에서 다시 나를 쏜다. 10초 동안 할 일로서는 감전 트랩을 만드는 것보다 훨씬 쉽다.

그렇다면 왜 나는 그걸 떠올리지 못했을까. 왜 복도뿐만 아닌 창밖을 경계하지 않았을까.

"누님은 15초를 지나치게 의식하셨습니다."

고양이는 마치 어린아이를 달래듯 천천히 입을 열었다.

"기껏해야 15초, 그래도 15초라 할 수 있겠죠. 누님은 고민 끝에 자신의 남은 시간을 최대한 활용할 계획을 세우셨습니다. 그 과정에서 15초라는 시간이 얼마나 짧은지를 수없이 되새기셨을 테고요. 누님은 평범한 사람에게 15초는 거의 찰나의 순간에 불과하다고 지나치게 의식하고 말았습니다. 그러나 정확히 따지면 찰나는 아니죠. 몇 초 동안에도 할 수 있는 일은 많으니까요. 이를테면 뒤뜰로 뛰어가 총을 쏘는 것처럼. 누님은 저 여자분에게도 똑같이 시간이 흐른다는 사실을 유념하셨어야 합니다……."

그렇다. 나는 무의식중에 사나에게 흐를 시간을 머릿속에서 제외하고 있었다. 그래서 순서를 틀리고 만 것이다. 일단 덫을 깐 다음 그 덫이 실패했을 경우에 대비해 보험을 만들려 했지만 원래는 보험 쪽을 먼저 마련해 두어야 했다. 사람은 언제 죽을지 모르니까.

고양이는 어깨를 으쓱하고 "안타깝네요" 하고 히죽거렸다. 이 자식…….

"너…… 설마 처음부터 이렇게 될 줄 알고 있었어?"

"뭐, 조금은."

고양이의 목소리에 점점 더 기세가 붙는다. 입가에는 죽음을 옮기는 자의 사악한 미소가 번진다.

"한 번 더 총에 맞을 수는 있겠다고 생각했죠. 아무튼 정말 훌륭한 볼거리였습니다. 누님이 분투하는 모습은요. 심지어 누님이 설마 그 여자분을 죽이려 할 줄이야. 여러모로 고생하셨습니다만, 저로서는 누님이 그 여자분을 죽이는 걸 그냥 넋 놓고 지켜보고 있을 수만은 없었습니다. 저도 바쁜 몸이라 쓸데없이 일이 늘어나면 곤란하거든요."

이건 또 무슨 소리일까.

그러니까 이 녀석은 지금 이런 이야기를 하는 것처럼 들린다. 조금 전에 내게 했던 충고는 쓸데없이 죽은 자를 늘리지 않기 위한 방편에 불과했다. 뭐가 양심의 결정체란 말인가. 난 그 말에 감쪽같이 속아 넘어가……

"뭐 그렇다고 낙담하지는 마십시오. 일본 경찰은 실력이 뛰어나다고 들었으니까요. 누님이 경찰에 꼭 메시지 같은 걸 남기지 않아도 그 여자분을 체포해 주지 않을까요."

눈앞에서는 고양이가 얄밉게 웃는 얼굴, 그리고 창밖에서는 살의로 가득 찬 사나의 얼굴이 보인다. 가슴속에서 잠시 사라졌던 회한과 증오가 또다시 부글부글 끓어 올랐다.

그러나 이제 내게 남은 시간은 채 1초도 되지 않는다.

내가 할 수 있는 일은 이제 아무것도 없는 걸까……?

그때 내 시야 속에 한 통의 봉투가 들어왔다. 바닥에 널린 서류 속에 뒤섞여 있다. 원래 책상 위에 있었던 것이다.

내가 이대로 바닥에 쓰러졌을 때 손을 뻗으면 닿을 위치에 있다.

"그걸로는 부족해…… 그냥 체포되는 것만으로는……."

"흐음, 아직도 그런 말씀을 하시는군요. 누님, 잘 들으세요. 이제 누님이 할 수 있는 건 아무것도 없습니다. 인생에서는 포기도 중요하다고 하지 않나요?"

멋대로 지껄이지 마.

체포만으로는 부족하다. 저 여자에게는 아직 전해야 할 말이 있다.

죽이지는 못하더라도, 적어도 일깨워 줘야 한다.

내가 어떤 행동을 했는지를.

❈

진료소에서 간신히 도망친 후 나는 집으로 뛰어가 그대로 현관 앞에 쓰러져 잠들어 버렸다. 눈을 떴을 때는 다음 날 새벽이었고 한동안 악몽이라도 꾼 것처럼 멍하니 있었다.

극도의 피로감 때문에 몸이 말을 듣지 않았다. 아마 어젯밤 전기 충격의 후유증도 있을 것이다. 그러나 의사를 찾아갈 수는 없다. 컨디션 때문이라기보다는 이런 상태로 사건 현장을 다시 찾아가는 상황이 무서웠다. 자연 회복을 기다릴 수밖에 없다.

몸을 질질 끌며 침실로 들어가 이불에 몸을 던졌다. 잠시 누워 있는 동안 비로소 제대로 된 사고력을 되찾았다.

그렇다. 확인해야 할 것이 남았다.

이불에서 팔을 뻗어 어제 현장에서 가져온 봉투를 집었다. 숨이 끊어진 그 여자가 손에 꼭 쥐고 있었던 것이다. 두 번째로 총에 맞았을 때 그 여자의 손에는 펜밖에 없었으니 아마 의식을 잃기 직전에 바닥에서 주워 들지 않았을까. 그렇다면 그 행동에 어떤 의미가 있을 것이 분명하다. 그곳에서는 미처 확인할 시간이 없었지만 혹시 내 약 처방 기록 같은 거라면 큰일이니 일단 가져왔다.

구깃구깃한 봉투 속에는 편지지가 한 장 들어 있었다. 그것을 꺼내 펼친 순간, 나는 심장이 철렁 내려앉았다. 편지지에 적힌 손글씨가 눈에 익은 어머니의 글씨였기 때문이다.

편지를 읽는 동안 손이 덜덜 떨렸다.

그것은 어머니의 유서였다. 더 이상 그 아이에게 폐를 끼치는 상황을 용납하기 어렵다, 미래에 희망이 보이지 않는다는 등의 내용이었다. 스스로 목숨을 끊은 사람의 유서에 적혀 있을 만한 그런 글이 다른 사람도 아닌 어머니의 글씨체로 적혀 있다. 심지어 끝에는 이런 문장도 있었다. 그러나 나 혼자서 떠날 수 없다. 그 아이에게는 죄가 없지만 함께 데려가겠다.

서늘한 감각이 등줄기를 스치고 지나갔다.

이 말은 곧⋯⋯ 엄마가 나랑 동반 자살을 계획했다는 걸까⋯⋯? 단순 자살이 아닌, 내 의지를 무시한 동반 자살을?

그렇다면 이런 편지를 왜 그 여자가 쥐고 있었을까.

나는 이런 편지가 있는 줄 꿈에도 몰랐다. 경찰 역시 한마디도 하지 않았다. 그렇다면 설마⋯⋯ 이 유서의 존재를 알고 있었던 사람은 그 여자뿐이고, 다시 말해 그 여자가 집에서 이 편지를 가져갔다⋯⋯?

그렇다면 그 여자는 엄마가 나와 동반 자살하려는 걸 알고 있는 상태에서 약을 제공한 걸까? 자살 방조였나? 아니, 그건 이상하다. 그렇다면 왜 내가 살아 있나. 엄마는 평소 내가 복용하는 약을 독약으로 바꿔치기해서 함께 죽을 계획이라고 유서에 적었는데.

약을 독약으로 바꿔치기…… 한다……?

내 뺨을 타고 흐르는 땀방울이 편지지 위에 뚝 떨어졌다.

……설마…….

그날 그 여자가 부엌에서 엄마의 상비약을 만지작거렸던 것은 약을 독약으로 바꿔치기한 것이 아닌 그 반대, 그러니까 독약을 약으로 바꿔치기한 것이었다?

그때 엄마는 내가 먹을 약과 자신의 약을 독약으로 바꿔 둔 상태였다. 그 사실을 깨달은 여자는 그것을 다시 인체에 무해한 약으로 바꿨다……. 그러니 나는 무사할 수 있었지만, 자살 의도를 들킨 것을 깨달은 엄마는 급히 다른 독약을 마시고 혼자서 죽었다…….

그 말은 곧.

그 여자는 나를 구했다는 뜻이 되지 않은가……?

감전을 견뎌냈을 내 심장이 다시 무너져내리는 게 아닐까 싶을 정도로 격렬히 뛰고 있다. 건강을 위협할 만한 건 이제 아무것도 없는데 눈앞이 점점 캄캄해진다.

이 봉투 또한, 내게 전하는 것이었다.

처음부터 끝까지 내 착각이었다.

내가 대신 원수를 갚으려고 한 엄마야말로 날 죽이려 했다는 사실. 그리고 그 살의에서 날 구해 준 사람을 내 손으로 죽이고 말았다는 사실.

그 여자가 마지막으로 내게 전하려 했던 메시지는 바로 그것이었다…….

그날 밤 집 초인종이 울렸다.

무거운 몸을 질질 끌고 가서 현관문을 열자 무서운 얼굴을 한 남자 몇 명이 서 있었다.

그들은 내게 경찰수첩을 들이밀며 진료소에서 일어난 살인 사건에 대해 묻고 싶은 것이 있다고 했다. 이야기를 들어 보니 범행 현장에 남은 머리카락과 진료소에 보관돼 있던 내 혈액을 대조해 단시간 안에 용의자 특정에 이르렀다고 했다.

나는 한숨을 내쉬고 어깨가 가벼워지는 것을 느끼며 말했다.

"그러지 않아도 찾아뵈려던 참이었습니다."

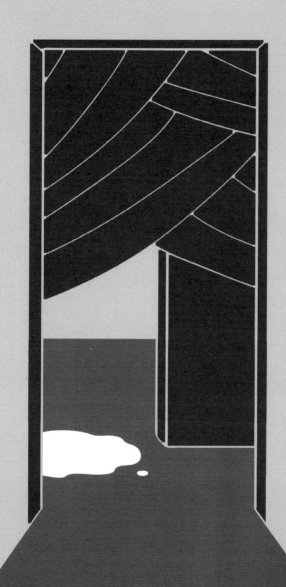

2
—
이다음 충격적인 결말이

두우우웅 하고 귀에 거슬리는 효과음이 나를 얕은 잠에서 끌어올렸다.

눈을 뜨니 거실에 있는 커다란 TV 화면 속에서 배우가 눈부신 효과에 뒤덮인 채 뭔가 소리치고 있다. 내가 소파에 누워 잠들어 있는 동안 드라마가 절정부에 돌입한 모양이다.

몸을 일으켜 하품을 한번 했을 때.

"안녕."

내 옆 흔들의자에 앉아 있는 누나가 말을 걸었다.

"30분 정도 잤네."

"아, 응. 동아리 활동 때문에 피곤했나 봐."

말하다가 또다시 하품이 나왔다. 평소에는 밤샘도 거뜬하지만 오늘은 9시에 하는 드라마를 끝까지 보지 못할 만큼 유독 피곤했다. 동아리 활동뿐만이 아니라 학교가 막 여름 방학에 들어가서 긴장이 풀린 영향도 있을 것이다.

"방에 들어가서 자는 게 어때?"

"아니, 괜찮아. 슬슬 아빠도 올 시간이니 기다릴게. 이거 보면서."

드라마에서는 중년 남자와 대학생 정도 되는 여자가 호젓한 밤거리를 걷고 있다. 둘 다 요새 TV에서 자주 보이는 인기 배우들인데 이름은 기억나지 않는다.

"보겠다고? 무슨 내용인지는 알아? 계속 자고 있었으면서."

누나가 어이없어하며 나를 봤다.

"완전히 잠들어 있었던 건 아니야."

그렇게 변명하면서도 사실 드라마가 어떤 내용인지 거의 파악하지 못했다.

나는 원래 드라마나 영화에 별 관심이 없고 저녁 식탁에서 TV가 켜져 있으면 힐끔거리기는 해도 적극적으로 내용을 이해하려고 하지 않는다. 반대로 누나는 평소에도 TV를 달고 살며 집에 있을 때는 거의 항상 TV 앞에 앉아 있다. 가끔 TV를 보며 스마트폰을 만지작거리기도 하는데 그럴 때도 대부분 인터넷에서 스트리밍되는 영상을 동시에 시청한다. 그렇게 두 방송의 내용을 다 파악하는 걸 보면 어떤 재능 같은 걸 타고났을지도 모른다.

지금 방송 중인 이 연속극도 누나가 매주 저녁을 먹고 꼭 시청하기 때문에 늘 끝까지 본 적은 없지만 나도 대략적인 내용은 알고 있다. 드라마는 '퀴즈 시공 탐정'이라는 제목의 시간여행을 다룬 SF 미스터리물이다. 주인공인 가가미야마 가메오는 시원찮은 40대 사립 탐정으로 어떤 비밀스러운 과거를 가진 것처럼 그려진다. 그리고 그런 가가미야마 앞에 과거로 돌아가는 초능력이 있는 여주인공, 구니이 하루히가 나타난다. 두 사람은 다양한 시대를 오가면서 이윽고 시간을 뛰어넘은 어떤 거대한 음모에 휘말리게 되는데…….

"그래서, 그 음모도 대충 정리돼서 한숨 돌리는 타이밍이었던 것 같은데."

"응? 생각보다 잘 아네?"

누나는 의외라는 듯이 눈썹을 치켜세우고 다시 TV를 쳐다봤다.

─정말 조용하네요.

사람 한 명 없는 밤거리를 걸으며 구니이 하루히가 중얼거린다.

이다음 충격적인 결말이

—이렇게 아무도 없는 하라노마를 걸고 있으면 이런 유령도시를 되살리겠다는 말이 꿈같은 이야기처럼 느껴져요.

—엄살 부리지 마. 이 마을은 언젠가 반드시 부활하게 돼 있어. 그리고 자네처럼 성실한 젊은이들이 있는 한 그런 사건도 더 이상 일어나지 않을 거고.

—네. 정말 그랬으면 좋겠어요.

하루히가 가가미야마를 보며 미소 짓는다. 부드러운 배경음악이 흐르고 문득 하늘이 밝아지는가 싶더니 갑자기 펑하는 요란한 소리가 들렸다.

—얼른 가죠. 불꽃놀이가 곧 끝날 거예요.

두 사람이 어딘가를 향해 밤거리를 뛰어가다 얼마 후 하루히의 모습이 갑자기 사라졌다. 가가미야마가 하루히를 찾아 갈팡질팡하고 있을 때 화면이 광고로 바뀌었다. 시계를 보니 9시 40분이다.

"이 드라마가 오늘 마지막 회였나?"

그러자 누나는 "응" 하고 고개를 끄덕였다. 9시에 하는 드라마이니 앞으로 방송 시간은 5분 정도 남았다. 내가 졸고 있는 동안 클라이맥스는 지났고 이제 에필로그만 남은 듯 보인다.

그때 집 인터폰이 울렸다. 현관 쪽에서 아버지의 목소리가 들렸다.

　—얘들아. 문 좀 열어 주렴.

"응? 아빠, 열쇠 안 가져갔어?"

　누나가 묻자 밖에서 "응. 깜박했네" 하는 겸연쩍은 대답이 돌아왔다.

"그렇대. 가서 열어 드리고 와."

"응? 내가? 누나가 문에 더 가깝잖아."

"몇 발짝 차이도 안 나."

　거실에는 에어컨이 켜져 있어서 쾌적하지만 현관에 가려면 무더운 복도를 지나야 한다. 누나와 나는 '조금이라도 귀찮은 일은 하고 싶지 않다, 네가 대신 가라'라는 느낌의 눈빛을 주고받았다.

"난 이 '시공 탐정'을 끝까지 봐야 해. 넌 어차피 드라마에 관심도 없으니 괜찮잖아."

"누나야말로 광고가 나오는 동안에 잠깐 갔다 와도 되잖아."

"곧 다시 시작해."

"근데 이 뒤는 굳이 안 봐도 되지 않아? 거의 끝난 것 같은데."

"뭐? 어차피 엔딩은 덤이라고 말하고 싶은 거야?"

누나가 날 선 목소리로 되물었다.

"맞잖아. 앞으로 5분 동안 불꽃놀이나 보면서 끝나겠지. 어차피 나올 이야기는 다 나왔고."

"뭐든 그렇게 단정 짓는 버릇은 좋지 않아."

누나는 나와 한 살 차이밖에 안 나면서 가끔 이렇게 되게 어른스러운 척을 해서 얄밉다.

"마지막 5분에 엄청난 반전이 숨어 있을 수도 있어. 놓치면 평생 후회할 충격적인 결말이."

세탁 세제 광고가 끝나자 드라마가 다시 시작했다. 불꽃이 터지는 밤하늘 아래로 폐여관 같은 건물이 비친다. '☎ 471—'이라는 숫자만 간신히 알아볼 수 있는 녹슨 간판과 '시수장時垂莊'이라는 글자가 새겨진 이끼 낀 대문이 인상적이다. 가가미야마는 홀로 폐여관 현관을 지나 어두운 계단을 올라갔다.

2층에 있는 방 한 칸의 장지문을 열자 그곳에 먼저 와 있던 하루히가 불꽃을 구경하고 있었다. 두 사람은 띄엄띄엄 대화를 주고받으며 밤하늘의 불꽃을 바라보고 뒤에서는 서정적인 음악이 흐른다. 이대로 엔딩 크레딧이 올라갈 분위기다.

—애들아. 얼마나 더 기다려야 하니?

연민을 자아내는 아버지의 목소리가 분위기를 깨뜨렸다.

"어쩔 수 없네. 자."

누나가 갑자기 주먹을 앞으로 내밀었다. 결국 누가 현관에 가느냐를 두고 나와 누나의 가위바위보 승부가 시작됐다.

승패는 단숨에 정해졌다.

"이렇게 불공정한 게임이 어딨어⋯⋯."

나는 무더운 복도를 걸으며 중얼거렸다. 누나는 이상하리만큼 눈치가 빨라서 나와 가위바위보를 하면 거의 80퍼센트는 이긴다. '가위바위보만큼 공정한 승부는 없다'라고 말한 사람은 어디 사는 누구였을까. 모든 일에는 예외가 있기 마련이다.

나는 현관문을 열어 땀을 뻘뻘 흘리는 아빠를 맞았다. 아빠는 지친 얼굴로 "다녀왔어"라고만 하고 내게 눈길도 주지 않고 곧장 욕실에 들어갔다.

현관문을 다시 잠그고 티셔츠 깃을 손으로 펄럭이며 복도로 돌아간다. 거실문을 열자 흔들의자에 앉아 있는 누나가 나를 돌아봤다.

"이다음 충격적인 결말이!"

누나는 광고 전 내레이션 같은 목소리로 말하고는 TV 화면을 가리켰다.

—으윽……!

TV 속에서는 내가 상상도 못 한 광경이 펼쳐지고 있었다. 여주인공 하루히가 어두운 다다미방에 쓰러진 채 고통스러운 듯 가슴을 부여잡고 있다. 배우에게 정말 어떤 문제라도 생긴 게 아닐까 싶을 만큼 창백한 얼굴로 실감 나는 연기를 선보이고 있다.

—이봐! 괜찮아?

가가미야마가 달려가 하루히의 어깨를 흔들었다. 하루히는 몸을 덜덜 떨면서 가가미야마를 올려다보며 비통한 미소를 지었다.

—가, 가가미야마 님……. 그동안 감사했습니다…….

하루히는 마침내 힘을 소진한 것처럼 몸이 축 늘어졌다.

가가미야마는 하루히의 몸을 살며시 바닥에 눕히고 그 위에 엎드려 통곡했다. 카메라가 천천히 뒤로 빠지더니 두 사람의 등 뒤로 펼쳐진 밤하늘에 유난히 화려한 불꽃이 연이어 터진다. 감동적인 마지막 장면이라고 생각한 찰나 밤하늘에 어떤 캐릭터의 얼굴을 본뜬 불꽃이 터져 분위기를 깨뜨렸다.

"……응? 뭐야, 이게?"

당황하는 나를 아랑곳하지 않고 엔딩 주제곡이 흘렀다. 요즘 인기 있는 남성 아이돌 그룹이 부르는 흥겹고 신나는 노래인데 정작 TV 화면 속 장면과는 하나도 어울리지 않는다. 그러더니 꼭 이걸로 충분하다는 듯이 엔딩 크레딧이 버젓이 화면에 흘렀다.

"후후."

누나는 팔걸이에 턱을 괴고 싱긋 웃었다.

"거 봐. 이런 반전이 나올 수도 있다니까. 이러니 드라마나 영화는 끝까지 봐야 해."

"뭐, 뭐야, 대체. 그 여주인공이 마지막에 죽었어?"

"그런가 봐. 새드 엔딩이네."

"아니, 잠깐. 바로 조금 전까지만 해도 그런 낌새는 전혀 없었잖아! 설마 여주인공이 어떤 병 같은 거에 걸려 있었나? 아니, 그런 설정은 없었고 애초에 바로 직전까지 즐거워하며 미래에 대해 말하고 있었는데……. 내가 졸고 있는 사이에 뭔가 엄청난 전개라도 있었어?"

"글쎄. 어쩌려나."

누나는 의미심장하게 웃기만 하고 대답해 주지 않았다. 내가 드라마의 결말을 비난하듯 말해서 화가 난 줄 알았지만 그보다 내 예상이 빗나간 상황이 즐거운 듯 보인다. 오직 자신만 진실을 알고 있다는 우월감이 태도에서 엿보였다.

"이런 결말이란 걸 알고 있어서 끝까지 보려고 한 거야?"

"알았다기보다는 뭐, 예상은 했지. 이 '퀴즈 시공 탐정'은 분명 저 여자가 죽고 끝날 거라고."

누나는 리모컨으로 TV 소리를 낮췄다.

불쾌하게도 나는 점점 이 드라마의 결말이 신경 쓰이기 시작했다. 내가 TV 앞을 떠난 시간은 기껏해야 15초 남짓에 불과하다. 고작 그사이에 어떤 일이 생겨 여주인공이 죽었다. 해피 엔딩이 순식간에 비극으로 돌변할 사건이 일어난 것이다.

나는 주머니에서 스마트폰을 꺼내 포털 사이트 검색창에 '시공 탐정 결말'이라고 입력했다. 그러나 검색 결과가 표시되기도 전에 누나가 내 손을 덥석 잡았다.

"잠깐! 검색은 반칙이야."

"뭐? 반칙이라니. 무슨 소리야."

"넌 아까 이다음에 어떤 전개가 나올지 다 예상된다고 했어. 예상했으면 굳이 찾아볼 필요도 없잖아."

"내가 드라마를 그렇게 열심히 본 것도 아니니 예상했다고 해도 한계가 있지. 그동안의 줄거리도 잘 파악이 안 되고."

"흠. 그럼 줄거리만 알면 마지막에 무슨 일이 일어났는지 알 수 있을 것 같아?"

"그야 뭐, 그런 전개가 있다는 걸 알면 아마."

누나는 의자를 앞뒤로 흔들며 후훗 하고 웃었다.

"알겠어. 그럼 나랑 같이 지난 이야기들을 다시 살펴보자. 결말을 예상하는 데 필요한 정보들을 내가 골라 줄게. 이 드라마에는 꽤 재미있는 트릭이 있으니 두뇌 훈련도 될 거야."

"두뇌 훈련이라니. 이 시간에? 난 슬슬 졸린데."

입으로는 그렇게 말하지만 조금 전의 충격 때문에 잠기운이 싹 달아났다. 변죽만 울리는 누나 때문에 정답을 알지 못하면 끝까지 찜찜하리라는 것도 부인할 수 없다.

"어디 보자. 재방송 서비스가 있을 텐데."

누나는 TV 리모컨을 두드리며 재방송 스트리밍 앱을 켰다. 우리 집 TV는 스마트 TV라 인터넷 영상이 서비스되는데 가족 중에 그 기능을 이용하는 사람은 누나뿐이다.

그러는 동안 방송에서는 엔딩 크레딧이 다 올라가고 '이 드라마는 픽션입니다'라는 자막이 표시됐다. 그리고 갑자기 화면이 어느 스튜디오로 바뀌더니 하루히가 마이크를 잡고 밝게 웃는 얼굴이 나왔다.

—자, 이것으로 '퀴즈 시공 탐정' 마지막 화가 끝났습니

이다음 충격적인 결말이

다. 고생하셨어요, 다모토 씨. 어떠셨나요?

다모토라고 불린 사람은 하루히 옆에 있는 가가미야마였다. 화면 위에 즉시 '가가미야마 가메오 역 다모토 요스케', '구니이 하루히 역 야에즈 도키노'라는 자막이 표시된다.

—아아, 네.

다모토는 바로 몇 분 전에 보여 준 비장감 넘치는 연기와 백팔십도 다른 명랑한 목소리로 말했다.

—제가 처음 각본을 읽었을 때는 이 결말이 제법 도발적이라고 느꼈습니다만, 야에즈 씨는 어땠죠?

뭐야, 이 방송은. 요즘 드라마는 본편 이후에 배우들이 나와서 해당 회차의 내용을 돌아보는 코너가 있는 걸까.

"아, 있다! 1화."

누나가 리모컨 버튼을 누르자 화면이 드라마 1화 방송 영상으로 전환됐다.

"일단 주인공과 여주인공의 첫 만남부터 보여 줄게. 가가미야마 탐정 사무소에 의뢰인인 소녀가 나타나는 부분부터."

누나는 리모컨의 조그 다이얼로 재생 지점을 조절하며 줄거리를 들려줬다.

"의뢰인의 이름은 구니이 하루히. 가가미야마가 젊었을

때 살던 하라노마 출신인데, 하루히는 가가미야마에게 하라노마의 비밀을 밝혀 달라고 의뢰해. 하라노마는 16년 전 일어난 어떤 사건 때문에 주민들이 모두 떠나 지금은 유령도시가 됐고 16년 전에 무슨 일이 일어났는지에 대해서는 아무도 입을 열지 않고 있어. 하루히는 고향에 대체 무슨 일이 있었는지 알고 싶다며 가가미야마를 찾아간 거야."

영상이 재생됐다. 1화의 탐정 사무소 장면이다.

잡다한 서류들로 가득 찬 비좁은 방은 탐정 사무소라기보다 회계 사무실의 서류 창고 같은 느낌이다.

"미안하지만 그 마을은 더 떠올리고 싶지 않네. 이런저런 일들이 있어서."

반소매 셔츠를 입은 중년 남자가 창문으로 들어오는 석양을 등진 채 지친 듯이 내뱉었다. 그의 이름은 가가미야마 가메오. 이 공간의 주인답게 초라한 느낌의 사립 탐정이다.

"하루히 군이라고 했나. 자네도 섣불리 건드렸다가는 돌이킬 수 없는 사태를 초래할 수 있어. 그 마을에 깔린 어둠은 밑바닥을 알 수 없을 정도니까."

색이 바랜 손님용 소파에 앉은 소녀에게 매정한 말을 던지지만 하루히는 기죽지 않았다.

"16년 전 탐정님이 실패하신 것처럼요?"

그러자 가가미야마는 대답하지 않고 이맛살을 찌푸린다. 부모 자식만큼이나 나이 차이가 나는 두 사람 사이에 긴장감이 흘렀다.

"16년 전 탐정님은 하라노마 청년단의 중심인물이었다고 해요. 탐정님은 친구들과 함께 하라노마에 만연한 '저주'의 비밀을 파헤치려 했어요. 하지만 누군가의 방해로 조사가 난항을 겪었고 급기야 행방불명되는 사람까지 나왔죠. 그러다 주민들이 하나둘 마을을 떠날 무렵 청년단이 해체돼 탐정님도 결국 그곳을 떠났어요……. 탐정님의 실패 이후 모든 사람이 '저주'가 두려운 나머지 진실을 외면하게 되었고요."

"꼭 직접 보고 온 것처럼 이야기하는군."

"네. 실제 제 눈으로 똑똑히 확인했으니까요."

하루히는 소파에서 벌떡 일어나 가가미야마에게 다가갔다. 당황하는 가가미야마의 손을 붙잡더니 당돌하게 미소 짓는다.

"원래 모든 건 자기 눈으로 직접 보는 게 가장 빠르답니다."

"대체 무슨……."

가가미야마의 말이 채 끝나기도 전에 펑! 하고 마치 폭죽을 믹서기에 갈아 넣은 듯한 굉음과 함께 주변이 섬광에 휩싸였다.

"뭐, 뭐야, 이건!"

"제 옆을 떠나지 마세요. 원래 시대로 돌아올 수 없게 되니까요!"

잠시 후 빛과 소리의 소용돌이가 사방에 흩날린다. 가가미야마가 조심스럽게 다시 눈을 뜨자 주변 풍경이 돌변해 있었다. 그의 탐정 사무소는 맞지만 모든 것이 새롭다. 형광등은 새것처럼 하얀빛을 내뿜고 바닥에는 먼지 한 톨 보이지 않았다.

"놀라시는 것도 당연해요."

아연실색하게 서 있는 가가미야마 옆에서 하루히가 슬쩍 떨어졌다.

"저도 처음 트립했을 때는 눈앞에 벌어진 상황을 믿지 못했으니까요. 제가 한 일인데도."

"트립?"

"네. 이게 바로 제 능력, 이른바 시간 여행이랍니다. 과거로만 갈 수 있지만요."

"설마. 말도 안 돼."

가가미야마가 웃어넘기려 할 때 사무소 밖에서 발소리가

들렸다. 하루히는 가가미야마의 팔을 붙잡고 억지로 붙박이 옷장 안으로 끌고 들어간다. 그대로 가가미야마의 입을 틀어막고 숨죽이고 있자 사무소 문을 열고 젊은 남자가 들어왔다.

옷장 문틈으로 밖을 내다보는 가가미야마의 눈이 번쩍 뜨였다. 사무소에 들어온 청년은 틀림없는 젊은 시절의 가가미야마 자신이었다.

청년 가가미야마는 책상 위 수화기를 집어 들어 누군가에게 전화를 걸었다. 신축 사무소의 인테리어에 대해 시공업자와 상의하는 듯하다. 잠시 후 그는 언짢은 얼굴로 전화를 끊더니 종종걸음으로 사무소를 나갔다.

"이제는 믿으시겠나요?"

하루히는 옷장에서 나가 의기양양하게 가슴을 폈다.

"믿기 어렵군……. 근데 저 사람은 내가 맞아. 사무소를 처음 연 날 수도관이 파열돼서 전화로 항의했지."

"하라노마를 떠난 뒤에도 고생하셨군요."

하루히는 소파에 앉아 새 레이스 커버를 손으로 쓰다듬었다.

"시간 여행은 저희 집안 대대로 이어져 내려온 능력이랍니다. 그렇다고 해도 누구나 쓸 수 있는 건 아니고 제가 아는 한 트립을 할 수 있는 사람은 저와 저희 할머님뿐이에요. 그리고 할머님은 5년 전 돌아가셨고요. 돌아가시기 전에 할머님은 머리맡에 저를 불러 능력을 쓰는 법을 가르쳐 주셨죠. 물론 전 그 말을 곧이곧대로 믿지는 않았어요. 바로 얼마 전 우연히 트립 능력이 발동되기 전까지는."

"집안에서 한 명에게만 대대로 전해지는 능력인가. 그러고 보니 아직 자네 성을 못 들었군."

"어머. 말씀 안 드렸나요? 전 구니이라고 합니다. 구니이 하루히예요."

그 말을 들은 순간 가가미야마가 경악한 것처럼 눈을 부릅떴다. 그러나 등을 돌리고 앉아 있는 하루히는 눈치채지 못하고 이야기를 이어 간다.

"이 능력을 처음 알게 됐을 때 전 이렇게 생각했답니다. 이 능력을 잘 활용하면 '저주'의 비밀을 밝혀낼 수 있을지도 모른다. 우리 하라노마 주민들을 오랫동안 괴롭히고, 어머니의 목숨을 앗아 간 사람의 정체도 밝혀낼 수 있을지도 모른다고요."

"그럼 혹시 자네 어머니도 '저주' 때문에……."

하루히는 고개를 숙이고 있다가 잠시 후 힘없이 끄덕였다.

"굳이 말씀드리자면 어머니의 한을 풀어 드리는 일이라

고 할 수도 있겠죠. 저희 어머니가 왜 죽어야 했는지, 전 그 걸 밝히기 위해 과거의 하라노마로 날아가 조사를 시작했 지만 금세 좌절하고 말았습니다. 이 능력은 너무 제한이 많 아 잘 다루려면 지혜와 용기가 필요하니까요."

"그래서 날 찾아온 건가."

하루히는 고개를 끄덕였다.

"탐정님은 지금도 이 지역에서는 유명인이세요. 누구나 그 존재를 어렴풋하게나마 알면서도 겉으로는 티를 내지 못한, 어둠에 과감히 맞선 젊은이. 탐정님을 그렇게 평가하 는 분도 계시더군요."

"하지만 지금은 변변찮은 사립 탐정에 불과하지."

"그래도 탐정님도 저와 같은 뜻을 품고 계실 거예요."

하루히는 가가미야마에게 다가가 그의 손을 붙잡았다. 그 러자 펑 하는 굉음과 함께 주변 풍경이 단숨에 바뀌었고 다 시 정신을 차리자 두 사람은 현대의 가가미야마 사무소에 돌아와 있었다.

하루히는 가가미야마의 손을 그대로 붙잡은 채 깊숙이 고개를 숙였다.

"부탁드립니다. 제게 힘을 보태 주세요."

가가미야마는 하라노마로 갈 마음이 없다며 완강히 거절했지만 하루히는 나중에 꼭 다시 오겠다는 말을 남기고 사무소를 떠났다.

혼자 남은 가가미야마는 책상 서랍을 열더니 오래된 사진 액자를 꺼냈다. 얼굴은 잘 보이지 않지만 아무래도 젊은 여자처럼 보인다. 사진을 보는 가가미야마의 표정으로 추측건대 그가 소중히 생각하는 사람인 듯했다.

"닐…… . 난 이번에야말로 진실을 밝힐 수 있을까…… ."

닐은 가가미야마의 옛 연인의 이름이다. 화려하고 자신감이 넘치는 외국인 여성으로 과거 신에서 등장한 듯하지만 자세한 건 기억나지 않는다. 가가미야마는 그녀와 사별하고 임종을 지키지 못한 걸 후회했던 것 같다.

그때 화면이 바뀌더니 가가미야마가 현재 착수 중인 불륜 조사를 하러 나가는 장면이 시작됐다.

"누나, 다음 장면이 시작했어."

누나를 불렀지만 누나는 조금 전 전화를 받고 자기 방으로 들어가 버렸다. 불러도 나오지 않는 걸 보니 중요한 전화일까.

나는 어쩔 수 없이 혼자서 1화를 계속 시청했다. 가가미야마가 일하는 현장에 하루히가 나타나 끈질기게 조사를 의뢰한다. 그럼 그 능력으로 날 도와 보라는 가가미야마의 말을 듣고 하루히는 그의 조사에 동행하는데 거기서 예상치 못한 사건에 휘말린다. 과거와 현대를 넘나들며 사건의 수수께끼를 쫓는 스토리가 꽤 흥미로웠다.

1화가 슬슬 막바지에 접어들 무렵 가가미야마가 카메라를 바라보며 빙긋 웃었다.

—아무래도 모든 증거가 나온 것 같군. 이보게, 자네는 수수께끼를 풀 수 있겠나?

그러더니 갑자기 화면 아랫부분에 'Q. 범인은 누구인가?'라는 자막과 함께 네 명의 용의자 이름이 표시됐다. 갑자기 드라마에서 퀴즈 방송으로 바뀌었나 하고 놀라고 있을 때 통화를 마친 누나가 돌아왔다.

"미안미안. 오래 기다렸지? 아, 계속 보고 있었구나."

"응. 근데 갑자기 웬 퀴즈가 시작됐는데."

"'퀴즈' 시공 탐정이잖아. 이 드라마는 매회 마지막에 시청자들에게 범인이 누군지 맞히는 퀴즈를 출제해. 그럼 시청자는 리모컨의 d 버튼을 눌러 정답이라 생각하는 사람에게 투표할 수 있어. 마지막 화에는 조금 특이한 퀴즈가 나왔지. '시청자 참여형 미스터리 드라마'라고 대대적으로 홍보했는데, 그것도 몰랐어?"

기억나지 않는다. 난 저녁을 먹고 곧장 방에 들어가기 때문에 9시 드라마를 끝까지 본 적이 거의 없기 때문이다.

"이게 쌍방향 방송이란 건가? 맞히면 선물이라도 줘?"

"그런 건 없지만 본편 종료 후에 해답을 맞춰 보는 미니 프로그램이 방송돼. 응, 저거."

누나는 해결 편이 시작된 영상을 끄고 '제1화: 탐정 강좌'라는 제목의 또 다른 영상을 틀었다. 교육 방송 느낌의 세트장 앞에 가가미야마와 하루히를 연기한 배우들이 등장한다.

─이렇게 생각해야 범인을 한 명으로 좁힐 수 있습니다.

가가미야마 역할을 맡은 다모토가 1화에 나오는 사건을 간략히 설명하자 하루히 역할의 아에즈가 밝은 표정으로 고개를 끄덕인다.

─그렇구나. 녹차 페트병에 적힌 센류*의 단서를 찾아냈다면 그리 어렵지는 않겠네요. 자, 여러분은 정답을 맞히셨나요?

다모토가 설명한 진실은 내가 예상한 것과 거의 비슷했다. 화면에 시청자의 정답률을 나타내는 그래프가 표시되는데 절반 이상이 정답을 맞힌 듯하다. SNS에 등록된 방송에

---

* 5·7·5의 3구 17음으로 된 짧은 시.

대한 댓글 중에는 '간단', '너무 쉬움'처럼 난이도를 지적하는 의견이 많았다.

"이야, 정답률까지 나오네."

"이 코너는 매회 생방송이었으니까."

—선생님은 이 결과를 어떻게 생각하시나요?

거기서 갑자기 화면이 바뀌더니 스튜디오 반대편의 호사스러운 가죽 소파에 앉아 몸을 뒤로 젖히고 있는 금발 청년이 비쳤다. 그는 "이런이런" 하고 어깨를 움츠려 보였다.

—생각보다 정답자가 많군요. 너무 쉬웠을지도.

"응? 이런 배우도 나왔나?"

"아, 저 사람은 배우가 아니라 작가인 사이온지 선생님이야. 이 드라마의 스토리 원안 담당으로 각본을 쓴 사람 중한 명이지. 아직 젊은데 '고쇼가케 경부 시리즈' 등으로 호평받으며 요즘 꽤 주목받고 있어."

어딘가 쇼 프로그램 등에서 본 느낌도 드는데 그때는 그냥 장난기 많은 아이돌 정도로 생각했다. 가벼워 보이는 인상을 보니 그가 맞는 듯하다.

"이 '탐정 강좌'에도 강사 같은 역할로 매회 출연했어. 뭐이 사람이 직접 퀴즈를 만드니까 자작 해설이라고 해야겠네."

"흐음."

―그럼 다음으로 시청자들이 앞으로 어떤 부분에 주목해야 할지 선생님께 여쭙고 싶습니다.

―아, 네.

사이온지는 하루히를 연기하는 야에즈에게 마이크를 넘겨받았다.

―이번 작품은 저로서도 만족도가 높은 만큼 시청자 여러분께서도 앞으로 펼쳐질 이야기를 온전히 즐겨 주셨으면 합니다. 다모토 씨와 야에즈 씨의 훌륭한 연기가 더해져 정말 좋은 드라마가 만들어진 느낌이에요. 범인 맞히기 퀴즈도 앞으로 점점 어려워질 겁니다. 중요한 대사는 전부 다모토 씨의 입에서 나오고 있으니 모쪼록 그의 말과 행동을 주의 깊게 봐 주세요.

사이온지는 몸을 앞으로 뻗더니 카메라를 향해 장난스럽게 미소 지었다.

―'시공 탐정'의 캐치프레이즈는 '당신도 과거를 바꿀 수 있다'입니다만, 이건 이 작품의 주제이기도 하죠. 끝까지 이 말을 잊지 말고 즐겨 주시기를!

"사람이 정말 뭔가 가벼운 느낌이네."

진심 섞인 감상을 입에 담았다.

"응, 가벼운 건 맞아."

누나도 동의했다.

"저런 캐릭터가 시청자들에게도 먹혀서 요새 이런저런 방송에 자주 나오는데, 저래 보여도 미스터리 각본만큼은 제대로 쓰는 사람이야. 퀴즈가 점점 어려워질 거라 했는데 정말 그 말대로 퀴즈의 정답률이 회차를 거듭할수록 떨어졌어. 난이도 조절이 절묘했지."

그러더니 누나는 "한마디로" 하고 검지를 척 세웠다.

"그런 사람이 쓴 드라마니까 설득력 있는 결말이 마련돼 있다는 뜻이야."

"알겠어, 알겠어. 그래서, 이다음에는 어떻게 돼?"

"어디 보자. 그래. 가가미야마는 결국 하루히의 의뢰를 받아들이고 하루히와 함께 하라노마로 향하게 돼. 하라노마는 삼 면이 산, 그리고 나머지 한 면은 강으로 둘러싸인 기타칸토의 분지 마을인데, 이 강은 근처 화산에 수원이 있는 탓에 수질이 안 좋아서 마을 주민들이 마시는 물은 산에서 나오는 약수를 섞어 마셨어."

"뭐야, 그 지리 수업 같은 설정은. 이야기랑 관련 있어?"

"있지. 이런 건 대부분 '그러니 그 약수터의 관리자는 그 지역에서 강력한 권한을 가졌다' 같은 설정으로 이어지거든. '퀴즈 시공 탐정'에서는 하라노마의 식수에 관한 이권을 구니이 집안이 대대로 거머쥐어서 마을 사람들은 구니이 집안을 거의 떠받들고 있었어."

"흐음. 응? 구니이 집안이라니. 여주인공 구니이 하루히의 집안 말이야?"

"응. 하루히는 그 집안의 귀한 딸이야. 태어났을 때는 이미 하라노마가 유령마을이 돼 버린 뒤였지만. 하루히는 할머니가 세상을 뜨고 나서 친척 집에서 지내는데 친척들과 사이가 별로 좋지는 않아. '저주'의 정체를 밝히려다가 심한 질책을 들었거든. 그날 이후 하루히는 주변 어른들을 믿지 못하게 됐어."

"잠깐만. 그 '저주'라는 게 구체적으로 어떤 거야? 1화에서는 특별히 명시되지 않았던 것 같은데."

"응. 이 '저주'라는 게 사실 조금 애매하기는 해. 드라마 전편을 아우르는 거대한 수수께끼지만 좀처럼 종잡을 수 없다고 할까. 그런데 구체적으로 묘사되는 장면은 있어. 말이 나온 김에 확인해 볼까."

누나는 리모컨을 톡톡 두드려 드라마 본편을 재생했다.

"제2화 초반, 하라노마에 간 가가미야마와 하루히가 과거로 트립하는 장면이야."

"아앗!"

시간 이동이 끝나자 균형을 잃은 가가미야마가 하천 부지에서 공중제비를 한 바퀴 돌고 쓰러졌다.

"으으……. 구니하루 군. 조금 더 편안한 시간 이동 방법은 없나?"

"그런 건 없어요. 익숙해지세요. 그리고 '구니하루 군'이라고 부르지 마세요. 꼭 정치인 비서라도 된 느낌이에요."

하루히는 투덜거리면서도 가가미야마를 부축해 일으켰다.

"꼭 이렇게 발 디딜 곳도 없는 곳으로 와야 했나?"

"어쩔 수 없어요. 여기가 가장 인적이 드물고 안전한 곳이니까요."

그곳은 하라노마와 이웃 마을의 사이를 흐르는 강 옆이다. 가가미야마와 하루히는 초봄에 현대의 하라노마를 찾았지만 시간 이동 이후 시점은 17년 전 한여름이다. 가가미야마는 겨울용 재킷을 벗고 이마에 난 땀을 닦았다.

"이 동네에 인적이 드문 곳이라면 얼마든지 있잖나."

"우선 가장 먼저 알아봐 주셨으면 하는 사건이 이 근처에서 일어났으니 여기로 와야 했어요. 과거에 와 있는 동안에는 트립 지점에서 그리 멀리 갈 수도 없으니까요."

"그건 또 처음 듣는 이야기군."

"네. 말씀 안 드렸어요."

하루히가 당당히 말하자 가가미야마는 "흐음" 하고 어깨를 움츠리고 강변을 걷기 시작했다.

조금 걷다 보니 둑 위로 리어카를 끌고 가는 노인이 보였다. 가가미야마는 둑에 올라가 노인의 뒤에서 말을 걸려고 했다.

"저, 죄송합니다. 잠깐 이야기 좀…… 으윽!"

느닷없이 괴로워하며 목을 움켜잡는다. 그런 그의 눈앞에서 노인이 천천히 고개를 돌리자 다음 순간 가가미야마의 몸이 돌연 뒤로 홱 날아갔다.

가가미야마는 그대로 둑 위를 데굴데굴 굴러 하천 부지의 수풀 속에 처박혔다. 둑 위에서는 노인이 마을을 둘러보며 휴우우 하고 쓸쓸하게 한숨을 내쉬었다.

"괜찮으세요? 가가미야마 탐정님."

가가미야마는 하루히의 부축을 받고 일어나 옷에 묻은 흙을 털었다.

"조금 전 그건 뭐지? 자네 능력과 관련 있나?"

"네. 이것도 미처 말씀을 못 드렸는데, 과거 시대 사람들과는 접촉할 수 없어요. 저희의 모습이 목격되거나 목소리

가 들릴 때 조금 전처럼 어떤 힘이 작용해 강제로 튕겨 나가
니 주의해 주세요."

"그런 건 미리 말했어야지!"

"죄송해요. 굳이 말할 필요가 있나 싶어서……. 생각해 보
세요. 과거 사람들의 일에 간섭하면 과거가 바뀌어 버릴 수
있겠죠? 이 힘은 어디까지나 우리가 시간을 이동할 수 있을
뿐이지 과거에 간섭할 수는 없답니다."

"까다롭군. 그럼 만약 좁은 외길에서 앞뒤로 이 시대 사
람들 사이에 끼이거나 하면 어떻게 되지? 짓눌려서 사라
지나?"

"아뇨. 그런 경우에는 현대로 강제 귀환 돼요."

"정말 엉망진창이군. ……응? 그럼 설마 지나가는 사람을
붙잡고 '실례합니다. 지금이 서기 몇 년인가요?' 같은 질문
조차 할 수 없는 건가?"

"못 하죠. 그런데 지금은 17년 전이에요. 왜 다 아는 걸
굳이 확인하죠?"

"그런 게 시간 여행의 매력 아니겠나. 자네는 시간 여행자
주제에 정말 아무것도 모르는군."

"하아."

어이없어하는 하루히를 아랑곳하지 않고 가가미야마는

흠 하고 팔짱을 낀 채 생각에 잠겼다.

"그런데 현지 사람들에게 접근 못 하는 규칙은 역시 좀 성가시군. 트립을 이용하면 과거를 마음껏 조사할 수 있을 줄 알았는데."

"그럴 수 있었다면 저도 그렇게 했을 거예요. 제가 생각해도 까다로운 능력이에요."

두 사람은 나무 그늘에 몸을 숨긴 채 노인이 사라질 때까지 기다렸다. 노인은 가재도구들을 실은 리어카를 끌고 강 하류 쪽으로 터벅터벅 걸어갔다.

"아, 생각났어. 저 사람은 담배 가게를 하는 미야타 씨야. 그래. 저 사람이 분명 17년 전 여름에 하라노마를 떠났지."

"뭔가 하라노마에 미련이 남은 듯한 모습이네요."

"그래. 이 무렵부터 슬슬 이웃 마을로 이주하는 사람이 늘기 시작했지. 사람이 줄자 생활에 필요한 기능들도 축소되니 썰물처럼 빠져나간 셈이야. 내 주변에서도 하나둘 하라노마를 떠났는데, 기이하게 그 누구에게 물어도 이 집단 이주의 근본 원인은 모르겠다고 했지."

"마을 전체가 뭔가를 숨기고 있었다는 말인가요?"

"나도 어엿한 하라노마의 주민이었지만 아는 게 없었어. 그저 매일매일 마을에서 사람들이 사라지는 것이 오싹했을

이다음 충격적인 결말이

뿐. 자네는 아직 태어나지도 않았을 때겠지만."

"응? 제가 나이를 말씀드렸었나요?"

"성인으로 보이지는 않는데. 그보다, 이제 어쩔 생각인가? 알아보고 싶다는 사건이 대체 뭐야?"

"흐음. 여기는 생각보다 보는 눈이 많은 것 같으니 다른 곳으로 이동할까요?"

하루히는 주변에 사람이 없는 것을 확인하며 가가미야마를 강 옆 여관으로 안내했다. 번듯한 대문에 '시수장'이라는 글자가 새겨져 있는데 건물에 발을 들여놓아도 인기척은 없다.

"이 일대는 잘 모르는데, 이 여관은 폐업한 건가?"

"네. 인기 있는 여관이었는데 1년 전쯤에 영업을 중단했어요. 아, 1년 전은 저희에게 18년 전이라는 뜻이겠죠."

"잘 아는군."

"추억의 장소거든요. ……어머니와의."

두 사람은 여관 안에 있는 계단을 올라가 2층 모퉁이 방에 들어갔다. 하루히는 창가에 가서 커튼 틈새로 살며시 밖을 내다봤다. 아래로 강둑이 보인다.

"경치가 좋군."

"네. 여름에는 이 앞 강가에서 불꽃놀이가 열리니 명소가 됐죠. 어렸을 때 어머니와 함께 여기서 묵었는데 이 방에서 함께 불꽃놀이를 구경했답니다."

하루히는 그때를 그리워하듯 눈가가 촉촉이 젖어 있다.

가가미야마가 헛기침을 했다.

"그래서, 구니하루 군. 이제는 말해 줘도 되지 않나? 그 조사하고 싶은 사건이란 게 대체 뭐지?"

"저 두 사람을 봐 주세요."

"응?"

하루히가 가리킨 곳에는 나이가 지긋한 부부가 담소를 나누며 둑 위를 걷는 모습이 보였다. 그들을 지긋이 관찰하자 갑자기 남자가 손으로 가슴을 누르더니 고통을 호소하며 길가에 쓰러졌다. 아내는 몹시 당황하며 남편의 어깨를 흔들지만 창백해진 남자의 얼굴을 보니 의식을 완전히 잃은 것처럼 보인다.

"뭐지? 무슨 일이 일어난 거야?"

황급히 방에서 뛰어나가려는 가가미야마를 하루히가 뒤에서 멈춰 세웠다.

"가시면 안 돼요! 저희가 할 수 있는 건 아무것도 없어요!"

"지금 그런 말을 할 때가……!"

"쓰러진 남자는 야마오카라는 분이에요. 이날 아내의 눈

이다음 충격적인 결말이

앞에서 갑자기 인사불성에 빠졌죠. 아내는 인근 집에 뛰어가 전화를 빌려 119에 신고했지만 구급차가 도착하기 전에 아내분마저도 쓰러져 버렸어요. 그 후 부부는 이웃 마을 병원으로 이송돼 치료받았지만 의사 역시 부부의 몸에 생긴 이변을 특정하지 못하고⋯⋯."

가가미야마는 퍼뜩 고개를 들었다.

"그래! 기억나는군. 저 야마오카 부부는 이날 이후 1년이나 입원 신세를 지다가 결국 의식을 회복 못 하고 숨을 거뒀지. 그리고 당시 하라노마에는 몹시 으스스한 소문이 돌았어. 야마오카 씨가 하라노마를 지배하는 누군가의 분노를 사는 바람에 '저주'로 목숨을 잃었다는 소문이."

하루히는 분한 것처럼 눈을 내리깔고 "네" 하고 천천히 고개를 끄덕였다.

"저희가 저분들의 운명을 바꿀 수는 없어요. 그래도 이 능력을 이용해 진실을 파헤칠 수는 있겠죠. 과거를 바꾸지 못해도 미래를 바꿀 수는 있는 거예요. 모든 걸 명명백백히 드러내서 이 마을에 깔린 어둠을 불식시킬 거예요. 가가미야마 탐정님."

하루히는 가가미야마의 두 손을 꼭 잡더니 진지한 눈빛으로 그를 올려다봤다.

"부디 '저주'의 정체를 밝혀 주세요."

"흐음. 이 장면은 기억이 안 나네."

"말도 안 돼. 내 옆에서 봤으면서."

그렇게 말해도 소용없다. 나는 TV 방송을 밥 먹을 때의 BGM 정도로만 생각하니까. 특히 연속극은 처음부터 이야기를 따라가지 않으면 재미도 느끼지 못한다.

"뭐 어쨌든 '저주'라는 게 한마디로 정체불명의 괴질 같은 건가 보네."

"응, 맞아. '저주'에 걸린 사람들은 나이와 성별이 제각각이고 하라노마에 산다는 것 외에 다른 공통점은 없어. 게다가 증상이라고 해 봐야 몇 년에 걸쳐 점점 쇠약해지기만 하는데 치사율은 거의 백 퍼센트라고 하니 무서운 병이지."

"일단 먼저 확인하고 싶은데, 이 드라마가 의료 드라마는 아니지?"

"당연하지. 엄연한 SF 미스터리야."

"흐음. 그럼 독살인가? 저 피해자가 별 볼 일 없는 캐릭터 같지만 실은 엄청난 과거를 가진 사람이었다거나."

"그러지 않아도 그걸 조사하는 장면이 있어. 잠깐만 기다려 봐."

이다음 충격적인 결말이

누나가 리모컨을 조작하는 동안 나는 조금 전에 본 영상을 떠올렸다. 하루히는 '과거는 바꿀 수 없다'라고 못 박았지만 작품을 쓴 각본가는 인터뷰에서 '시공 탐정'의 주제는 '당신도 과거를 바꿀 수 있다'라고 했다. 그렇다면 역시 과거를 바꾸는 게 중요한 열쇠일까.

"좋아. 다음은 이 장면."

다음으로 누나가 재생한 장면은 어느 다세대 주택의 좁은 집에서 시작했다. 갑자기 현관문이 열리더니 대학생으로 보이는 청년들이 집 안에 우르르 들어온다.

"아, 저 사람들이 하라노마 청년단이지?"

"오, 잘 아네!"

"그렇게 감탄할 건 없어. 여긴 가가미야마의 하숙집이고 외국인 여자 친구 같은 사람도 있었던 것 같은데. 아, 그래. 이 여자."

청년들에 뒤이어 슬라브 계열 외모의 젊은 여자도 모습을 드러낸다. 세련된 옷차림에 짧은 머리가 잘 어울리는 쾌활한 미인이다. 이 여자가 바로 가가미야마의 예전 연인인 닐일 것이다. 가가미야마가 나오는 과거 장면에서는 계속 옆에 붙어 있었던 기억이 난다. 왜 이런 시골 마을에 동유럽계 미녀가 와 있는지는 기억나지 않았다.

―문단속 잘 해.

그렇게 말한 사람은 젊은 시절의 가가미야마다. 40대의 가가미야마와 같은 배우인데 이쪽이 실제 나이에 더 가까워 보인다.

닐은 유창한 일본어로 "오케이. 조심해서 나쁠 건 없지" 하고 문을 잠갔다.

가가미야마는 2평이 약간 넘는 다다미방에 앉은 동료들의 얼굴을 둘러보고 무겁게 입을 열었다.

"다들 알겠지만 지난주에 야마오카 씨 부부가 쓰러졌어. 동구에 야마오카 모터스라는 자동차 수리 공장 있지? 그곳을 운영하던 분이야. 두 사람이 동시에 발병했다고 해."

그러자 몸집이 작은 청년이 "발병?" 하고 되물었다.

"발병이라면 역시 병이라는 뜻인가?"

"미안. 아직 확실히 병으로 밝혀진 건 아니지. 지금은 이웃 마을 병원에 입원해 있는데 아직 의식을 회복하지 못했다고 해."

"제길. 올해 들어 벌써 네 번째인가. 대체 뭐가 어떻게 돌아가는 거야."

갈색 머리 청년이 머리카락을 쥐어뜯었다.

"하야세, 너희 어머니는 어때? 입원 이후 의식을 회복하셨어?"

"아니."

질문받은 갈색 머리 청년이 침울한 얼굴로 눈을 내리깔았다.

"아직도 누워만 계셔. 평소에 건강 하나는 자신하는 분이었는데 갑자기 쓰러지는 바람에 온 가족들이 다 놀랐어. 그 야마오카라는 사람은 어때? 그분도 평소에 건강 하나에는 자신 있는 분이었나?"

"마쓰다네 집이 그 집과 가깝지 않나? 혹시 뭐 아는 거 없어?"

"그게 말이지."

마쓰다라고 불린 통통한 남자가 상반신을 앞으로 내밀었다.

"실은 우리 아버지가 야마오카 모터스의 단골이라 야마오카 사장하고 안면이 있대. 아버지가 전화로 말하는 걸 들었는데 역시 병명은 잘 모르나 봐. 증상은 어떤 생활 습관 질환과 비슷하지만 그 부부는 지금껏 건강 검진에서 한 번도 문제가 없었을 만큼 건강한 분들이었대. 그런 걸 보면 이건 역시 '저주' 아닐까? 돈 문제도 있고……."

"그럴 리는 없어."

가가미야마가 대번에 일축하자 마쓰다는 어깨를 움츠렸다.

옆에서 갈색 머리가 "응? 돈 문제라니?"라고 묻자 가가미야마는 "횡령 의혹"이라고 했다.

"너희도 알겠지만 매년 여름마다 강가에서 열리는 불꽃놀이 있지? 여러 사람들이 돈을 모아 그 행사를 여는데, 작년까지 행사 운영 위원이었던 야마오카 씨가 출자금을 횡령한 게 아닌가 하는 소문이 돌았어. 그런데 그 소문이 야마오카 씨가 쓰러진 뒤에야 퍼진 탓에 처음에는 일종의 음모론으로 치부됐지만, 야마오카 부부가 긴급 입원해서 혼잡한 틈을 타 야마오카 씨의 집을 확인한 사람이 예금 통장을 발견했대. 그 안에는 작년에 거금이 입금된 기록이 남아 있었고."

"그래. 그러니까 이건 그 보복이야. 어제 우리 아버지가 나한테 진지하게 묻더라. '너, 혹시 뭐 켕기는 거 없지?'라고."

겁먹은 마쓰다를 보며 하야세도 "듣고 보니 그럴싸하네"하고 동의했다.

"적어도 우리 부모님 세대는 꽤 진지하게 '저주'를 믿으셨나 봐. 명확하게 가르쳐 주지는 않지만 이런 일이 옛날부터 있었다고 해. 뭔가 마을에 불이익이 될 만한 짓을 저지른 사람이 원인불명의 병으로 목숨을 잃는 일이."

"그 이야기는 나도 들었어. 조사해 보기도 했지만 구체적인 단서 같은 건 안 나오더라. 아무튼 윗세대들은 입만 열면 '저주'라든지 '구니이 집안에는 맞서지 말라'라는 말만 하는데, 이 마을에 뭔가 큰 비밀이 숨겨져 있는 게 분명해. 심지어 그게 지금 현재 진행형으로 악화하고 있고. 이 비밀을 그대로 두면 앞으로 엄청난 일들이 벌어질 거야."

가가미야마가 힘주어 말하자 하야세도 주먹을 꼭 쥐고 동조했다.

"맞아. 그러니까 우리가 어떻게든 해야 해. 어머니가 저주 때문에 돌아가시게 그냥 둘 수 없어. 적어도 병의 원인 정도는 밝히고 싶어."

"그런데 말이지."

그전까지 말없이 창밖을 내다보고 있던 서양인 여자가 갑자기 입을 열었다.

"너희, 의학 지식 같은 건 없잖아. 병은 의사에게 맡기는 게 좋지 않나?"

그녀가 거침없이 지적하자 하야세는 인상을 찌푸렸다.

"사람들이 픽픽 쓰러지고 있는 상황이야. 인위적인 뭔가가 작용하는 게 분명하지. 심지어 피해자들은 모두 하라노마 또는 구니이 집안에 불이익을 초래한 사람들이었어. 구니이 집안이 뒤에서 무슨 짓을 벌이는 게 틀림없어."

"혹시 독약 같은 걸 먹이나? 아하핫."

여자는 명랑하게 웃음을 터뜨렸다.

"그럼 더 어려워. 의사도 발견 못 하는 독을 우리 같은 아마추어들이 알 수 있겠어?"

"그럼 어쩌란 거야!"

하야세가 참지 못하고 버럭 소리치자 마쓰다가 부랴부랴 말렸다. 그런 두 사람을 아랑곳하지 않고 가가미야마는 냉정하게 여자를 돌아봤다.

"실은 그래서 너한테 부탁하려고 해."

"응? 내가 뭐 도울 일이라도 있어?"

"알면서 모르는 척하기는. 너희 아버지를 소개해 줘. 의약품 제조사에서 연구직을 맡고 계신다는 말이 사실이라면 꼭 힘을 빌리고 싶어."

"어머! 가가미야마, 벌써 우리 아빠를 만나려고? 드디어 들을 수 있겠네! '따님을 저에게 주십시오!'라는 말을."

"생각 없는 거면 다른 쪽을 알아볼게."

"어휴, 재미없긴. 알겠어. 소개해 주면 되잖아. 마침 여기와 계시니 오늘에라도 만날 수 있어."

"좋아. 그럼 얼른 만나러 가자."

마쓰다가 "차 가지고 올게" 하고 집에서 나갔다.

"가가미야마, 너 이걸로 나한테 빚지는 거야. 언젠가는 돌려받을 테니 기억해 둬."

"그래. 잊어버릴 수도 있으니 미리 사과해 두지."

두 사람이 리듬감 있게 대화를 주고받는 모습을 옆에서 하야세가 왠지 불편한 표정으로 바라봤다.

결국 닐의 아버지와 만나게 되어 청년단은 집에서 나갔다.

"다시 보니 새삼 재수 없네, 이 여자."

"원래 그런 캐릭터야."

닐 역할을 맡은 혼혈 배우는 모델 출신으로 화장품 광고 등에서 자주 봤다. 다른 드라마에서는 냉혹한 미녀 스파이를 연기했는데 어떤 역할을 맡아도 캐릭터가 전면에 드러나는 타입의 배우다.

"그래서? 이다음은?"

"아직 조금 더 남았으니 일단 봐."

그 말을 듣고 다시 화면으로 눈길을 돌리자 빈집의 옷장 부분이 확대되더니 갑자기 옷장 문이 확 열렸다.

"후앗!"

좁은 옷장 안에서 40대의 가가미야마와 하루히가 튀어나와 어깻숨을 씩씩 내쉬었다.

"더워 죽을 뻔했어요. 탐정님, 이 집에는 에어컨이 없나요?"

"가난했으니까. 아무튼 큰일 날 뻔했군."

그때 몇 분 전 상황이 회상 컷으로 나온다. 두 사람은 오래전 가가미야마가 만든 조사 자료를 확인하기 위해 17년 전 가가미야마 집으로 이동했는데 하필 젊은 시절의 가가미야마가 돌아오는 바람에 부랴부랴 옷장에 몸을 숨겼다.

또 언제 집주인이 돌아올지 모르니 가가미야마는 서둘러 난잡한 책상 위를 뒤지며 자료를 찾았다. 무료해진 하루히는 예전 가가미야마의 집을 둘러봤다.

"이 시절에 탐정님은 뭘 하셨던 건가요? 한가해 보이시던데."

이제는 어느 정도 속을 터놓은 사이가 됐는지 하루히는 스스럼없이 물었다.

"실제로도 한가했지. 대학을 졸업한 후 동네에 있는 흥신소에 취직했는데 일이 있을 때만 부려 먹혀서 거의 백수나 마찬가지였어."

"지금이랑 별 다를 바 없는 거 아닌가요?"

"조용히 좀 해 주겠나? 아무튼 당시에는 한가했던 만큼 조사에 쓸 수 있는 시간이 남아돌았지. 자료를 이쪽에 보관했을 텐데…….."

하루히는 창가에 다가가 바깥을 내다봤다. 청년 가가미야마와 그 친구들이 집 앞 도로에 우두커니 서 있는 모습이 보인다.

"조금 전 그분들이 하라노마 청년단이죠?"

"윗세대들은 그렇게 불렀지만 그냥 혈기 왕성한 젊은이들이 뭉쳤을 뿐. 그런데 모두 진심으로 하라노마의 미래를 걱정하긴 했어."

"네. 그래 보이더라고요."

그때 승합차 한 대가 다가와 청년들 앞에 멈춰 섰다. 운전석에서 통통한 남자가 고개를 내밀어 청년들에게 타라고 손짓한다. 차 안에서 가가미야마가 밖에 있는 닐에게 손을 내밀자 닐은 그 손을 꼭 잡고 힘차게 뒷좌석에 올라탔다. 그러다 균형을 잃었는지 가가미야마 위로 쓰러지는 모습을 보고 하루히는 "저런" 하고 얼굴을 찌푸렸다.

"저 여자분은 대체 정체가 뭐예요? 하라노마에서 외국인을 보지는 못한 것 같은데."

"이웃 마을 제약회사에서 초빙한 외국인 의학자의 외동

딸이지. 저 여자도 그 회사에서 일했는데 하라노마에 잠시 와 있는 동안 나와 알고 지내게 됐어."

"그냥 알고 지내신 거예요? 꼭 커플처럼 보이던데."

청년단을 태우고 사라지는 승합차를 보며 하루히는 토라진 것처럼 입을 삐죽거렸다.

"저 여자가 일방적으로 다가왔을 뿐이야. 난 그런 상황이 영 달갑지 않았고."

그렇게 말하지만 드라마 1화에서 가가미야마는 십여 년이 지난 지금도 옛 연인을 그리워하는 것처럼 묘사됐다. 젊은 가가미야마는 닐에게 퉁명스럽게 굴지만 실제로는 두 사람이 깊은 애정으로 맺어져 있었을 것이다.

"그리고 내가 어떻게 생각하든 이제는 상관없지. 저 여자는 이 몇 달 후에 갑자기 행방불명돼 버리니까."

"네……?"

"우리가 조사를 도중에 포기한 가장 큰 이유도 바로 그거야. 그녀가 진실에 너무 가까이 다가간 나머지 누군가에게 존재 자체가 사라졌다고 보고 경찰에도 그렇게 신고했지. 경찰은 열심히 그녀를 찾았지만 흔적조차 발견하지 못했어. 그녀의 아버지는 결국 의기소침해져서 본국에 돌아갔고 우리도 조사할 의욕을 잃고 하나둘 하라노마를 떠났지. 나도 마찬가지고."

충격적인 사실에 하루히는 할 말을 잃었고 이후 어색한 침묵이 깔렸다. 잠시 후 가가미야마는 "여깄군" 하더니 선반 아래에서 두꺼운 파일을 꺼내 거칠게 책상 위에 펼쳤다.

"'저주'에 걸린 사람들을 조사한 자료야. 성격이나 음주, 흡연 여부 같은 생활 습관, 그리고 종합 건강 검진 진단서도 입수했지."

"갑자기 아플 만한 요인이 있는지 확인하셨나 보네요."

"그래. 그들의 사인死因에 대해서도 대략은 알고 있고. 이걸 보게."

가가미야마는 수치가 자세히 나열된 문서를 손으로 가리켰다. 당시 피해자들 사이에는 어느 특정 영양소가 결핍되어 쇠약사에 이르렀다는 공통점이 있었다. 그러나 그들의 식생활에는 이렇다 할 문제가 없어서 왜 결핍증이 일어났는지는 의사들도 밝히지 못했다.

"그때는 바로 여기서 막혔어."

"의사 선생님들도 포기하셨다고 하니 어쩔 수 없었겠죠."

하루히의 말투가 거슬렸는지 가가미야마는 발끈해서 되받아쳤다.

"견해가 전혀 없었던 건 아니야. 몇 년 전 해외의 연구진

이 흥미로운 사실을 발표했지. 하라노마의 '저주'와 비슷한 사례가 해외에서도 발견되었다고. 어느 날 갑자기 결핍증으로 쓰러졌다가 몇 년에 걸쳐 서서히 쇠약해지더니 마지막에는 초록빛으로 물든 피를 토하고 사망했다더군."

"초록빛 피요?"

하루히는 깜짝 놀라 목소리를 높였다.

"그게 무슨 말씀이세요? '저주'로 피 색이 변한다는 이야기는 처음 들어요. 혹시 다른 병 아닌가요?"

"'저주'에 걸려 쓰러진 사람들은 모두 어느 병원에 격리돼 임종 때까지 가족을 만나지 못했다는 설도 있어. 그 누구도 '저주'의 마지막 증상에 대해서는 모르는 거야."

그러자 하루히의 얼굴에서 핏기가 쓱 가셨다. 뭔가 짐작이라도 가는 걸까.

"그…… 그래서 그 연구진은 원인을 밝혀냈나요?"

"밝혀냈지. 어떤 화학 물질을 계속 섭취하면 체내에 독소가 쌓여 필수 영양소를 분해한다더군. 해외 사례에서는 인근 거대 공장의 폐수에 그 물질이 섞여서 오랫동안 토양을 오염시키고 있었다고 해. 인근 주민들은 공장을 경영하는 기업을 상대로 집단 소송을 제기했지만, 전례가 없는 사건이라 재판은 지금도 진행 중이야."

"흠. 하라노마에 그렇게 큰 공장 같은 건 없었어요."

"그건 맞아. 하지만 의도적으로 오랜 시간에 걸쳐 유해 물질을 계속 섭취하게 하면 '저주' 증상을 일으킬 수는 있겠지."

"아, 그렇겠네요. 그쪽이 더 악질적이네요. ……응? 잠깐. 그럼 탐정님은 '저주'의 정체를 알고 계셨다는 말 아닌가요? 왜 조사를 다시 시작하지 않으셨죠?"

"그걸 깨달았을 때는 이미 하라노마가 완전히 유령 마을이 된 상태였거든. 새삼스럽게 과거를 들쑤실 의욕이 남아 있지 않았지. 또 이 가설에는 큰 문제가 있어. 야마오카 씨가 출자금을 횡령한 시점은 증상이 나타나기 몇 년 전이야. 횡령 사실을 깨달은 누군가가 복수를 위해 야마오카 씨에게 화학 물질을 투여했다고 해도 고작 1년 만에 그런 증상은 나타나지 않아. 그 물질 자체는 독이 아니기 때문에 투여량을 늘려도 당장은 영향을 끼치지 않고."

그러자 하루히가 "앗!" 하고 목소리를 높였다.

"만약 범인이 시간을 거슬러 갈 수 있었다면 이야기가 달라지겠어요! 범인은 10년 이상 전으로 돌아가 야마오카 씨에게 조금씩 독을 먹인 게 아닐까요?"

"뭐? 자네와 똑같은 능력을 써서 말인가?"

가가미야마는 '대체 무슨 소리를 하는 거지?' 하는 눈빛으로 하루히를 쳐다봤다.

"네."

"이런이런. 과거는 바꿀 수 없다고 말한 사람은 바로 자네 아닌가?"

"죄송해요. 정정할게요. 엄밀히 말하면 아무도 바뀐 사실을 깨닫지 못한다면 과거를 바꿀 수는 있어요."

"깨닫지 못한다면……?"

"예를 들어 탐정님은 방금 집에 있는 물건을 손으로 만지셨죠?"

하루히는 책상 위에 있는 파일을 가리켰다.

"과거에는 탐정님이 집을 나간 후에 집 안의 물건이 그 자리에 그대로 있었으니 엄밀히 따지면 지금 탐정님은 과거를 바꾸신 거예요. 하지만 이렇게 어질러진 집에서 물건 위치가 살짝 바뀐 것 정도는 눈치채지 못하겠죠. 그러니 외관상으로는 과거가 바뀌지 않은 셈이 돼요."

"으, 으음……?"

"으음……?"

가가미야마와 내 신음이 동시에 겹친다. 뭔가 굉장히 이상한 설명을 들은 기분이다.

이다음 충격적인 결말이

"또 하나 덧붙이자면 '깨닫지 못한다면'의 대상은 인간뿐이고 개나 고양이에게 들키는 건 문제가 없어요."

"지극히 인간 위주의 논리군. 그런데 횡령이 발각됐을 때 누군가가 시간을 거슬러 가서 오랫동안 야마오카 씨에게 화학 물질을 투여해 '저주'를 발동시켰다면 모든 걸 설명할 수는 있는 건가."

"맞아요."

여러모로 의아한 게 많은 나와 달리 가가미야마는 완전히 이해한 듯했다.

"그래. 분명 앞뒤는 맞는군. 그렇다면 범인은……."

"……네. 저 말고 시간 여행을 할 수 있었던 사람은 할머님뿐이니…… 그런 짓을 한 사람도 저희 할머님이라는 말이 되겠죠."

"분명 자네의 조모, 그러니까 구니이 기누코 씨는 오래전부터 마을에서 일어난 여러 사건의 배후가 아닌가 하는 소문이 돌았지만, 고작 횡령 정도로 마을 사람을 암살하는 건……."

"할머님은 본인의 생각을 겉에 드러내지 않는 분이셨어요. 전 아직도 그분에 대해 잘 몰라요. 그저 돈이 많은 평범한 분이었는지, 아니면 세간에 소문 난 것처럼 하라노마에

해를 끼친 사람을 어떤 식으로 벌하고 있었는지……. 어찌 되었든 저희 할머님은 그러실 수 있었어요."

화면에 위엄 있는 노파의 모습이 잡힌다. 이번 작품에서 중요한 역할을 맡은 하루히의 할머니, 구니이 기누코다.

"자, 이렇게 흑막이 밝혀졌어."

누나는 그렇게 단정 짓고 화면을 정지했다.

"응? 정말 할머니가 범인이야?"

"그래. 사실은 조금 더 복잡하지만 그쪽 사정을 이해하려면, 음, 5화의 그걸 보여 주는 게 나으려나……."

"잠깐만."

또다시 리모컨을 만지작거리는 누나를 나는 손으로 제지했다.

"하루히가 과거를 바꿀 수 있다고 운운한 부분이 아직 잘 이해가 안 돼. 쥐도 새도 모르게 지나간 일은 바뀌지 않은 게 된다는 거야?"

"흐음. 그게 무슨 뜻이냐면, 타임 패러독스라고 알지? 과거로 돌아가는 타임머신이 있다고 가정하면 내가 태어나기 전인 과거로 돌아가 무심코 부모님의 결혼을 방해했다가 내 존재 자체가 사라져 버리는, 그런 거 말이야."

"아, 응. 뭔지 알아."

"'타임머신으로 과거를 바꾸면 어떻게 될까' 하는 문제에는 몇 가지 패턴이 있는데, 과거를 바꾸면 미래도 달라지는 패턴이나, 아무리 노력해도 하나의 미래로 수습하는 패턴이나, 우주가 폭발하는 등의 패턴도 있어. 이 '시공 탐정'에서는 시간 여행자가 현재 누군가가 아는 사실은 바꿀 수 없지만 그 밖의 다른 건 바꿀 수 있다는 설정이야."

상당히 편의주의적인 설정 같지만 드라마 속 설정에 일일이 트집을 잡아 봐야 소용없다.

"사실 이 규칙을 시청자들에게 이해시키기 위한 에피소드도 있었는데, 다 보려면 역시 너무 길어지니 어쨌든 '아무도 모르는 과거의 사실은 바꿀 수 있다' 정도로만 알아 두면 돼. 예를 들어 하루히는 이제 곧 죽을 것을 아는 과거 인물과는 접촉할 수 있어. 죽기 직전의 상황이 후세에 전해지지만 않으면 외관상의 과거는 바뀌지 않으니까."

"흐음……. 그렇구나."

이렇게까지 강조하는 걸 보면 이 설정이 드라마의 결말과 관련 있는 걸까. 아무도 모르는 사실을 바꾸는 게 결말에서 하루히가 죽는 것과 어떻게 연결되는 걸까.

"일단 다음으로 넘어가자."

누나가 말하기로 이다음에는 하라노마 청년단이 '저주'의 비밀을 파헤치기 위해 동분서주하는 에피소드가 나오는데 '그건 별로 중요하지 않다'라는 이유로 전부 넘기고 곧장 5화의 하루히의 회상 장면으로 넘어가기로 했다.

창문으로 석양이 비치는 널찍한 다다미방에서 어린 하루히가 혼자 하염없이 울고 있다.

그때 장지문이 열리고 기모노 차림을 한 기누코가 모습을 드러냈다.

"돌아와 있었구나, 하루히. 어서 오렴."

가족에게 말하는 것치고 목소리가 차갑지만 손녀를 바라보는 눈빛은 자애로 가득 차 있다. 악한 사람은 아니다. 아니, 정확히 말하면 배우에게서 악인을 연기하려는 의지가 느껴지지 않았다.

"학교에서 무슨 일이라도 있었니?"

하루히에게 다가가 온화하게 묻는다. 하루히는 그런 할머니를 올려다보며 울음 섞인 목소리로 말했다.

"할머니. 그게 정말이에요? 할머니가 정말 사람들에게 '저주'를 걸었어요?"

그러자 기누코는 천천히 고개를 흔들었다.

"그런 헛소문을 진지하게 받아들이지 말려무나."

"하지만 학교 애들이 전부 할머니가 마음에 들지 않는 사람에게 병을 내린다고…….”

“그럼 내가 루카에게도 ‘저주’를 내렸다는 말이 되겠구나. 내가 그 아이를 미워했니?”

“아니, 그렇지 않아요! 엄마는 할머니랑 사이가 정말 좋았어요!”

“그렇지?”

기누코는 상냥하게 말했지만 왠지 슬픈 듯 미소 지었다.

“하루히, 이것만은 기억해 두렴. 세상에는 실로 기묘한 인과라는 게 존재한단다.”

화면이 점점 하얗게 번지더니 현대의 하루히의 침울한 표정이 나왔다. 그녀와 가가미야마는 어스름한 다다미방 안에 몸을 숨기고 있다. 뭘 하고 있는 걸까.

“이렇게 드라마 후반부에는 하루히의 가족에게 초점이 맞춰져.”

“그러고 보니 어머니의 한을 푸느니 어쩌니 했었지? 그 부분 이야기는 전혀 안 나왔는데.”

“앞으로 나오니까 잘 봐 둬. 자, 다음은 마지막화 바로 전인 8화야.”

어두컴컴한 다다미방에 두 남녀가 숨죽인 채 몸을 숨기

고 있다. 하라노마에 있는 여관, 시수장의 2층 방이다. 가가미야마와 하루히가 트립해 온 이 시대의 하라노마는 이미 유령 마을이 되어 여관뿐 아니라 마을 전체가 침묵에 잠겨 있다.

"이제는 슬슬 알려 줬으면 하는데. 구니하루 군, 여기서 누굴 기다리는 거지?"

그러자 하루히는 조용히 하라는 듯 몸짓하더니 갑자기 "어머니 이야기를 조금 해도 될까요?" 하고 중얼거렸다. 가가미야마는 "응?" 하고 눈썹을 세웠지만 눈빛으로 뒷이야기를 재촉했다.

"제가 철들 무렵에 어머니는 이미 '저주'에 걸려 있었어요. 어딘지 모를 먼 병원에 입원해 계셔서 1년에 몇 번밖에 집에 돌아오시지 못했죠. 하지만 집에 계실 때는 저에게 정말 잘해 주셨고, 저 역시 그런 어머니를 아주 좋아했답니다. 어머니가 돌아와 있는 동안에는 집 안에 온기가 감돌았고 평소에는 엄격하신 할머님도 친딸 앞에서는 줄곧 웃는 얼굴이셨죠. 저희 가족은 정말 행복했어요. 그래서 전 도저히 믿을 수 없는 거예요."

"그런 할머니가 자기 딸에게 '저주'를 걸었을 리 없다는 말인가."

하루히는 고개를 끄덕였다.

"어머니가 '저주'에 걸린 이유를 밝히지 못하면 수수께끼도 다 풀리지 않아요. 그러니 전 어머니에 대해 더 알고 싶었지만 할머님은 어머니에 대한 정보를 철저히 은폐하고 세상을 떠나셨죠. 저는 어머니가 입원해 있던 병원이 어딘지조차 몰라요."

"아마 다른 피해자들과 같은 곳에 격리돼 있었겠지."

"네. 그곳이 어딘지 밝힐 단서는 있을 거예요."

하루히의 표정이 약간 밝아졌다.

"제가 네 살 때 여름에 어머니가 절 이 여관에 데려온 적이 있어요. 물론 당시도 하라노마에는 주민들이 전부 떠나고 없어서 여관은 영업하지 않았죠. 저희는 어두워진 후 여관에 몰래 들어가 2층 모퉁이 방에서 불꽃놀이를 구경했어요. 어린 저는 천진난만하게 들떠 있었지만, 실은 그 무렵 어머니의 병세는 상당히 악화돼 있었던 것 같아요. 불꽃놀이를 다 보고 어머니는 할머니에게 끌려가 다짜고짜 다시 병원으로 이송되었어요. 제가 어머니를 본 건 그때가 마지막이에요. 그날 이후 할머님은 아무리 물어도 어머니에 대해서는 무엇 하나 가르쳐 주시지 않았죠. 그리고 몇 년이 지난 여름…… 어머니가 죽었다는 말을 들었어요."

가가미야마는 분위기를 살피며 입을 다물고 있다. 하루히는 휴 하고 짧게 탄식하고 "아무튼 그런 이유로" 하고 다시 힘 있게 입을 열었다.

"이 12년 전 시수장에서 기다리고 있으면 곧 어머니가 저와 함께 나타날 거예요. 어머니는 병원 차를 빌려 하라노마에 왔다고 하셨어요. 그 차를 살펴보면 분명 뭔가 알아낼 수 있지 않을까요? 번호판을 통해 차의 소유주를 알 수 있죠?"

"탐정이 자주 하는 일이지. 나한테 맡겨 둬. 현대로 돌아가서 그 병원을 조사하면 분명 많은 것들이……"

그때 복도에서 인기척이 들려서 가가미야마가 말을 멈췄다.

가가미야마와 하루히가 살며시 문을 열고 밖을 내다보자 유카타* 차림의 두 소녀가 복도를 걸어오는 모습이 보였다.

—정말 괜찮아? 멋대로 들어와서 혼나지 않을까?

등 뒤로 긴 머리를 하나로 묶은 소녀가 불안해하며 말했다.

—괜찮아, 괜찮아!

짧은 머리 소녀가 가슴을 펴며 대답한다.

—혹시 들켜서 혼날 걸 감수할 만큼 대단한 곳이야. 바로

---

* 일본의 전통 복장으로 주로 여름철에 입는 무명 홑옷.

눈앞에서 불꽃놀이를 볼 수 있다니까.

두 사람은 담소를 나누며 가가미야마와 하루히가 있는 곳의 바로 옆방에 들어갔다.

하루히가 속삭였다.

"저 두 명, 이웃집에 살던 아이들이에요."

"어떻게 된 일이지? 12년 전 자네와 어머니 말고도 불꽃놀이를 보려고 이곳에 무단 침입한 사람이 있었나?"

하루히는 "설마요" 하고 고개를 흔들었다.

"뭔가 이상해요. 어머니와 전 불꽃놀이가 시작되기 30분 전에는 여관에 와 있었을 텐데, 벌써 시간이 8시 50분이고……."

그때 옆방에서 창문을 여는 소리가 들렸다. 창문 너머로 들리는 아이들의 대화에 두 사람은 귀를 기울였다.

―우와. 대단해. 여기서는 정말 잘 보이겠다. 생각보다 더 럽지도 않고.

―그렇지? 작년에 우연히 발견했어.

―그렇구나. 어쩐지 작년에 어디를 찾아도 없더라. 그 바카란 불꽃도 여기서 봤어?

―응, 맞아. 정말 멋졌어.

그러자 하루히가 "응?" 하고 고개를 들었다.

"바카란 불꽃……? 어라? 이상하네."

"왜 그러지?"

"불꽃놀이 공연은 매번 주제가 바뀌는데, 바카란 불꽃이 터진 건 8년 전뿐이에요. 아시죠? 그 카지노 유치 추진 캐릭터요."

"아아, 그 몇 년 전 잠깐 유행한 캐릭터 말인가. 그럼 지금이 7년 전이라는 말인가?"

"네. 아무래도 시대를 잘못 거슬러 온 것 같아요."

"잘못 거슬러 왔다고? 그럴 수가 있나?"

"네. 뭐 가끔…….'"

하루히는 면목 없다는 듯이 고개를 숙였다.

"그러고 보니 자네 어머니가 돌아가신 게 8년 전이었나?"

"그렇게 들었어요. 일단 현대로 다시 돌아갈까요? 이 시대에 있어 봐야 소용없으니."

가가미야마가 "그렇겠군" 하고 고개를 끄덕였을 때 옆방에 있는 소녀들의 대화 화제가 바뀌었다.

―근데 이렇게 쉽게 들어올 수 있다면 다른 사람도 보러 오지 않을까?

―응, 맞아. 실은 작년에도 여기서 불꽃놀이를 보러 온 다른 사람과 딱 마주쳐서 얼마나 놀랐는지 몰라. 심지어 그 사

람이 누굴 것 같아?

—응? 내가 아는 사람이야?

—그럼! 너도 알지? 행방불명된 하루히네 엄마!

—말도 안 돼. 루카 아줌마가 여기 왔다고?

가가미야마와 하루히는 무심코 얼굴을 마주 봤다.

—심지어 루카 아주머니, 불꽃놀이가 끝날 때쯤에…….

거기서 소녀는 갑자기 목소리를 낮췄다.

—……저기. 이야기가 좀 이상해질 텐데, 괜찮아?

—응.

—작년에 내가 이 여관에서 불꽃놀이를 보고 있을 때 복도에서 인기척이 들렸어. 그래서 복도를 확인하니 루카 아주머니가 혼자 옆방에 들어가는 모습이 보이더라고. 그분은 '저주' 때문에 이미 돌아가셨다는 소문도 돌았으니 혹시 유령인가 생각했는데 별로 무섭지는 않았어. 그 뒤로 불꽃놀이가 시작돼 곧장 그쪽에 정신을 빼앗기기도 했고. 루카 아주머니도 날 발견 못하고 옆방에서 불꽃놀이를 보고 계셨을 거야.

그러자 가가미야마가 "그런 거였나" 하고 조용히 중얼거렸다.

"자네 어머니는 자네와 떨어진 뒤에도 매년 혼자 이곳에 왔을지도 모르겠군."

"그랬을 거예요. 불꽃놀이를 좋아하셨다고 하니까요."

하루히도 고개를 끄덕였다.

—불꽃놀이가 끝날 때쯤 여관 쪽으로 차가 다가오는 모습이 보였어. 순간 경비원이 순찰 온 줄 알고 도망치려고 했는데.

—루카 아주머니는?

—아주머니한테도 경비원이 왔다고 알려 주려고 옆방을 들여다봤는데, 글쎄 루카 아주머니가 창가 쪽에 쓰러져 있었던 거야. 난 어쩔 줄 모르고 당황해서 일단 무슨 상황인지 확인하려고 방에 들어갔는데…… 아주머니는 입에서 믿을 수 없을 정도로 많은 피를 토하고 있었고, 얼굴도 창백해서 도무지 살아 있는 사람처럼 보이지 않아서…….

소녀가 1년 전 광경을 떠올리며 덜덜 떠는 모습이 가가미야마와 하루히의 눈에도 선한 듯했다.

—게다가 손전등을 비춰 보니 그 피에서 왠지 초록빛이 도는 것 같았어. 물론 내가 잘못 봤을 수도 있어. 그때는 주위가 어둡기도 했고. 아무튼 너무 무서워서 결국 도망치고 말았어.

—구급차나 경찰은? 작년까지 하라노마에는 전기가 들어

이다음 충격적인 결말이

왔으니 전화는 쓸 수 있었던 거 아니야?

—무리였어. 그럴 정신이 아니었다니까. 그런데 희한하게
도 다음 날과 그다음 날에도 그런 소식은 전혀 들리지 않았
고 소문 같은 것도 안 돌더라. 그리고 일주일 정도 지나 용
기 내서 다시 여기 와 봤는데 다다미에 핏자국 같은 것도 보
이지 않았어.

—뭐야, 그게. 결국 꿈이었나?

—흐음. 결과적으로는 그럴지도. 나도 전부 꿈이었다고
믿고 잊어버리기로 했으니까.

팽팽하던 분위기가 다소 누그러졌다. 가가미야마는 깊이
탄식하다가 옆에서 하루히가 훌쩍이고 있는 것을 깨달았다.

"어머니는…… 여기서 불꽃놀이를 보며…….."

가가미야마는 하루히를 진정시키려고 말없이 하루히의
어깨를 감싸 안았다.

—저기, 너희.

그때 어디선가 분위기와 어울리지 않은 명랑한 목소리가
들렸다.

—방금 그 이야기, 조금 더 자세히 들려주지 않을래?

장지문이 여닫히는 소리가 들린다. 아무래도 새로운 방문
자가 옆방에 들어간 듯하다. 소녀들이 당황하는 기색이 전

해졌다.

—네가 그 여자를 본 게 작년 7월 21일이 확실해?

—아…… 네.

—저, 근데 누구세요? 불꽃놀이 보러 오셨어요?

여자는 소녀의 질문을 무시하고 자기 질문을 이어 간다.

—그 얘기를 혹시 다른 사람에게도 했니?

—아, 아뇨. 바로 조금 전에 생각나기 전까지는 잊고 있어서…….

—어머. 그렇구나.

여자가 킥킥 웃음을 터뜨렸다.

—다행이네. 만약 네가 그 이야기를 다른 사람에게 했다면 쓸데없이 내 일이 늘어났을 테니까.

순간 철컥하는 섬뜩한 금속음이 들리더니 뒤이어 소녀들이 "꺄악!" 하고 비명을 질렀다.

—그, 그거, 진짜……는 아니죠?

긴 머리 소녀의 물음에 여자는 요염한 웃음소리로 화답한다.

—진짜인지 한번 시험해 볼까?

—아, 아줌마는 누구세요! 지금 그런 장난감으로 저희를 위협하시는 거예요?

—어머. 용감하네. 아니면 진짜 권총을 보지 못해서 지금 이 어떤 상황인지 이해 못하는 건가? 뭐 어쨌든 결과는 같 겠지만.

순간 낮은 총소리가 들리고 이후 뭔가가 털썩 쓰러졌다. 소녀의 날카로운 비명이 들린다. 비명을 지른 사람은 한 명 뿐이었다.

곧장 복도로 뛰쳐나가려는 가가미야마를 하루히가 필사 적으로 말린다.

"안 돼요! 과거는 바꿀 수 없어요!"

"하지만, 이 소리는…… 이런 말도 안 되는 일이…….”

가가미야마가 몸부림치는 동안에도 옆방의 상황은 진행 되었다. 다다미 위에 단발머리 소녀가 축 늘어져 있고 몸 아 래에는 검붉은 피가 조금씩 퍼져 간다. 반대편에서는 아름 다운 여자가 다른 소녀에게 총구를 겨누고 있었다.

—저, 정말 쏘실 건 아니죠……?

—그렇게 무서워하지 않아도 돼. 곧 친구를 따라가게 해 줄 테니.

—대체 왜…… 저희는 아무 잘못도 안 했는데!

—응, 그건 맞아. 그래도.

여자는 연기 섞인 몸짓으로 금발 머리를 쓸어올렸다.

─'저주'의 피해자가 녹색 피를 토했다는 게 알려지면 내 고용주가 엄청난 손실을 보거든. 너희 같은 촌년 한두 명의 목숨으로는 절대 메꿀 수 없는 액수란다. 나도 죽을 맛이야. 알겠니?

─말 안 할게요. 다른 사람들에게 절대 말 안 할 테니⋯⋯!

그때 실외에서 섬광과 함께 폭발음이 터졌다. 불꽃놀이가 시작돼 첫 번째 폭죽이 밤하늘을 수놓는다.

여자가 불꽃에 잠시 정신을 빼앗긴 틈을 타 소녀는 다다미를 박차고 맹렬히 방 입구 쪽으로 뛰어갔다. 여자가 고개를 돌려 총을 쏘지만 총알은 소녀의 머리카락을 스쳐 복도 벽에 박혔다.

─어머. 정말 용감한 아이네. 조금 재밌어졌어.

여자는 혼잣말을 중얼거리고 장지문을 열어 복도로 나갔다. 그 뒤로 하루히가 옆방에서 슬그머니 얼굴을 내민다. 계단을 내려갈 때 여자의 옆얼굴을 힐끗 보고 하루히는 눈을 부릅떴다.

그곳에는 젊은 시절 가가미야마와 하라노마 청년단과 행동을 함께한 슬라브계 미녀가 있었다.

"아, 그렇구나."

충격적인 장면을 보고도 난 내용과 별로 상관없는 부분에서 무릎을 쳤다.

"응? 벌써 알아냈어?"

"아니, 그게 아니라 아까 닐 역할의 이 여자 배우가 공작원 역할을 했던 걸 떠올렸는데, 그것도 이 드라마였네. 까맣게 잊고 있었어."

"뭐야 그게."

누나는 어처구니없어하다가 잠시 후 걱정스럽게 물었다.

"너, 건망증이 너무 심한 거 아니니? 이 화는 바로 저번 주에 방송됐는데."

"대충 봤으니 어쩔 수 없지. 응? 저번 주라면 드라마가 벌써 막바지란 거야? 앞으로 뭔가 한참 남은 것 같은데."

"아니, 곧 클라이맥스야. 이다음 가가미야마와 하루히는 현대로 돌아가 저 여자 공작원을 뒤쫓게 돼. 조금 전 여자애들도 현대로 도망쳐서 가가미야마와 하루히를 만나고."

"뭐? 총에 맞은 아이도 산 거야? 제대로 맞은 것 같은데?"

"그건 뭐, 드라마니까. 애초에 산고랑 웃시는 특별 게스트 출연이라 험하게 다룰 수도 없을 거야."

"응? 누구라고?"

"도망친 아이 이름이 산고, 총에 맞은 아이가 웃시. 요즘 잘 나가기 시작한 2인조 아이돌 그룹 멤버야."

"그래? 별로 유명하지도 않은 것 같은데 잘 아네."

"원래 비슷한 또래 아이가 TV에 나오면 응원하고 싶어지거든. ……어라?"

리모컨을 만지작거리던 누나가 갑자기 손가락을 멈췄다.

"왜 그래?"

"마지막 화 영상이 아직 안 올라왔네. 11시에 올라온대."

시계를 보니 밤 10시 55분. 미묘한 시간이다. 일단 11시까지 쉬기로 하고 누나는 양치하러 화장실로 향했다.

나는 별생각 없이 누나가 두고 간 리모컨을 집어 들고 '8화: 탐정 강좌' 영상을 재생했다. 이 화의 정답률은 15퍼센트를 밑돌았다. 8화 정도 되니 이제는 퀴즈 수준이 많이 높아진 듯하다. 반면 각본을 쓴 사이온지 작가는 해설을 간략하게 마무리했다.

—선생님, 감사합니다.

진행을 맡은 야에즈에게 카메라가 향한다.

—그럼 이번 주 촬영지 소개입니다. 오늘은 기타칸토의 어느 전통 과자점을 방문했습니다.

느닷없이 지역 정보 방송 같은 코너가 시작된다.

조금 전 닐에게 공격당한 아이돌 두 명이 등장해 낯익은 전통 과자점에 들어간다. 드라마에도 나온 '☎471—'이 적힌 녹슨 간판을 보니 아무래도 시수장 촬영 장소로 쓰인 건물인 듯했다.

—무려 창업 120주년을 맞은 전통 있는 가게라고 해요!

총에 맞았을 때 공포에 질린 연기와는 사뭇 다르게 아이돌은 환한 얼굴로 가게 주인에게 마이크를 들이밀었다.

—다 여러분께서 사랑해 주신 덕분이죠.

점주로 보이는 노부인이 상냥하게 대답했다.

—선대 때부터 전국에 주문 판매를 시작했는데, 그게 잘돼서.

그러나 요새는 경기가 좋지 않다느니, 모처럼 전화번호를 바꿨는데도 주문이 들어오지 않는다느니 하는 잡담을 몇 마디 주고받은 후 여주인이 양갱이 담긴 쟁반을 가져왔다. 아이돌들이 "꺄!", "와!" 같은 함성을 지르며 과자를 먹고 스튜디오를 향해 브이 사인을 보냈다.

—그럼 다음 주 충격의 마지막 화를 기대해 주세요!

—아, 잠깐만요.

화면 아래에 엔딩 크레딧이 흐르기 시작할 때 사이온지가 화면에 들어왔다.

—우리 프로듀서가 이상한 트윗을 올린 것 같은데 시청

자 여러분은 신경 쓰지 않으셔도 됩니다. 그럼 다음 주도 엔딩까지 방심하지 마시기를!

스튜디오가 겸연쩍은 웃음소리로 뒤덮인 후 영상이 끝났다.

"슬슬 올라왔으려나. 아, 그걸 보고 있었어?"

나는 화장실에서 돌아온 누나에게 리모컨을 넘겼다.

"방금 각본가가 한 말이 무슨 뜻이야?"

"아, 이상한 트윗 이야기? 그게 말이지. 8화 방송 전에 프로듀서가 트위터에 마지막 화의 스포일러 같은 걸 올렸대. 라스트 신은 불꽃놀이를 보며 평화롭게 끝나니 안심하라느니 같은 글을. 그 뒤로 '결말을 언급하면 어떡하냐' 같은 시청자들의 항의가 쏟아져서."

"평화롭게 끝나기는 무슨. 여주인공이 죽는데 뭐가 평화로워."

"그래. 그러니 그 트윗은 거짓말이었던 거지. 그건 또 그것대로 문제지만……. 아, 올라왔다."

누나는 마지막 화 영상을 재생하고 조그 다이얼을 조작했다.

"흐음. 마지막 화에서 가가미야마는 마침내 여자 공작원과 재회해 싸우는데 액션 장면은 굳이 볼 필요가 없으니 넘

길게."

"응? 넘긴다고? 당연히 가가미야마가 이기겠지?"

"그럼. 그렇게 여자 공작원을 무사히 경찰에 넘긴 후 가가미야마와 하루히는 몇 년 전으로 날아가. 이때 가가미야마는 이미 모든 수수께끼를 푼 상태로 해답을 맞추러 갔어. 자, 이제 사건의 해결 편을 감상하자."

해 질 녘 넓은 방에서 한 노파가 호화로운 깃털 이불을 덮고 누워 있다. 이불 주변에는 양복 차림의 남녀노소가 둘러앉은 채 조금씩 생기를 잃어 가는 노파의 얼굴을 초조하게 지켜보고 있다.

"혼자……."

노파의 입술이 움직이더니 가냘픈 목소리가 새어 나온다.

"혼자 있게 해 주세요. 마지막은…… 저 혼자…… 라고 말했을 겁니다……."

가족들이 서로 눈짓을 주고받더니 조용히 방을 떠났다.

그 후 노파가 후후 하고 으스스하게 웃더니 "거기 있지? 하루히……" 하고 허공을 향해 말하자 방 옷장 문이 쓱 열리고 하루히와 가가미야마가 모습을 드러냈다.

"할머님……."

머리맡에 다소곳이 앉은 하루히의 얼굴을 보며 구니이 기누코는 눈부신 것처럼 눈을 가늘게 떴다.

"많이 컸구나. 슬슬 네가 올 때라고 생각했단다, 하루히."

"할머님은 모르는 게 없으시니까요."

"응, 그렇지. 그러고말고."

노파는 또다시 의미심장하게 미소 짓고 이번에는 가가미야마에게 시선을 향했다.

"……이미 많은 것들을 알고 계시는 것 같네요."

가가미야마는 굳은 얼굴로 하루히에게 귓속말을 했다.

"이게 무슨 일이지? 구니하루 군. 어떻게 과거 인물과 대화할 수 있는 거야?"

"이 대화는 과거를 바꾸지 않으니까요."

"뭐?"

"할머님은 5년 전 이날 이제 곧 돌아가시게 돼요. 돌아가시기 직전 할머님은 혼자 임종을 맞이하고 싶다 하시고 사람들을 방에서 내보냈죠. 그래서 여기서 우리가 할머님과 어떤 대화를 나눠도 과거에는 영향을 미치지 않는답니다. ……그렇죠? 할머님."

"응. 난 이미 이 세상 사람이 아니라고 할 수 있으니까."

기누코는 공허하게 미소 지었다.

"내가 저들을 내보낸 이유도 하루히는 다 알고 있었구나. 엄마를 닮아서 우리 손녀, 정말 똑똑하게 자랐네."

가가미야마는 헛기침을 한 번 하고 하루히 옆에 앉았다.

"기누코 씨. 제 이야기를 들어 주시겠습니까?"

"당신은…… 가가미야마 씨시군요."

기누코가 가가미야마의 얼굴을 보며 깊게 한숨을 내쉬었다.

"네. 오랜만입니다. 저희는 지금 이곳에 해답을 맞추려고 왔습니다. 하라노마에서 기누코 씨가 했던 일에 대해 전 진실을 밝혀냈다고 생각합니다."

"네. 들려주세요."

"하라노마에서 '저주'라고 불린 현상의 정체는 어떤 화학 물질을 장기간 섭취한 데 따른 영양소 결핍증이었습니다."

가가미야마는 비슷한 사례가 해외 공업 도시에서도 보고됐고 이후 대규모 공해 문제로 발전했음을 알려 주었다.

"그러나 하라노마에 공장 같은 건 없었죠. 그럼 혹시 누군가가 피해자에게 직접 화학 물질을 투여한 걸까. 처음에는 저도 그렇게 추측했습니다만, 어느 날 문득 머릿속이 번뜩이더군요. 이 마을에서는 오래전부터 모든 주민이 산에서 나오는 약수를 마셨고, 그 수원을 구니이 가문이 독점 관리

해 왔습니다. 그러나 과연 약수만으로 수백 가구의 생활용
수를 조달할 수 있었을까요? 실은 어딘가 다른 지역에 있는
수로를 통해 물을 조달한 게 아닐까요?"

"네?"

하루히가 깜짝 놀라 가가미야마의 얼굴을 쳐다봤다.

"구니하루 군…… 아니, 하루히 양도 몰랐던 것으로 보이
니 아마 수로는 자연적으로 형성된 복류수일 겁니다. 하라
노마를 둘러싼 산 너머에는 평야가 펼쳐져 있고 그곳에는
거대한 공업 단지가 있죠. 거기서 오염된 물이 산 아래를 지
나 하라노마로 옮겨져 주민들이 모르는 사이에 마시고 있
었다면……. 한마디로 하라노마의 '저주' 역시 공해가 초래
한 재해였던 겁니다."

"하, 하지만 탐정님. '저주'에 걸린 사람들은 모두 돈을 횡
령하거나 이런저런 악행을 저지른 사람들 아닌가요?"

"그건 사후에 그렇게 만든 거지. 기누코 씨. 당신은 분명
이른 시점부터 수질 오염 문제를 깨닫고 있었을 겁니다. 그
러나 그걸 공개하면 오랜 세월에 걸쳐 오염수를 주민들에게
공급한 구니이 가문이 비난받게 되겠죠. 아니, 어쩌면 비난
만으로 끝나지 않을 수도 있습니다. 따라서 당신은 과거로
날아가는 능력을 이용해 병으로 쓰러진 이들이 '저주'에 걸

이다음 충격적인 결말이

릴 원인이 될 만한 악행들을 날조한 겁니다. 야마오카 부부는 횡령 따위 저지르지 않았습니다. 그저 기누코 씨가 과거로 돌아가 야마오카 씨 계좌에 직접 돈을 입금했을 뿐이죠."

"그 말씀은, 원인과 결과가 뒤바뀌었다……?"

"그렇다고 할 수 있겠지. 희생자들은 불행히도 우연히 병에 걸리고 만 선량한 사람들이었어."

"그럼, 그럼 저희 어머니도……."

하루히는 감격에 겨워 두 손으로 얼굴을 감쌌다. 흐느끼는 손녀를 향해 기누코는 상냥하게 말을 건넸다.

"은폐 문제에 가담한 사람은 구니이 집안에서 오직 저뿐입니다. 이 비밀은 무덤까지 가지고 갈 생각이었죠……. 그러나 딸이 병에 걸렸을 때 그 아이는 제게 모든 진실을 알려달라고 했습니다. 정말 똑똑한 딸이었어요. 제가 저지른 일들을 어렴풋하게나마 눈치채고 있었던 겁니다."

"그리고 당신은 딸을 아는 병원에 입원시켰습니다. 다른 '저주' 피해자들과 똑같이."

"네……?"

하루히가 코를 훌쩍이며 고개를 들었다.

"그럼 주변에 협력한 사람이 있었다는 말 아닌가요? 조금 전 이 일에는 할머님만 관련됐다고……."

"구니이 집안이 아닌 다른 사람의 협력이 있었겠지. 그게 아마 그 여자를 고용한 조직일 테고."

"그 여자라면, 설마……."

가가미야마는 기누코를 향해 고개를 끄덕이고 7년 전 하루히와 함께 시수장에서 목격한 충격 사건에 대해 이야기했다.

"두 소녀는 저희가 사는 현대 시점까지 무사히 살아왔습니다. 저희는 그녀들과 협력해 그 여자를 붙잡는 데 성공했죠. 여자의 정체는 국제적으로 지명수배된 악명 높은 공작원이었습니다. 본명은 샤론 닐슨. 가명으로 우리 청년단에 접근해 자기 고용주에게 불리한 진실이 밝혀지지 않게 미리 손을 썼던 겁니다."

"아직 헷갈리는데, 그럼 그 닐슨의 고용주는 누구였죠?"

"물론 공해 문제의 원인을 제공한 기업이지. 산 너머의 공업 단지는 외국계 제조 업체가 운영하고 있었고, 그 경영 모체는 바로 해외에서 수질 오염 사건을 일으킨 예의 그 기업이었어. 그들은 자신들이 흘려보낸 공업 폐수가 일본에서도 심각한 건강 문제를 일으킨 걸 은폐하기 위해 닐슨을 공작원으로 이곳에 보냈지. 그리고 아마 기누코 씨는 그들과 협력 관계에 있었을 거야."

그러자 기누코는 수긍하며 고개를 끄덕였다.

"병원 수배와 환자들의 호스피스 의료까지 모두 그들에게 맡겼습니다. ……그럴 수밖에 없었어요. 전 무슨 일이 있어도 구니이 가문과 하라노마를 지키고 싶었으니까요……. 정말 그뿐이었습니다……."

힘없이 참회하는 노파를 가가미야마는 비난과 연민이 반씩 섞인 복잡한 표정으로 바라봤다.

"그 방법이 정당했다고 생각하지는 않습니다만…… 적어도 당신은 피해를 최소한으로 막는 방법을 택했습니다. 하라노마를 유령 도시로 만든 것도 수원을 정화하고 수도에서 오염수를 제거할 시간을 벌기 위해서였겠죠."

"네. 그 기업이 오염수 정화 처리를 맡기로 했고 전 하라노마에서 모든 주민을 내보내겠다고 그들에게 약속했습니다. 그러려면 우선……."

기누코는 이야기를 이어가다 말고 콜록거렸다. 하루히가 부랴부랴 "괜찮으세요? 무리하지 마세요, 할머님" 하고 말을 걸자 기누코는 가쁜 숨을 몰아쉬며 미소 지어 보였다.

"이제 곧 세상을 떠날 사람이 괜찮을 수는 없겠지……. 당연한 거란다……."

"기누코 씨. 사건에 대해 자세히 설명하실 필요는 없습니다. 이미 모든 게 밝혀졌으니까요. 당신이 지킨 하라노마는 미래에 우리가 반드시 다시 일으키겠습니다. 어둠은 걷혔습니다."

"그래요……."

기누코는 가슴에 맺힌 응어리가 사라진 것처럼 온화한 얼굴 그대로 눈을 감았다. 노파의 수척한 오른손을 하루히가 두 손으로 꼭 감싸 쥔다.

"가가미야마 님……."

"네."

"우리 손녀를…… 잘 부탁합니다……."

가가미야마는 고개를 끄덕이고 하루히의 손 위에 자신의 손을 포갰다.

그때 누나는 "아차차" 하고 황급히 영상을 일시 정지했다.

"아무튼 이렇게 문제 편이 끝났어. 과연 이 정도로 이다음 결말을 예상할 수 있을까……? 응?"

나는 손을 들어 누나를 제지했다.

"뭐야? 왜 그래?"

"잠깐만. 지금 생각 중이야."

조금 전의 그 해결 장면에서 뭔가 굉장히 중요한 정보가 나온 느낌이다. '저주'의 정체나 기누코의 계획 같은 것과는 완전히 다른 차원의, 조금 더 전체적인 뭔가를 뒤엎을 만한 정보가…….

내가 팔짱을 끼고 심사숙고하자 누나는 마침내 참지 못하고 "정말 생각 중인 거 맞아?" 하고 의심의 눈길을 보냈다.

"응, 생각 중이야. 뭔가가 떠오를락 말락 하는데……."

잠시 더 그러고 있자 누나가 하암 하고 하품을 했다. 이제 곧 날짜가 바뀔 시간이다. 조금 전에 졸아서 그런지 난 정신이 말똥말똥하지만 누나는 아까부터 연신 눈을 비비고 있다.

"그냥 마지막 장면을 틀어 버릴까. 그 15초 구간에 다다를 때까지 무슨 일이 일어났는지 대답하지 못하면 이번 네 도전은 실패야."

"알겠어, 알겠어. 일단 지금까지 내가 알고 있는 데까지 설명해 볼게."

누나가 일시 정지를 해제해 영상을 다시 재생했다. 기누코와의 사별 장면이 하얗게 사라지더니 한밤중의 골목길을 가가미야마와 하루히가 걷는 장면으로 바뀌었다. 아까 내가 졸다가 깨서 본 장면이다.

에필로그를 보며 나는 내 추측을 설명하기 시작했다.

"우선 누나가 나한테 보여 준 장면들을 어떻게 골랐는지가 신경 쓰여. 드라마 줄거리상 중요한 장면들을 골라서 보여 줬겠지만 정작 볼 만한 액션 신 같은 건 전부 넘겼잖아. 그건 곧 누나가 일부러 내게 보여 준 장면들 속에 중요한 의미가 숨겨져 있다는 뜻이야. 이를테면 조금 전의 그 해결신. 거기서 누나가 나한테 가장 전하고 싶었던 건 혹시 여공작원의 본명 아닐까?"

"오오, 그걸 눈치챌 줄이야. 역시 내 동생."

순식간에 누나의 표정이 환해졌다. 출제자로서 도전자가 출제 의도를 알아차려서 기쁠 것이다.

"샤론 닐슨이라 했나? 이 이름 말인데, 가만히 생각하면 좀 이상해. '닐슨' 같은 본명인 사람이 가명으로 '닐'을 쓰다니. 그럼 굳이 가명을 쓰는 의미가 없잖아. 게다가 자기 정체를 숨기는 공작원이라면 본명과는 전혀 상관없는 가명을 썼을 거야. 장난삼아 붙이는 닉네임 같은 게 아니니까."

"응응. 그래서?"

"즉, 그 여자가 사용한 가명은 '닐'이 아니야. 분명 작중에서는 한 번도 언급되지 않은 가명을 써서 청년단에 접근했겠지. 그게 어떤 가명이었는지는 중요하지 않고, 중요한 건 닐과 닐슨은 다른 사람이라는 거야. 가가미야마는 1화에서 옛 연인의 사진을 보며 '닐'이라고 불렀어. 그걸 본 나는 가가미야마와 닐슨이 대화를 나누는 과거 장면을 보며 그 여자가 가가미야마의 연인, 즉 닐이라고 믿게 됐지. 바로 그 부분이 함정이었어."

"과연. 그래서, 그게 라스트 신과 어떻게 연결되는데?"

기뻐하는 누나의 모습으로 추측건대 나는 지금 올바른 길을 가고 있는 듯하다.

"그렇다면 결국 닐은 누구인가. 1화에서 그런 의미심장한 컷을 보여 줬는데 작품 속에 한 번도 등장하지 않았을 리는 없겠지."

"응, 그렇겠지."

"단서는 내가 본 발췌 장면들 속에 숨겨져 있었어. 그렇게 생각하면 선택지는 거의 없지. 가가미야마는 구니이 하루히를 '구니하루 군'이라고 불렀는데, 지금 생각하면 그게 커다란 힌트였어. 가가미야마는 평소 사람의 성과 이름을 붙여서 부르는 버릇이 있었던 거야. '닐'도 그랬을 거고. 구니이 루카…… 즉 '닐'은 하루히의 어머니 이름 속에 숨겨져 있었어*."

---

* 구니이 루카는 가타카나로 'クニイ ルカ'라 표기하며 성과 이름에 있는 'ニイ'와 'ル'를 합치면 '닐'이라는 발음이 된다.

당사자가 직접 등장하지 않고 늘 과거 기억으로만 언급된 하루히의 어머니, 구니이 루카. 그녀가 바로 이 드라마의 중요한 열쇠를 쥔 인물 '닐'이었던 것이다. 1화에서 하루히의 성을 들은 가가미야마는 크게 놀라는 모습을 보였다. 가가미야마는 그때 하루히가 옛 연인의 딸인 것을 깨달았다. 아니, 그뿐만이 아니다. 하루히는 루카가 가가미야마 앞에서 자취를 감추고('저주' 때문에 입원하고) 얼마 후 태어났을 것이다.

"혹시…… 하루히의 아버지가 가가미야마였던 거야?"

"그건 확실하지 않아. 다만."

누나가 말했다.

"끝까지 그런 언급이 나오지는 않았어도 뭐, 거의 그럴 가능성이 크다고 봐야겠지. 조금 전 장면에서도 기누코와 가가미야마가 서로 알아보는 것 같았잖아."

에필로그 영상 속에서 가가미야마와 하루히는 잡담을 나누며 시수장으로 향한다. 그들 뒤에서 불꽃이 밤하늘을 아름답게 수놓고 있다.

"그런가. 그랬구나."

누나와 대화하는 동안 진실이 조금씩 내 눈앞에 모습을 드러내기 시작했다. 그렇다. 이야기를 제대로 쫓아간 시청자라면 이 결말을 예상했어도 이상하지 않다.

"이 에필로그 장면, 기누코가 임종한 직후에 화면이 하얗게 전환되니 언뜻 보면 사건을 해결한 가가미야마와 하루히가 현대로 돌아가 여운에 잠겨 있는 것처럼 보여. 나도 처음에는 그렇게 생각했는데 실은 어느 시대인지 정확히 명시되지는 않지? 두 사람은 이때 현대로 돌아간 게 아니라 다시 한번 과거로 이동했을 가능성이 있어. 아니, 분명 가가미야마는 과거로 돌아갔을 거야. 어떤 목적을 달성하기 위해."

가가미야마는 하루히와 떨어져 어깨를 움츠리며 혼자 시수장에 들어간다. 그때 컷이 바뀌어 2층 방의 창가가 화면에 비쳤다. 요즘 인기를 얻기 시작했다는 아이돌 배우 소녀가 눈을 반짝이며 불꽃놀이를 보고 있다. 옆 모퉁이 방 창문 쪽에도 여자의 모습이 보였다.

"역시 맞아. 이건 8년 전이야. 이 아이돌 이름이 뭐였더라……."

"웃시."

"그래. 걔가 불꽃놀이를 구경했다면 8년 전이어야 해. 7년 전에는 불꽃놀이가 시작되기 전 닐슨의 총에 맞았으니까."

화면 속에서 가가미야마는 살며시 장지문을 열고 모퉁이

방으로 들어갔다. 창밖의 환한 불꽃 앞에 한 여자의 모습이 보인다.

여자는 고개를 돌리더니 하루히와 똑같은 얼굴, 똑같은 목소리로 가가미야마에게 "이제야 와 주셨군요"라고 했다. 그러나 그녀는 하루히가 아니다. 연기하는 배우는 하루히와 동일인이지만 각본에 적힌 캐릭터의 이름은 '구니이 루카', 즉 그녀는 하루히의 어머니인 것이다.

—미안. 길을 헤매서.

—가가미야마 님은 늘 그러시죠.

—응, 당신 말이 맞아. 당신한테는 항상 폐만 끼쳤지.

두 사람은 창가에 나란히 서서 불꽃을 올려다보며 평온하게 대화를 나눴다.

드라마나 영화에서 부모 자식 캐릭터를 같은 배우가 연기하는 경우는 그리 드물지 않다. 더욱이 이 '시공 탐정'은 시간 여행을 소재로 한 SF 미스터리다. 시청자들이 그녀를 하루히로 착각하게끔 한 트릭 연출이 마지막 반전을 더 돋보이게 한 것이다.

—내가 여기 올 줄 알았나?

—네. 그럴 것 같았어요. 가가미야마 님은 불꽃놀이를 좋아하셨으니까요.

이다음 충격적인 결말이

161

루카는 가가미야마의 어깨에 살며시 머리를 기댔다.

자신이 이제 곧 죽는 것을 알고 있었던 루카는 가가미야마가 이곳에 와 주기를 바랐다. 언젠가 성장한 자기 딸이 시간 여행 능력에 눈을 떠 어린 시절 생이별한 아버지를 찾아낼 거라 기대했다. 그리고 죽기 직전이면 과거에 살아 있는 사람과도 접촉할 수 있다는 규칙을 깨달은 가가미야마가 연인의 마지막 순간을 함께하기 위해 과거로 올 거라 굳게 믿었던 것이다.

"난 내가 놓친 15초 동안 뭔가 중요한 전개가 일어나 하루히가 죽었다고 생각했어. 하지만 아니었어. 중요한 건 바로 15초 전이었던 거야. 시대 오인과 모녀의 인물 교체 트릭은 내가 보는 앞에서 이뤄졌어."

"응. 인물이 바뀌었다는 걸 깨달으면 그렇게 충격적인 결말도 아니지."

누나는 장난스럽게 싱긋 미소 지었다.

―가가미야마 님. 지금까지 정말 감사했습니다.

분명 이때쯤에 나는 현관으로 향했다. 여기서부터 15초 동안은 내가 보지 못한 장면들이다.

어디선가 전화벨이 울리고 가가미야마가 고개를 든다. 누군가 수화기를 집어 드는 소리가 들렸다. 옆방에 있는 그 여자아이가 받은 걸까.

—그래. 이때만 해도 아직 하라노마에 전기가 들어오고 있었지.

가가미야마가 그렇게 나직이 중얼거림으로써 첫 번째 시대 오인 트릭의 내막이 밝혀졌다.

—아아, 슬슬 헤어질 시간 같아요.

루카의 목소리가 급격히 힘을 잃는다. 깜짝 놀란 가가미야마가 "닐!" 하고 그녀의 이름을 외치며 두 번째 트릭인 인물 교체 트릭의 진상도 밝혀졌다.

그 직후 루카가 다다미 위에 털썩 쓰러졌다.

—이봐! 괜찮아?

—가, 가가미야마 님……. 그동안 감사했습니다…….

루카가 괴로운 듯이 미소 지으며 가가미야마에게 이별을 고하자 가가미야마는 루카의 몸을 안고 오열하기 시작했다. 그 뒤로 일그러진 형태의 불꽃이 하늘에 피어오르고 엔딩에 들어간다.

"이야, 정답 맞힌 거 축하해. 역시 내 동생이라니까."

누나가 손뼉을 짝짝 쳤다.

"칫. 다 알고 있었으면서 거들먹거리기나 하고. 그나저나 타이밍을 잰 거 맞지? 누나는 트릭이 밝혀지는 순간을 내가 못 보게 일부러 타이밍을 재서 날 현관에 보냈어. 그건 우연이 아니었어."

누나는 졸린 듯한 얼굴로 후훗 하고 싱글벙글 웃었다.

"난 다 알고 있었으니까. 시험해 보고 싶었어."

"어휴, 정말."

그렇기는 해도 그때 난 졸다가 막 깨어난 상태였다. 그런 상태에서 마지막 장면을 봐도 어떤 의미인지 전혀 이해하지 못했을 것이다. 이 드라마의 핵심, 적어도 각본가가 표현하고자 한 결말을 오롯이 즐길 수 있었던 건 내게 퀴즈를 내준 누나 덕분이라고 할 수 있다.

그렇게 누나에게 고마운 마음이 조금 싹텄지만 누나가 자기 방에 들어가며 "이번 일을 교훈 삼아 앞으로 드라마는 끝까지 확실해 보도록 해. 알겠어?" 하고 거창하게 훈계하는 바람에 기분이 팍 식고 말았다.

❈

검은 수화기를 내려놓은 사이온지 기미히코는 어깨에서 힘을 빼며 휴 하고 탄식했다.

이번 '퀴즈 시공 탐정'은 그가 각본가를 처음 지망할 때부터 가슴에 품고 있던 특별 기획이었다. 전국의 시청자를 상대로 실시간 수수께끼 풀이에 도전한다는 장대한 계획은 그가 지금껏 쌓아 올린 실적과 신뢰, 그리고 훌륭한 스태프와 배우들의 도움을 받아 간신히 실현되었다.

그러나 '정답'에 도달하는 시청자가 나타날지 어떨지는 방송 전까지 아무도 모른다. 공동 각본가와 프로듀서의 의견을 듣고 방송 사고가 생기지 않게 가짜 정답자를 미리 준비해 두기는 했지만 사이온지는 시청자가 꼭 직접 문제를 풀어 주기를 바랐다.

시청자들의 수준을 얕잡아 봐서는 안 된다. 이야기 속에 숨겨진 의도를 누군가 반드시 눈치챌 거라고 사이온지는 속으로 확신했다.

그리고 그는 지금 자신의 신념이 결국 옳았다는 것을 느끼며 마음속 깊숙이 만족하고 안도했다.

"자, 이렇게 '퀴즈 시공 탐정' 마지막 화를 시청하셨습니다."

야외에 설치된 '탐정 강좌' 세트장에서 하루히 역할을 맡은 여배우 야에즈가 목소리를 높였다. 이 미니프로그램을 진행하는 것도 오늘이 마지막이라 그런지 젊은 여배우의 표정에 활기가 넘친다.

"그동안 고생하셨어요, 다모토 씨. 어떠셨나요?"

야에즈가 묻자 다모토는 9시 드라마 주연이라는 큰 임무를 마친 소감을 카메라를 향해 당당히 말했다.

사이온지는 세트장 안쪽에 놓인 지나치게 고급스러운 소파 위에서 그 방송을 지켜보고 있다. 프로듀서의 발밑에 있는 출연자용 모니터를 보니 현재 생방송으로 나오는 다모토의 얼굴이 확대돼 비치고 있다.

이 '탐정 강좌'는 시청자들의 정답률을 반영해야 하기 때문에 매주 본편 방송 뒤 생방송으로 진행되었다. 드라마 제작 스태프 중에는 생방송에 익숙하지 않은 사람도 많지만 벌써 아홉 번째라 그런지 현장에는 여유로운 분위기가 감돌았다.

물론 아직 안심하기는 이르다. 사이온지는 속으로 그들을 다그쳤다. 이 드라마의 성패는 지금부터 시작될 이 해답 맞추기에 달려 있는 것이다.

"자, SNS에는 마지막 화에 퀴즈가 없다는 의견이 많이 올라오고 있네요."

"정말 그러네요. 선생님, 이게 어떻게 된 일인가요?"

다모토가 그렇게 묻는 것과 동시에 사이온지 쪽을 향한 카메라의 램프가 붉게 점등했다.

"두 분은 시치미 떼기 선수시군요. 다 아시면서."

사이온지는 가볍게 받아치고 몸을 일으켰다.

"안녕하세요. '시공 탐정'의 각본을 맡은 사이온지입니다. 이 방송을 처음 시작할 때 제가 앞으로 퀴즈가 점점 어려워질 거라고 여러분 앞에서 선언했던 것을 기억하시나요? 그 말을 지키게 되어 전 지금 안심하고 있습니다. 아무래도 이번 마지막 화에 이르러서는 퀴즈가 너무 어려운 나머지 출제됐는지도 모르는 분들이 대다수인 것 같네요."

그때 진행 보조를 맡는 젊은 여자 아이돌이 화면에 들어와 사이온지에게 방송용 스마트폰을 건넸다.

"고마워. 웃시도 고생했어."

사이온지는 조용히 아이돌을 격려했다.

"그런데 훌륭하게 정답에 도달한 분도 계신 것 같습니다. 지금 정답자분과 전화가 연결된 것 같습니다만, 함께 이야기를 들어보죠. 여보세요?"

—아, 말해도 되나요? 여보세요?

마이크를 통해 명랑한 젊은 여자의 목소리가 들렸다.

"안녕하십니까. 사이온지입니다. 성함이 어떻게 되시죠?"

—아, 그냥 아야라고 불러 주세요.

"네. 그럼 아야 씨. 지금 이 방송을 보고 계신 시청자분들

중에는 아야 씨가 누구고 왜 갑자기 저와 통화하고 있는지 이해 못하는 분들이 계실 겁니다. 아야 씨가 직접 설명해 주실래요?"

—네. 음, 그게…… 그러니까 제가 마지막 퀴즈의 해설을 맡았다고 해야 할까요? 열심히 하겠습니다!

"시원시원하네요. 혹시 가짜 정답자는 아니시죠?"

대본에 없는 사이온지의 말을 듣고 순간 프로듀서의 표정이 굳었지만 아야는 "아하핫" 하고 웃어넘겼다.

—설마요. 전 평범한 고등학생이에요. 그런데 뭐부터 말씀드리면 될까요? 제가 어떻게 드라마의 결말을 고쳐 썼는지부터?

사이온지는 쓴웃음을 지었다.

"바로 정곡을 찌르시는군요."

—네. 그게 이 드라마의 숨겨진 콘셉트이기도 하니까요.

아야는 그렇게 잘라 말하더니 일반 시청자처럼 느껴지지 않을 만큼 막힘없이 설명을 시작했다.

—그 마지막 장면, 원래는 가가미야마와 하루히가 현대의 하라노마에서 불꽃놀이를 구경하며 화기애애하게 엔딩에 들어갈 예정이었을 거예요. 예전에 프로듀서님께서 트위터에서 스포일러하신 것처럼요. 하지만 본방송 촬영 중에

시수장, 그러니까 실제 로케이션 현장이던 그 전통 과자점에서 그만 전화벨이 울려 버렸어요. 현대의 하라노마는 전기가 들어오지 않는 설정이니 마지막 장면에 전화벨이 울리면 이야기의 앞뒤가 안 맞게 되죠. 그러니 그 장면은 과거, 즉 하라노마에 아직 전기가 들어오던 시대여야 했던 거예요. 또 그 라스트 신에는 웃시 씨도 출연했죠. 즉, 그때가 현대가 아니라면 웃시가 시수장에서 불꽃놀이를 본 건 8년 전이니 마지막 장면도 8년 전으로 확정돼요. 그걸 깨달은 가가미야마 역할의 다모토 배우님은 스스로 판단해 무대 설정을 8년 전으로 변경하셨어요. 가가미야마와 하루히 모두 지금 그들이 있는 곳이 현대인지 과거인지를 언급하지 않았으니 이 변경은 언뜻 보기에 잘 먹힌 것처럼 보였어요. 하지만 8년 전이면 시수장 2층 모퉁이 방에 병원에서 빠져나온 루카가 있어야 하죠. 그러니 다모토 씨는 옆에 있는 여자도 하루히에서 루카로 변경해야만 했던 거예요. 원래라면 과거 인물과 말을 섞을 수 없지만 8년 전 이 방만은 예외예요. 왜냐하면 루카는 이후에 자신이 곧 죽는다는 걸 알고 있었으니까요. 즉석에서 이뤄진 이 변경에 하루히 역할을 맡은 아에즈 씨도 동참해 그 이후부터는 하루히가 아닌 루카를 연기하셨어요. 물론 순간적으로 그렇게까지 기지를 발휘

하기는 어려우니 두 분 다 사전에 이런 상황을 예상하셨겠죠. 마지막 장면이 8년 전으로 바뀔 가능성이 있다고요.

"이야, 꼭 촬영장을 두 눈으로 보고 계셨던 것 같군요. 아야 씨."

―드라마를 제대로 본 사람이라면 적어도 하루히의 어머니가 가가미야마의 옛 연인인 닐이라는 걸 알고 있잖아요. 전 거기서 한 발짝 더 나아가 그 마지막 장면에서 시수장에 전화벨이 울리면 이런 변화가 생길 수 있다는 걸 깨닫고 시험 삼아 전화를 걸어 봤을 뿐이에요. 그때 전화를 받은 분은 사이온지 선생님이었죠? 선생님은 마지막 장면 방송 내내 촬영장 옆방에서 시청자의 전화를 기다리고 계시지 않았나요?

"어이쿠, 이런. 잠깐만요."

사이온지는 아야의 말을 가로막았다. 바로 이다음 질문이 이 퀴즈의 핵심이다.

"아야 씨. 아야 씨는 애초에 어떻게 '시공 탐정'의 마지막 장면이 생방송이라는 걸 알고 있었나요?"

그러자 수화기 너머에서 아야는 "우후훗" 하고 의미심장하게 웃었다.

드라마의 일부 화를 생방송으로 제작하는 건 일본 TV 드라마 제작 역사상으로도 전례가 몇 번 있다. 그중에는 생방송 도중에 시청자 전화를 받아 배우가 연기하는 캐릭터와 통화시키는 기획도 있었다. 그러나 '시공 탐정'의 생방송은 화제성을 높이려는 목적이 아니었다. 연속극인 동시에 시청자 참여형 퀴즈 프로그램으로서의 측면도 있었으니 비로소 성립한 전례 없는 기획이었던 것이다.

"카메라 감독님. 잠깐 돌아보실래요?"

사이온지의 말을 신호로 카메라가 뒤쪽을 향한다. 형형하게 조명이 켜진 세트장과 대조적으로 밤하늘 아래에 오래된 전통 과자점 건물이 비쳤다.

"보시다시피 지금 이 방송은 라스트 신 촬영장 바로 옆에서 생방송으로 보내드리고 있습니다. 촬영에 협력해 주신 이 과자점은 현재 불이 꺼져 있지만 지금도 확실히 영업 중인 곳입니다. 이 방송을 보고 계신 시청자분들은 이곳에 오시면 꼭 한번 들러 주세요."

사이온지의 말과 동시에 출연자용 모니터에 과자점의 광고 영상이 흘러나왔다. 본방송이 끝난 뒤 가게 이름을 명시해 광고를 내보내는 것이 불꽃놀이가 열리는 대목에 점포를 통째로 빌리는 촬영을 허가해 준 점주의 거래 조건이었다. 촬영 정보가 유출돼 구경꾼이 몰릴 상황에 대비해 매장 주변에는 경비원도 몇 명 서 있지만 그들이 나설 차례는 없었다.

"자, 그럼."

사이온지는 이야기를 되돌렸다.

"아야 씨가 지적한 대로 그 라스트 신은 생방송이었습니다. 실제로 무슨 일이 있었는지 영상으로 한번 확인해 볼까요?"

모니터에 십여 분 전 과자점 안에서의 영상이 나온다. 2층 모퉁이 방에서 배우들이 마지막 장면을 연기하는 동안 옆방에서 사이온지와 몇몇 스태프가 과자점 안에 있는 검은 전화기를 초조하게 지켜보고 있다.

그때 갑자기 전화벨이 울리며 현장의 정적을 깨뜨렸다. 사이온지는 당황하지 않고 살며시 수화기를 집어 들어 귀에 갖다 댔다.

─이다음 충격적인 결말이……!

그때 사이온지의 귀에 들린 아야의 목소리가 현재 전파를 타고 전국에 방송되고 있다. 녹화 영상에는 이후 아야와 아야의 동생의 대화도 녹음되었지만 거기까지는 방송되지 않고 또다시 사이온지의 얼굴이 화면에 등장했다.

"다시 한번 묻겠습니다만, 아야 씨는 어떻게 생방송인 줄 알고 전화를 걸었나요?"

—웃시가 나왔으니까요.

아야가 그렇게 말하자 카메라 뒤에서 대기하던 젊은 여자 아이돌이 "앗!" 하고 목소리를 높였다. 단역인 그녀에게는 퀴즈의 자세한 내용이 전해지지 않아서 그녀는 자신이 연기한 진짜 역할을 알지 못하고 있었다.

—우선 그 라스트 신, 여러모로 어색한 지점이 많았어요. 불꽃놀이 소리가 배우가 말하는 타이밍과 겹치는가 하면 불꽃의 형태도 일그러진 게 많았죠. CG나 합성이면 더 깔끔하게 만들었을 텐데 그런 걸 보니 진짜 불꽃을 등진 채로 배우들이 연기하는 게 아닐까 추측했어요. 그리고 불꽃이 합성이 아니라면 진짜 불꽃놀이가 열리는 날 밤에 드라마를 촬영한 셈이에요. 그 불꽃놀이는 매년 7월 21일 밤 9시부터 10시에 걸쳐 열린다고 했어요. 만약 이게 녹화 방송이라면 촬영을 작년이나 재작년에 했다는 말이 되는 거죠. 하지만 그럴 수는 없어요. 왜냐하면 저와 같은 나이인 고등학교 1학년 웃시가 드라마에 출연했으니까요. 웃시가 그 무렵부터 연예계 활동을 시작하긴 했지만 작년에는 아직 중학생이었어요. 일본의 조례인지 뭔지에 따르면 중학생은 밤 9시 이후에 일을 못 하게 돼 있죠? 이 라스트 신을 합법적으

로 촬영할 수 있는 건 올해, 아니, 오늘 밤밖에 없는 거예요. 그래서 전 이게 생방송이라고 확신했어요. 그리고 중요한 마지막 장면에서 별로 중요하지 않은 역할인 웃시가 출연한 것도 뒤집어 말하면 방송이 생방송이라는 걸 암시하기 위한 단서 아니었나요?

"아, 잠깐만요. 웃시 양의 명예를 위해 미리 말씀드리는데, 동기가 어떻든 저와 프로듀서 모두 장면에 어울리지 않는 사람을 출연시키지는 않습니다.

―앗, 죄송해요. 그런 의도로 말씀드린 건 아니에요. 웃시가 나오는 장면, 굉장히 분위기 있고 좋았어요!

두 사람에게 모두 격려받자 어린 여자 아이돌은 얼굴을 붉히며 고개를 숙였다.

"자, 그럼 정답 풀이를 이어 가죠. 실은 생방송에 대한 추리는 그리 어려운 건 아니었습니다. 아야 씨 말고도 정답을 맞히신 분들이 계시지 않을까요. 하지만 전화를 걸어 온 분은 아야 씨였습니다. 자, 아야 씨. 아야 씨는 어떻게 이 전통 과자점의 전화번호를 알아냈죠?"

―드라마 본방송에 넌지시 가게 간판이 나왔잖아요. 거기 전화번호가 적혀 있었어요.

"응? 이상하군요. 드라마나 영화에 전화번호가 전부 표시되는 경우는 절대 없는데 말이죠. 만약 적당한 번호를 조합해 방송했다가 만에 하나 실제 누군가가 쓰는 번호와 일치하면 그 사람이 곤란해질 가능성도 있으니까요."

—그렇죠. 그러니 '퀴즈 시공 탐정'도 그걸 마지막 퀴즈로 삼았겠죠? 분명 방송에 나온 간판 속 전화번호는 처음 세 자리밖에 읽을 수 없었어요. 471, 맞나요? 보통 이것만으로는 전화번호를 맞힐 수 없지만, '시공 탐정'은 명색이 시청자 참여형 퀴즈 방송인 만큼 나머지 번호를 추리할 만한 단서를 제공해 줬죠. 지난주 '탐정 강좌'에서 과자점 점주님께서 이런 말씀을 하셨어요. '모처럼 전화번호를 바꿨는데도 주문이 들어오지 않는다'라고. 가게 전화번호를 모처럼 바꿨다는 말은 조금 더 좋은 번호로 바꿨다는 뜻이에요. 즉, 점주님은 좋은 번호를 구입하신 거예요.

사업자들은 보통 고객을 위해 되도록 외우기 쉬운 전화번호를 선호한다. 그러나 원칙적으로 전화번호는 랜덤으로 부여되니 끝자리가 좋은 번호나 단어 등으로 표현할 수 있는 번호는 전용 경매 사이트 등지에서 거래된다. 방송 화면 아래에는 '개중에는 수십만 엔에 달하는 번호도 있다'라는 해설 자막이 표시됐다.

—사업자들이 쓰는 좋은 번호를 조금만 알고 있으면 전

이다음 충격적인 결말이

화번호를 추리하는 건 어렵지 않아요. 처음 471 부분은 통일성이 없으니 아래 세 자리는 같은 숫자, 즉 471111 같은 걸 쓰겠죠. 471234나 471000일 가능성도 없지는 않으니 만약 다른 곳에서 받으면 사과하려 했는데 결국 111이 정답이었어요. 촬영지가 기타칸토라는 건 방송에서도 언급됐으니 번호로 검색해 기타칸토에 있는 그럴싸한 점포 이름을 찾으니 지역 번호도 입수할 수 있었어요.

"하지만 가게 간판은 라스트 신에 처음 나왔습니다. 용케도 타이밍을 맞췄군요."

―네, 맞아요. 그런데 전 이 드라마의 취지를 알고 있으니 마지막에 어떤 문제가 나올지도 대략 예상했어요. '탐정 강좌'에서 선생님은 이렇게 말씀하셨죠? 이 드라마의 주제는 '당신도 과거를 바꿀 수 있다'라고요. 하지만 하루히의 시간 여행 능력은 기본적으로 과거 일에 간섭해서 과거를 바꾸지는 못해요. 그럼 시간 여행 능력에 관한 언급이 아니라면 선생님은 대체 뭘 말하려고 했을까 곰곰이 생각했는데, 선생님이 말씀하신 '당신도'는 즉 시청자를 가리키는 말이었어요. 저희 시청자에게 드라마 속에서 일어나는 일들은 사전에 촬영된 영상이니, 그건 따지고 보면 과거 세계예요. 선생님은 시청자가 직접 드라마의 결말을 바꿀 수 있는 상황

을 마련함으로써 드라마의 틀을 뛰어넘은 '과거를 바꿀 수 있는 이야기'를 표현하고 싶으셨던 게 아닐까요?

완벽한 정답이다. 사이온지는 혀를 내두르며 감격했다. 그의 목표는 마지막 퀴즈 정답자를 되도록 적게, 가능하면 단 한 명으로 만드는 것이었다. 퀴즈를 만드는 사람에게 궁극의 목표라 해도 과언이 아니다. 그리고 그는 지금 그것을 달성해 준 사람과 대화하고 있다.

—드라마 속에서 가가미야마 씨는 연인의 마지막 순간을 목도하지 못한 것을 후회했어요. 그게 바로 선생님께서 저희 시청자들이 바꿔 주기를 바란 과거였던 거예요. 선생님은 '중요한 대사는 전부 다모토 씨 입에서 나온다'라고도 언급하신 적이 있는데, 그건 가가미야마가 무엇을 원하는지에 주목하라는 뜻이었겠죠. 프로듀서님이 트위터에서 드라마의 결말을 언급한 것도 이대로 됐다가는 과거는 바뀌지 않는다는 신호였을 거예요.

그때 프로듀서가 옆에서 슬슬 마무리해 달라는 신호를 보냈다.

"미안합니다, 아야 씨. 더 자세한 건 메이킹 영상으로 공개할 테니 오늘은 여기까지 하죠."

—앗, 죄송해요!

아야는 서둘러 추리를 끝마쳤다. 주인공 두 사람이 마무리 인사를 하고 사이온지를 비롯한 모든 스태프가 시청자를 향해 손을 흔드는 장면을 마지막으로 '탐정 강좌'는 제시간에 무사히 끝났다.

방송을 마친 감회를 느낄 새도 없이 스태프들은 익숙한 손놀림으로 세트를 척척 해체했다. 철수 작업이 진행되는 현장을 서성거리는 사이온지의 귀에 문득 젊은 스태프와 프로듀서의 대화가 들렸다.

"시청자 항의가 원래 드문 건 아니지만."

분위기를 보니 프로듀서가 젊은 스태프를 훈계하는 듯했다.

"요즘은 드라마의 결말을 납득 못해서 방송이 끝나자마자 항의 전화를 걸어오는 사람이 유독 많지. 그런 녀석들을 상대하는 방법 정도는 알아 두라고."

"아뇨, 그게 아니라 '내가 먼저 정답에 도달했는데 그런 꼬맹이에게 답을 맞히게 하다니' 같은 전화였어요. 자기도 전화를 걸었는데 통화 중이었고 그 여고생은 가짜 정답자 아니냐고도……."

"그야 그 아야라는 학생이 선생님과 통화하고 있었으니 통화 중이었던 게 당연하지. 처음 한 사람만 연결되는 전화의 기본 특성을 활용한 기획이었다고 설명해 둬."

"휴, 저도 그렇게 말했지만 벌써 같은 클레임 전화가 다섯 통이나 걸려 와서……."

다섯 통이라는 말에 사이온지의 눈썹이 순간 꿈틀했다.

사이온지는 발길을 돌려 스태프들에게 대충 인사하고 곧장 자기 차로 돌아갔다. "벌써 가시나요? 뒤풀이는요?" 하고 묻는 스태프에게 손을 흔들며 시동을 건다.

가속 페달을 밟는 그의 머릿속에는 이미 새로운 목표가 떠올라 있었다.

다음에는 조금 더 어렵게 만들어 주지.

3

덜컹 소리와 함께 몸이 흔들리자 정신이 번쩍 들었다. 어느새 잠들어 있었던 모양이다. 머리가 띵하다.

차 안에는 여름 아침의 뿌연 햇빛이 들어차 있다. 조수석에서 보는 창밖 고속도로 풍경이 일정한 속도로 뒤로 흐른다. 카 오디오에서는 여자 아나운서가 떠드는 소리가 들리고 있다. 그 단조로운 음색이 나를 또다시 수면으로 이끌었다.

"마쓰리."

옆에서 날 부르는 소리가 들렸다.

그쪽으로 눈길을 향하자 원피스 정장을 입은 여자가 운전대를 쥐고 있다. 그 모습이 어렴풋하게 보여서 나는 아직 잠에서 덜 깬 두 눈을 비볐다.

그녀는 내 시선을 알아차린 듯 한순간 내 쪽으로 고개를 돌렸다. 운전하면서 천천히 입을 연다.

"……네게 작별 인사를 해야 해."

나는 깜짝 놀라 숨을 집어삼켰다. 그녀가 무슨 말을 하는지 도무지 이해할 수 없다. 그게 무슨, 갑자기 왜, 라고 묻고 싶지만 당황한 나머지 목소리가 나오지 않는다.

그녀의 목소리에 섞여 있는 미약한 떨림이 나를 더욱 당황케 했다. 이 사람은 무슨 일이 있어도 흔들리지 않고 늘 침착하게 미소 짓는 사람이다. 그런 그녀가 지금 어떤 이유에선지 마음이 흐트러져 있다.

그녀는 조금 더 단호하게 말을 이었다.

"너무 갑작스러워 놀랐겠지만 ……지금까지 고마웠어. 네가 함께 있어 준 덕분에……."

❈

멀리서 그 사람이 내 이름을 부르고 있다.

온화하고 부드러워서 자연스럽게 졸음을 부르는, 듣는 것만으로 기분 좋은 낮고 침착한 목소리. 그 사람이 내 이름을 부를 때마다 나는 자랑스러워진다. 그 사람이 나를 필요로 한다는 사실이 더없이 기쁘다.

"마쓰리, 아직 자고 있니?"

깜짝 놀라 이불에서 벌떡 일어섰다. 자다 일어나 흐릿한 시야 속에서 머리맡에 있는 알람 시계를 간신히 찾아낸다. 앞머리를 쓸어 올리며 9시 40분이라는 시간을 확인한 순간 온몸에 털이 곤두섰다.

"말도 안 돼! 시간이 벌써 이렇게 됐다고?"

부랴부랴 일어섰을 때 등 뒤에서 문이 열리는 소리가 들렸다.

"못 말려. 늦잠도 정도가 있지."

귀에 익은 목소리로 어이없다는 듯 말한다.

"죄, 죄송해요, 어머니! 늦잠을 자다니!"

돌아서서 힘차게 고개를 숙이자 문간에 선 어머니는 겸연쩍게 미소 지었다. 넉넉한 유카타 소매를 흔들며 벽에 몸을 기대고 있다. 거슴츠레한 눈빛을 보니 어머니도 일어난 지 얼마 안 돼 보인다.

"가서 세수하고 오렴. 서두르지 않아도 되니."

나는 말없이 고개를 숙이고 종종걸음으로 세면대로 향했다.

옆을 스쳐 갈 때 보니 어머니의 뒷머리가 헝클어져 있다.

어머니는 다른 사람 앞에서 누구보다 몸가짐을 신경 쓰지만 내 앞에서는 매일 아침 이렇게 편한 모습을 보여 준다. 나는 속으로 그 사실을 은근히 기쁘게 생각하고 있었다.

물론 세면대 거울에 비친 내 모습이 훨씬 칠칠치 못하다. 나는 쓴웃음을 짓고 빗으로 빠르게 머리를 매만진 후 얼굴을 씻었다.

이 고오리 가문 저택에서 식사 준비를 맡는 사람은 나다. 내가 움직이지 않으면 어머니는 늦게까지 아침을 드시지 못한다. 그런데 늦잠이라니, 이 바보. 자명종 소리를 듣지 못할 만큼 깊이 잠들어 있었던 걸까. 나를 절대 꾸짖지 않는 어머니를 대신해 속으로 나 자신을 질책한다.

부엌 창문을 열었을 때 문득 어젯밤 꿈이 떠올랐다. 참으로 기묘한 꿈이었다. 나와 어머니는 자동차를 타고 어딘가로 향하고 있다. 졸고 있는 내게 어머니가 뭐라고 말을 걸고, 거기서 갑자기 끝나 버리는 꿈. 아니, 갑자기 끝난 것은 내가 눈을 떴기 때문이다.

꿈속에서도 잠에 빠져 있는 내가 한심했다. 정신 똑바로 차려야 해.

늦어진 시간을 만회하기 위해 나는 소매를 걷어붙이고 기합을 넣었다.

"잘 먹었어. 늘 고맙다, 마쓰리."

어머니는 아침을 깨끗이 비우고 정중하게 감사를 전했다. 나는 가슴이 따스해지는 것을 느끼며 빈 그릇을 쟁반에 하나씩 옮겼다.

그때 다다미방에 있는 벽시계가 울렸다. 시계판을 보니 긴바늘과 짧은바늘이 모두 XII를 가리키고 있다.

"점심으로 쳐야 하려나?"

어머니는 농담조로 말했지만 나는 죄송스러운 나머지 가슴이 답답해졌다. 평소에는 알람 같은 걸 맞추지 않아도 해가 뜨기 전에 늘 일어났건만.

자신을 탓하는 사이 문득 시계 종소리가 멎은 것을 깨달았다. 아직 서너 번밖에 울리지 않았다. '망가진 걸까요?' 하고 어머니에게 물으려다가 나는 말을 집어삼켰다.

어머니가 입을 움직여 무언가 말하고 있다. 그러나 목소리가 들리지 않는다.

정신을 차려 보니 다다미방 안은 으스스할 정도의 정적에 휩싸여 있었다. 무심코 쟁반을 식탁에 내려놓지만 그릇이 달그락거리는 소리도 들리지 않는다.

내 주변에서 '소리'라는 것이 사라진 것이다.

"……리. 마쓰리. 왜 그러니? 갑자기 멍하게."

갑자기 어머니의 목소리가 들린다. 벽시계도 나머지 종을 울린 후 이번에야말로 침묵에 들어갔다.

방금 그건 대체 뭐였을까. 귀가 갑자기 들리지 않은 것 같은데 또 지금은 아무렇지도 않다.

"혹시 어디 안 좋니?"

어머니가 걱정하듯 얼굴을 들여다봐서 나는 황급히 자세를 가다듬었다.

"아…… 죄, 죄송해요. 괜찮아요."

서둘러 식기를 정리하는 나를 어머니는 여전히 걱정스러운 얼굴로 바라봤다.

부엌에서 설거지를 끝내면 빨래를 시작한다. 빨랫감이라고 해 봐야 나와 어머니의 옷뿐이라 금세 끝난다. 시간이 드는 건 그다음에 하는 청소다. 두 사람만 사는 것치고 넓은 저택이라 매일 두 시간 동안 청소해야 한다.

여느 때 같으면 이 정도는 거뜬하지만 오늘은 묘하게 몸이 무거웠다. 덥지도 않은데 툇마루를 걸레질하는 것만으로도 땀이 흘렀다.

마당에서 걸레를 짜고 있을 때 어머니가 불쑥 나타났다.

"고생 많구나, 마쓰리. 힘내렴."

"아, 괜찮아요."

어머니는 내가 반들반들하게 닦은 툇마루를 둘러봤다.

"그렇게 더럽지 않으니 매일 닦지 않아도 될 텐데."

"아뇨. 제가 할 일인걸요."

그러자 어머니는 내 눈을 가만히 들여다보며 묘한 표정을 지었다. 뭔가 할 말이 있는 듯한, 혹은 내 생각을 떠보는 듯한 표정.

"……어머니? 왜 그러세요?"

그렇게 물으니 어머니는 고개를 갸웃하며 쓴웃음을 지었다.

"미안하다. 아무것도 아니야."

어머니는 다다미방 문을 열고 그 안으로 사라졌다. 잠시 후 피아노 소리가 들린다. 집 가장 안쪽에 있는 피아노방에서 어머니는 몸이 허락하는 한 매일 피아노를 연주한다. 즉흥적으로 연주하는지 늘 다른 선율이 집 안에 울려 퍼진다.

어머니의 연주를 들으며 집안일을 하는 시간은 나에게 행복 그 자체다. 나는 소매를 걷어붙이고 다시 걸레질을 시작했다. 어느새 몸이 가벼워졌다. 어머니의 연주에는 나를 치유하는 신비로운 힘이 있다.

해가 지면 고오리 저택은 더 조용해진다. 이 저택은 도나 평야의 한 귀퉁이에 외따로 있다. 저택 뒤 침엽수림과 정면에 있는 광활한 논에 둘러싸인 소음과 전혀 무관한 곳이다.

고오리 집안은 메이지*시대 이전부터 이 일대의 지주이자 수많은 소작농을 거느린 부유한 농가였다고 한다. 이 저택도 원래 고오리 가의 본가였지만 종전 후 역 근처에 호화로운 대저택을 지어 그쪽으로 본가를 옮겼다. 내가 태어난 것도 그 무렵인데 일가친척 중 어머니와 나만 이 집에서 사는 이유는 나도 알지 못한다.

내 어머니 고오리 요라는 사람에 대해 아는 건 사실 그리 많지 않다. 심지어 어머니는 나이도 알려 준 적이 없다. 아마 마흔 전후인 것 같지만. 태어날 때부터 몸이 약해 병치레가 잦았고, 지금껏 이렇다 할 직업을 가져 본 적도 없지만 매월 어느 정도의 생활비를 본가에서 받고 있는 듯했다.

다른 걸 떠나 어머니가 내가 진심으로 존경하는 사람인 것만은 분명하다. 어머니의 말과 행동에는 늘 단단한 심지가 있다. 내가 실수를 저질러도 절대 꾸짖지 않고, 그러면서도 나를 항상 올바른 방향으로 이끌어 준다. 아직 나는 13년

---

* 1868년부터 1912년까지의 일본 연호.

밖에 살지 않아 인생 경험이 부족하고 언어 구사 능력도 달리지만 아마 '인격자'라는 단어는 어머니 같은 사람을 두고 쓰는 말일 것이다.

철들 무렵부터 어머니는 내 옆에 있었고 이 고오리 저택에서 나와 둘이 살았다. 한때는 아버지가 없는 걸 이상하게 생각한 시기도 있었지만 그렇다고 딱히 힘들다거나 외롭다고 느낀 적은 없다. 물론 어머니가 가끔 나를 돌보다가 무리해서 건강을 해칠 때면 달리 의지할 사람이 없는 현실이 원망스럽기는 했다.

어머니의 부담을 덜어 드리고 싶은 마음에 어느덧 나는 고오리 집안에서 모든 집안일을 도맡게 되었다. 청소와 세탁법을 배우고 일주일에 한 번은 역 앞까지 가서 장을 봐 온다. 요리는 아직 서툰 편이지만 그래도 많이 늘었다.

어머니가 편히 살 수 있게 옆에서 돕겠다. 그리고 바랄 수 없을지 모르지만 언젠가 어머니가 나를 의지해 줬으면 했다.

그러려면 오늘 아침 같은 실수를 되풀이해서는 안 된다. 나는 그날 평소보다 일찍 이불속에 들어갔다. 7시에 자명종이 울리게 알람을 맞췄는지 여러 번 확인하는 사이 어느새 의식은 깊은 잠의 구렁텅이로 빠져들었다.

덜컹하고 차체가 흔들려 문득 정신이 들었다.

"일어났니?"

옆에서 상냥한 목소리가 들린다. 뿌연 시야 속에서 조수석 차창과 고속도로 풍경이 천천히 상을 맺어 간다.

그렇구나. 어느새 잠들어 있었나.

"마쓰리. 지금까지 고마웠어."

그 말에 흠칫 놀라 운전석 쪽으로 시선을 향한다. 대체 뭘 고맙다고 하는 건지 알 수 없다. 혼란스러운 심정으로 그녀를 본다. 그녀도 나를 곁눈질하지만 이내 시선을 다시 전방으로 돌렸다.

"널 만나 정말 행복했단다."

그녀가 주저 없이 말했다. 이런 말을 듣고 기분 나쁠 리 없는데 왠지 석연치 않다. 왜 갑자기 이런 말을 하는 걸까. 왜 이렇게 심각한 얼굴을 하는 걸까.

그리고 고맙다는 말 자체가 이상하다. 난 소외는 당할지언정 고맙다는 말을 들을 사람은 아니니까.

그녀의 진의를 확인하려고 입을 연 순간, 시야 끝에 커다란 무언가가 비쳤다.

요란한 소리와 충격 때문에 나는 벌떡 일어섰다.

"뭐, 뭐야……?"

한참을 두리번거리다가 이곳이 내 방이고 지금 막 꿈에서 깨어난 것을 서서히 깨닫는다. 아직 동트기 전인 듯하지만 창밖이 희뿌옇게 밝아지고 있다.

시계를 확인하니 맞춰 둔 시간보다 한 시간이나 일찍 눈이 떠졌다. 뭔가 아주 큰 소리가 들린 것 같은데 자명종 소리는 아닌 듯하다. 꿈속에서 들은 소리일지 모른다. 그럼 정말 바보 같은 일이다.

다시 한번 이불속에 들어갔지만 정신이 말똥말똥해 결국 이불에서 기어나갔다. 세면대로 가 세수해도 정신이 번쩍 드는 느낌은 없다.

부엌에서 채소를 썰고 있을 때가 돼서야 요란한 자명종 소리가 귓전을 때렸다. 서둘러 방에 돌아가 알람을 끄고 한숨을 내쉰다. 아무래도 머리가 개운치 않다. 아직 꿈속에 있는 느낌이다.

그렇다. 그 꿈. 눈뜨기 직전까지 꾸었던 꿈이 묘하게 현실적이었다. 그래서 진짜 현실을 아직 현실로 인식하지 못하는 걸까.

차 조수석에서 꾸벅꾸벅 조는 내게 옆에서 운전대를 잡은 어머니가 말을 거는 짧은 꿈. 상황은 어제와 같지만 어머니의 말은 달라졌다.

─널 만나 정말 행복했단다.

어머니의 입을 통해서 듣기에는 지나친 감이 있는 인사말이다. 꿈속에서도 나는 왠지 어색함을 느끼며 당황했다.

그리고 꿈의 끝에쯤 뭔가를 봤다. 뭔가 아주 큰 의미가 있는 것 같은데 형태를 떠올리려 할수록 도리어 기억이 점점 흐려진다.

해가 뜨고 어머니와 함께 아침을 먹은 뒤에도 잠에서 깬 직후 같은 붕 뜬 느낌이 가시지 않았다. 어머니는 어머니대로 어제와 똑같이 이따금 내 얼굴을 물끄러미 쳐다봤다. 그때마다 나는 어색한 기분에 "왜 그러세요?"라고 물었지만 어머니는 "아무것도 아니야"라며 얼버무렸다.

욕조에 물을 채우고 정원에 나가 바깥 아궁이에 장작을 집어넣는다. 고오리 저택에서는 목욕물을 데울 때 가스를 쓰지 않고 매일 이렇게 장작불을 피운다. 손이 많이 가지만 어스름한 저녁의 찬 공기와 온기가 적당히 맞물리는 이 시간을 나는 좋아했다.

화력을 조절하고 있을 때 문득 어머니가 나타났다.

"아아, 어머니."

나는 일어서서 더러워진 손을 등 뒤로 숨겼다.

"목욕물은 조금만 더 기다려 주세요."

"그렇게 서두르지 않아도 괜찮아. 늘 고맙다, 마쓰리."

"아뇨."

어머니는 아궁이 속 불과 내 얼굴을 번갈아 봤다.

"땀을 많이 흘렸네. 욕조에는 네가 먼저 들어가는 게 좋겠어."

"아뇨, 전 괜찮아요. 아직 할 일이 남아서."

그러자 어머니는 쓴웃음을 지었다.

"그렇게까지 열심히 하지 않아도 돼. 그러지 않아도 요즘은 거의 널 가정부처럼 부리는 것 같아 마음이 좋지 않은데."

오히려 그게 바로 내가 목표하는 이상적인 모습이라 나는 대꾸하지 않는다. 애초에 키워 준 부모에게 자식이 보답하는 건 이상한 일이 아니다.

"마쓰리, 넌, 그……."

어머니는 잠시 말을 멈추고 신중하게 말을 이었다.

"친구가 있었으면 하고 생각한 적 없니?"

"네?"

"기쁠 때 함께 웃을 수 있는 친구가 있으면 좋잖아. 비슷한 또래 아이와 스스럼없이 지내고 싶다거나."

나는 몹시 당황하고 말았다.

"아뇨. 그런 생각은 해 본 적 없어요. 제 옆에는 어머니가 있으니까요."

그렇게 조금 억지를 부리듯 대답한다. 그러자 어머니는 "아니야" 하고 고개를 흔들었다.

"그렇게 말해 주니 기쁘지만 내가 말하는 건 대등한 친구란다. 어려울 때 스스럼없이 하소연할 수 있는 상대. 여기서 나와 둘이서만 살다 보면 그런 아이를 만나기 어렵지 않겠니?"

가슴속이 조금 술렁거린다. '여기서'라는 말의 의미는······.

"예를 들어 다시 학교에 가면······."

그때 불현듯 주변이 조용해졌다.

눈앞에서 화톳불이 불꽃을 튀기는데 아무 소리도 들리지 않는다. 어머니도 여전히 입을 움직이지만 목소리가 내 귀에 닿지 않는다.

느닷없이 무음의 세계에 홀로 던져진 공포에 나는 그

자리에서 얼어붙었다. 그러나 무음 시간은 그리 오래가지 않았다. 서서히 세상에 다시 소리가 돌아와 가슴을 쓸어내렸다.

"마쓰리, 왜 그러니?"

어머니는 내 상태가 이상하다고 눈치채고 걱정스럽게 내 얼굴을 들여다본다. 나는 애써 웃으며 살며시 귀에 손을 갖다 댔다. 어제도 갑자기 소리가 들리지 않는 순간이 있었다. 도대체 왜 이런 일이 일어나는 걸까.

저녁 식사 준비와 뒷정리까지 모두 마치는 동안에도 귀가 계속 신경 쓰였다.

자기 전 서재에 가서 가정의학 관련 서적을 몇 권 꺼냈다. 책장을 펼쳐 읽다 보니 '돌발성 난청'이라는 항목이 눈에 들어왔다. 그러나 증상 중에 소리가 들리거나 들리지 않는 것을 반복하는 사례는 나오지 않았다.

다른 책을 펼치자 이번에는 '심인성 난청'이라는 눈에 띄는 부분이 있었다. 어느 날 갑자기 두 귀가 들리지 않고 특별한 이유도 없이 회복된다. 여자아이에게 흔하다는 것을 보니 나와 일치하는데 발병 원인이 주로 마음의 문제라는 내용이 마음에 걸렸다.

나에게는 이렇다 할 마음의 문제가 없다. 매일 충실히 살고 있고 소소하지만 행복을 느낄 때도 많다.

내 방에서 이불에 들어간 뒤에도 나는 계속 고민했다.

만약 내 귀의 이상이 정말 심인성 난청 때문이라면 내가 지금 안고 있는 마음의 문제가 뭘까. 도무지 짐작이 가지 않았다.

❈

"마쓰리."

조용히 내 이름을 부르는 소리를 듣고 나는 번쩍 눈을 떴다. 그런가. 차 조수석에서 잠들어 있었나.

"마쓰리."

그 사람이 또다시 내 이름을 부른다. 목소리에서 왠지 긴장감이 느껴져 운전석을 돌아본다. 눈에 띄게 당황하는 것 같기도, 혹은 뭔가 고민하는 것 같기도 한 모습.

"아아…… 시간이 없어."

시간이 없다니, 이건 또 무슨 말일까. 나는 대시보드에 있는 카 오디오를 바라봤다. 오디오 액정 패널에 현재 시각이 표시돼 있다. 오전 8시 28분 9초. 아직 시간은 충분하다.

나는 다시 운전석으로 시선을 돌려 손바닥으로 이마를 가린 채 심각한 얼굴로 있는 그녀를 봤다. 지금까지 내 앞에서 한 번도 보여 준 적 없는 절망적인 표정이다.

"대체 어떻게 해야⋯⋯."

그녀의 입술에서 가냘픈 소리가 새어 나온다. 나는 문득 뭐라고 한마디라도 해야겠다고 생각해 입을 열었다.

그 순간.

운전석 창밖에 느닷없이 거대한 검은 그림자가 나타나 우리 쪽을 향해 다가오는 모습이 보였다. 시간상으로는 찰나에 불과하지만 기이하게도 나는 그게 무엇인지 확실히 인식할 수 있었다. 우리는 지금 고속도로의 추월 차선을 달리고 있다. 그럴 때 갑자기 맞은편 차선에서 대형 트럭이 중앙 분리대를 넘어 달려오고 있는 것이다.

미처 소리 지를 새도 없었다. 주변에 다른 차도 없는 길에서 대형 트럭이 이쪽을 향해 똑바로 돌진해 온다. 일직선으로, 운전석을 향해.

순식간에 요란한 굉음과 충격이 내 몸과 의식을 아득히 먼 곳으로 날려 버렸다.

지금이 몇 시일까. 창밖은 아직 짙은 어둠에 뒤덮여 있다.

이불 위에 웅크려 앉아 담요를 몸에 두른다. 아직 졸리지만 다시 누울 수는 없다. 잠들어 버리면 그 무서운 꿈의 뒷부분을 보게 되지는 않을까 걱정됐다.

난 결국 해가 뜰 때까지 이불 위에 앉아 공포에 몸을 떨었다.

그날 집안일을 어떻게 했는지는 잘 기억나지 않는다. 정신을 차려 보니 어느새 해가 기울고 있었고 시종일관 불안한 하루였다.

어머니는 말수가 줄어든 한편으로 피아노를 연주하는 시간이 평소보다 늘었다. 나도 억지로 말을 붙이지는 않았다. 아마 한두 마디 정도는 주고받았을 텐데 별 의미 있는 말은 아니었다. 어머니를 마주하고 있으면 아무래도 그 꿈이 떠올랐다. 그렇다고 침묵하면 또 침묵하는 대로 내 사고 회로가 그 꿈을 떠올리려 했다.

대형 트럭이 어제 꿈에도 나왔다. 그 반복되는 짧은 꿈은 매번 나와 어머니가 교통사고를 당하면서 끝났다.

그 꿈이 뭘 의미하는지 나는 알지 못한다. 다만 그렇게 거대한 트럭이 우리가 탄 소형차와 정면충돌할 경우 얼마나 끔찍한 일이 벌어질지는 쉽게 상상할 수 있다.

꿈속의 우리는 결코 목숨을 건질 수 없을 것이다. 특히 마주 오는 차선과 가까운 운전석에 앉은 어머니는 더더욱.

다음 날, 그다음 날에도 나는 똑같은 꿈을 꿨다. 내가 조수석에서 눈을 뜨면서 시작해 어머니가 내게 어떤 말을 걸고 정면에서 대형 트럭이 돌진해 오는 장면에서 끝났다.

꿈의 내용은 전부 엇비슷하지만 세세한 부분은 조금씩 변화했다.

예를 들어 내가 잠에서 깨는 타이밍은 매번 같지만 자동차 진동 때문에 깰 때가 있고 어머니가 말을 걸어서 깰 때도 있다.

어머니의 말과 행동은 매번 꼭 바뀌었다. 그녀가 입에 담는 말은 기껏해야 두어 마디 정도인데 빠르게 말할 때가 있는가 하면 말문이 막혀 끝까지 말을 잇지 못할 때도 있다. 말의 내용도 제각각이라 맥락 없이 인사만 할 때가 있고 처음부터 끝까지 이해 못 할 모호한 말로 끝날 때도 있었다. 어쨌든 내게 뭔가를 전하려 하는 것만은 확실하지만 그게 뭔지는 알 수 없었다.

꿈속에서 난 이게 꿈이라는 것을 깨닫지 못한다. 꿈이 시작되면 늘 같은 상태로 리셋돼 수없이 꾼 악몽이라는 걸 까맣게 잊어버리고 만다. 다만 어머니의 말에 어떻게 반응하는지에 따라 내 행동이 조금씩 변할 때는 있다. 어느 날에는 어머니가 시간을 언급하는 바람에 시간을 확인했고, 그로써 나는 이 꿈이 오전 8시 28분 1초에서 16초까지의 15초 동안 일어난 일이라는 걸 깨달았다.

카 오디오 액정 패널에는 날짜도 표시돼 있었다. 9월 1일 월요일.

이것이 지난 며칠 동안 내가 얻은 악몽에 관한 모든 정보다.

식탁 의자에 앉은 어머니 앞에 나는 밥그릇을 내려놓았다. 어머니는 말없이 상이 차려지기를 기다리고 있다. 다다미방은 침묵에 휩싸여 있고 내가 그릇을 내려놓는 소리만 유독 크게 들렸다.

나와 어머니 모두 수다스러운 성격은 아니다. TV와 라디오도 없는 저녁 식사 자리에서 말없이 침묵하는 경우가 드물지 않지만 지금은 둘 다 생각에 잠겨 있어서인지 어딘가 어색하고 불안한 정적이 흘렀다.

악몽에 시달리면서도 난 집안일만큼은 꼬박꼬박 챙겼다. 꿈이란 어차피 환상이다. 그런 환상 때문에 어머니를 돌보는 중요한 역할을 소홀히 할 수는 없었다.

이따금 그 꿈의 뒷부분이 떠오르긴 했다. 우리 두 사람이 나란히 사고사를 당해 그곳에 영원히 영혼으로 남는 게 아닐까 하는 기이한 상상을 할 때도 있었다. 우스꽝스럽지만 '그럼 난 죽은 뒤에도 어머니를 계속 돌볼 수 있겠지' 하는 묘한 안도감이 들기도 했다.

하지만, 만약…… 정말 만약 나만 목숨을 건진다면 그 뒤로 나는 어떻게 될까. 고독해진 나 자신을 그려 보니 그야말로 무시무시했다. 어머니는 내 삶의 전부다. 그런 어머니가 사라진다면, 나는…….

"……마쓰리. 마쓰리!"

"응? 앗."

어머니의 목소리가 내 공상을 지워 없앴다. 그와 동시에 주위에 소리가 돌아온다. 귀가 안 들리는 줄도 몰랐다.

그렇다. 나는 저녁을 차리는 중이었다. 보아하니 내가 손에 들고 있던 찻잔이 옆으로 쓰러져 식탁과 내 손을 적시고 있었다.

"죄…… 죄송해요!"

황급히 옆에 있던 행주로 찻물을 닦는다. 주변의 소리가 사라지는 바람에 찻잔이 쓰러지는 소리도 못 들은 듯하다. 이런 실수를 저지르다니.

"죄송해요, 어머니. 정신이 다른 곳에 팔려 있었나 봐요."

나는 어머니에게 고개를 숙이고 이번에야말로 집중해서 상을 차렸다.

"괜찮아. 그보다 무슨 생각을 하고 있었니?"

"그건……."

진지하게 물어서 나는 말을 더듬었다. 어머니 앞에서 솔직히 털어놓기 망설여지지만 그렇다고 실수한 원인을 거짓말로 둘러대는 것도 편치 못하다.

나는 눈을 내리깔고 "실례되는 상상이지만" 하고 운을 뗐다.

"만약 어머니가 내 곁에서 사라진다면 어떻게 될까……. 가끔 그런 생각이 들어서 겁나요."

그러자 어머니가 깜짝 놀라는 게 느껴졌다. 그늘진 얼굴로 식탁을 내려다본다.

"죄송해요, 어머니. 이상한 소리나 하고. 신경 쓰지 마세요."

나는 서둘러 얼버무렸지만 어머니의 침울한 표정은 저녁 식사가 끝날 때까지 이어졌다.

뒷정리를 마치고 문단속을 할 무렵에는 완전히 녹초가 됐다. 여전히 수면 부족 상태가 지속돼 낮에는 머릿속에 내 내 안개가 낀 듯했다.

막상 취침 시간이 되어도 침실로 향하는 발걸음이 무겁다. 내일을 위해 일찍 자야 하지만, 또 그 꿈을 꾸게 될 거라고 생각하면…….

"응? 마쓰리, 이런 데 앉아서 뭐 하니?"

침실 앞 복도에 앉아 생각에 잠겨 있을 때 유카타 차림의 어머니가 내 앞을 지나갔다.

"……아, 아무것도 아니에요. 안녕히 주무세요, 어머니."

나는 무거운 몸을 억지로 일으켜 힘없이 방으로 향했다. 잠들고 싶지 않지만 살아 있는 한 잠을 자야 한다. 그 꿈을 꾸어야 한다.

❖

차체의 흔들림으로 눈이 떠진다. 동시에 옆에서 그 사람의 목소리가 들렸다.

"네가 집에 온 지도 벌써 1년이 됐네."

미처 잠에서 다 깨지 못한 상태에서 그녀의 말을 듣는다.

그런가. 이 사람을 만난 지 벌써 1년이 지났구나.

"1년 동안 넌 예전보다 훨씬 강해졌어."

그녀는 그렇게 말해 줬지만 그게 사실이 아니라는 건 나도 그녀도 알고 있다. 나는 달라진 게 아무것도 없다. 달라지고 싶다고 생각한 적도 없다.

대체 느닷없이 왜 이런 말을 꺼내는 걸까. 내 힘을 북돋워주려는 걸까. 쓸데없는 일이다. 그렇다. 고오리 저택에서의 삶은 내게 쓸데없는 일의 연속이었다. 그리고 그 쓸데없음은 앞으로도 계속될 것이다.

나는 한층 더 기분이 가라앉아 다시 눈을 감았다. 그런 나를 아랑곳 않고 그녀는 말을 잇는다.

"너 자신을 믿으며 살아가렴. 지금의 너라면 무슨 일이 있어도 괜찮을 테니."

❋

눈을 뜨고 정오가 되기 전까지 나는 두 번 고꾸라졌다.

아침부터 계속 반쯤 잠들어 있는 것 같고 다리도 후들거렸지만 아무것도 없는 복도에서 넘어질 거라고 예상하지는 못했다. 넘어질 때 통증 때문에 정신이 든다면 좋으련만 일주일 넘게 이어진 만성 수면 부족은 통증 따위 가볍게 무시해 버렸다.

그래도 가까스로 아침과 점심을 준비하고 청소를 시작했다. 어머니는 조금 쉬는 게 좋겠다고 해 주었지만 가만히 있으면 끝없는 불안감이 나를 괴롭힌다.

어젯밤 꿈에서는 조수석에서 줄곧 고개를 숙이고 있느라 그 무서운 트럭의 모습을 보지 않을 수 있었다. 그러고 보니 어머니의 이야기도 여느 때와 조금 달랐던 것 같다. 지금까지는 주로 과거, 즉 지금까지의 삶에 관한 이야기가 많았는데 어젯밤 꿈에서는 내 미래에 대해 언급한 것 같다.

어제 나는 어머니가 내 옆에서 사라지면 어떡해야 할지 불안하다고 어머니 앞에서 솔직히 털어놓았다. 현실 속 어머니는 특별한 말이 없었지만 어쩌면 꿈속에서 들은 어머니의 그 말이 내가 진정 듣고 싶었던 말이었는지 모른다.

꿈속에서 운전대를 잡은 어머니는 이렇게 말했다.

—너 자신을 믿으며 살아가렴. 지금의 너라면 무슨 일이 있어도 괜찮을 테니.

솔직히 별로 어머니답지 않은 말이었다. 또 그전에 했던 말도 신경 쓰였다.

—네가 집에 온 지도 벌써 1년이 됐네.

여기 온 지 1년이 됐다고? 나는 줄곧 이곳에서 어머니와 둘이 살았다. 언제 이 집에 처음 왔는지 기억이 안 날 만큼 오래전부터.

※

"마쓰리."

　요우의 목소리를 듣고 나는 눈을 떴다.

　흔들리는 차 안에서 우리가 지금 어디로 향하는지를 떠올린다. 그렇다. 오늘부터 새로운 학교생활이 시작된다. 그렇게 생각하니 우울해졌다.

　나는 조수석에서 몸을 움츠린 채 두 팔로 어깨를 감쌌다.

"……무섭니?"

　내 마음을 눈치챘는지 요우의 시선이 느껴진다.

"괜찮아. 넌 강한 아이니까. 난 널 믿는단다."

　요우가 왼손을 운전대에서 떼어 살며시 나를 향해 뻗는다. 그녀는 지금 날 설득하려 하고 있다. 회유하려 하고 있다.

"시끄러워!"

　반사적으로 그 손을 뿌리친다. 탁 하는 건조한 소리와 함께 오른손에 가벼운 통증이 스친다.

아아, 또 이런 짓을. 늘 이렇다. 내게 손을 내밀어 주는 사람은 이 사람뿐인데, 이 사람을 거부하고 이 세상의 모든 것을 거부한다.

후회해도 손의 통증은 사라지지 않았다.

나를 바라보는 요우의 슬픈 표정이 지워지지 않았다.

나는 무릎 위에 올린 오른손을 왼손으로 꼭 누르고 입을 다문 채 고개를 숙였다.

❈

언제 잠에서 깼는지 요즘은 기억나지 않을 때가 많다. 밤이 되어도 잠들지 않게 방에서 몸을 움직이는데 정신을 차리면 어느새 이불 속에 있고 바깥이 밝아져 있다. 그리고 그 악몽을 떠올리며 또 잠들었다고 자책한다.

이불 속에서 깨어나면 다행이고 어떤 날에는 방문에 몸을 기댄 채 눈을 뜬 적도 있다. 그럴 때는 두들겨 맞은 것처럼 온몸이 아팠다.

해가 떠 있는 동안에도 내가 제대로 깨어 있는지 자신이 없다. 거의 무의식적으로 일상의 루틴을 소화하다가 어떤 타이밍에 갑자기 의식을 되찾는 듯하다. 그러나 각성 상태가 지속되는 건 몇 분에 불과하고, 잠시 일하다 보면 또다시 의식이 혼탁해지며 묘한 부유감에 휩싸이기 시작한다.

늪에 빠진 것처럼 온몸이 무거워 생각대로 몸을 움직일 수 없다. 기상 시간은 점점 빨라지는데 아침을 준비하는 시간은 갈수록 늦어진다. 어머니는 물론 그런 나를 혼내지 않는다. 아니, 어머니가 뭐라고 했지만 그때처럼 들리지 않았을 가능성도 있다.

툭, 툭 하고 느리게 도마 위 채소를 썬다. 서두르고 싶지만 이보다 빠르게 움직일 수는 없다.

그때 옆에서 귀에 거슬리는 소리가 들렸다. 그렇다. 물을 끓이고 있었다. 나는 서둘러 난로에서 주전자를 들어 올렸다.

식사 준비를 서두르며 어젯밤 꿈을 떠올린다. 오래전부터 눈치채고는 있었지만 그 꿈속에서 나와 어머니의 관계는 현실과 사뭇 다르다. 평소에 나는 어머니를 이름인 '요우'로 부르는 일이 결코 없고 그렇게 거칠게 말대답을 하지도 않는다. 나를 향해 내민 손을 뿌리치다니 당치도 않다. 그러나 꿈속에서 어머니의 손을 뿌리친 감촉은 지금도 이상하리만큼 생생히 손에 남아 있다. 그 손의 통증은…….

……통증?

불현듯 손을 멈춘다.

그렇다. 나는 꿈속에서 확실히 통증을 느꼈다. 꿈속에서 그토록 명확한 아픔을 느낀 적이 있었나.

내 손을 톡톡 두드려 본다. 두드린다는 체감은 있지만 통증은 별로 없다. 힘이 약해졌나 싶어 이번에는 더 세게 손을 때린다. 그래도 고통은 없다.

조금 전 물을 끓인 주전자가 눈에 들어왔다. 난로에서 막 내려놨으니 아직 뜨거울 것이다. 저기에 손을 갖다 대면 통각이 돌아올까. 화상을 입을 수도 있지만, 그래도…….

문득 며칠 전 저녁 식사 풍경이 머리를 스쳤다. 주의력이 산만한 상태로 그릇을 내려놓던 나는 실수로 차를 쏟고 말았다. 그때 찻물이 내 손과 소매에도 묻었다.

그러나 그때 나는 전혀 뜨겁다고 느끼지 못했다.

순간 등줄기가 오싹했다.

이상하다. 뭔가가 잘못돼 있다.

불현듯 공포가 온몸을 휘감을 때 귓가에 피아노 소리가 들렸다. 부드러운 선율을 듣는 동안 불안감이 서서히 누그러진다. 어머니의 피아노 연주는 역시 마법이다.

심호흡을 하고 아침 준비를 다시 시작한다. 시계를 보니 아직 아침 7시. 요즘 어머니는 내게 맞춰 일찍 일어나기는 하지만 이렇게 이른 아침부터 피아노를 연주하는 경우는 드물다. 나를 진정시키기 위해 연주해 주고 있다. 그렇게 생각하면 자의식 과잉일까.

그 후로도 어머니의 피아노 연주는 끊임없이 나를 지켜 주었다.

그래도 시간이 흐르자 불안감이 다시 엄습했다.

너무 느리게 준비한 탓에 그날 저녁 식사를 마칠 무렵에는 이미 밤 10시가 지나 있었다. 늦어서 죄송하다고 어머니에게 사과했을까. 잘 기억나지 않는다.

마지막으로 어머니와 대화한 게 언제였을까. 왠지 어머니의 목소리를 들은 지 오래된 기분이다. 요즘 들어 어머니는 늘 생각에 잠겨 있다. 무슨 생각을 하시는지 짐작도 되지 않는다.

저녁 식사를 마치고 어머니는 말없이 몸을 일으켰다. 나도 조용히 빈 그릇을 포개 부엌에 가져간다. 평소 우리의 식탁 분위기는 이렇게 어색하지 않았다.

방 문턱을 넘다가 한쪽 다리가 걸려 그만 균형을 잃고 넘어지고 말았다. 그릇과 주전자가 요란한 소리를 내며 깨졌고 주전자에 남아 있던 차가 복도를 적셨다.

"마쓰리!"

소리를 듣고 곧장 어머니가 달려왔다. 나는 "죄송해요, 죄송해요" 하고 연신 사과하며 한 손으로 깨진 그릇 조각을 주워 모으려 했지만 어머니가 그런 내 손을 붙들었다.

"괜찮아. 이제 가서 쉬렴."

"하지만……."

"내가 잘못했어. 최근 며칠간 네 몸이 좋지 않은 걸 아는데도 계속 일을 시키다니, 미안하다."

"아뇨…… 그런 건……."

다 내가 하고 싶어서 하는 일이다. 그렇게 말하고 싶지만 혀가 잘 굴러가지 않는다.

어머니는 내 몸을 부축해 나를 방으로 데려갔다. 다다미 위에 깔아 놓은 이불에 살며시 나를 눕힌다. 이불 밖으로 다시 기어나가려 했지만 어머니는 내 어깨를 꾹 눌렀다.

"이제 자렴, 마쓰리."

어머니는 흐트러진 이불을 내게 덮어 주었다.

"하, 하지만……."

"부탁이야. 엄마 말 들으렴. 괜찮아, 괜찮으니."

어머니는 상냥하게 내 머리를 쓰다듬었다. 잠들기는 무섭지만 어머니의 손길이 닿으니 매 순간 공포심이 멀어지고 조금씩 졸음이 쏟아진다.

잠들기 전에 알람을 맞춰야 한다. 거의 무의식적으로 시계 쪽으로 손을 뻗다가 나는 움찔하고 움직임을 멈췄다.

자명종 시계의 알람이 이미 세팅돼 있다.

나는 오늘 알람을 끈 기억이 없으니 세팅된 채로 있는 게 당연하다. 그렇다면 아침 7시에 자명종이 울렸을 텐데 그런 소리를 들은 기억이 없다.

이번에도 심인성 난청 때문에 못 들었을까. 그렇게 납득하려다가 나는 '아니' 하고 생각을 고쳤다. 아침 7시……. 그때 나는 어머니의 피아노 연주에 귀 기울이며 부엌에서 아침을 준비하고 있었다. 피아노 선율은 한 번도 끊기지 않았지만 그때 울렸을 자명종 소리는 들리지 않았다.

순간 섬뜩해져서 두 눈을 꼭 감았다.

이제는 난청 같은 것으로는 설명할 수 없다. 아무리 어머니의 연주를 집중해서 들었다 해도 자명종 소리를 듣지 못했을 리 없다. 시계에 의식이 향하지 않아서 못 들었다? 그럴 리 없다.

현실에서는 그런 일이 벌어질 수 없다.

잘못됐다.

이 세상은 뭔가 뒤틀려 있다.

급격히 흐려지는 의식 속에서 나 자신을 향해 계속 묻는다. 정말로 이 세상이 잘못된 거라면, 진짜 세상은⋯⋯.

❈

차체가 흔들려 조수석에서 눈을 떴다. 그렇다. 나는 요우가 운전하는 차를 타고 있었다.

"마쓰리."

내가 눈을 뜬 걸 보고 옆 운전석에서 요우가 입을 연다.

"앞으로 네가 날 필요로 할 때 옆에 내가 없을 수도 있어."

그녀답지 않게 부정적인 말이다. 여느 때처럼 부드럽던 목소리도 지금은 어둡게 긴장해 있다.

"하지만 그렇다고 멈춰 서지는 말렴. 네가 혼자서 걸어갈 수 있다면 내 삶에는 의미가 있으니까."

⋯⋯그렇다.

요우는 내가 새로운 환경에 적응하지 못하리라 보고 이런 말을 하는 것이다. 앞으로 내가 실망하고 좌절해 내가 있어야 할 곳에서 도망쳐 버릴 거라 예상하고 있다. 그럴 만하다. 오늘까지의 나를 본 사람은 누구든 그렇게 예상할 것이다. 내 약한 모습을 요우는 누구보다 잘 알고 있다.

그러니…… 지금 이 자리에서 절대 도망치지 말라고 강조, 아니 강요하는 것이다. 도망치지 않겠다고 약속해. 더는 내가 필요하지 않은 사람이 되겠다고 맹세해, 라고.

요우는 이토록 나와 떨어지고 싶었던 걸까. 이제는 내 뒷바라지도 지쳤으니 더 이상 자신에게 의지하지 말라고 하는 걸까.

그것만은…… 요우에게만은…… 버림받고 싶지 않다. 이 사람을 잃으면 나는 더 이상 발붙일 곳이 없다.

그러나 모든 건 내 자업자득이다. 누구보다 나 자신이 가장 잘 알고 있다.

뒷좌석으로 시선을 향한다. 뒤로 자리를 옮길까. 위험하다며 요우에게 야단맞을지 모르지만 지금은 요우 옆에 있고 싶지 않았다.

안전벨트에 손을 갖다 댄다.

그때였다.

불현듯 엄청난 충격이 나를 덮쳤다. 시야가 새카맣게 차단되고 귀에서 정체 모를 위화감이 들더니 그 직후 어마어마한 폭음이 내 뇌를 관통했다. 영문을 모르고 안간힘을 쓰지만 좌우, 위아래가 분명치 않고 내 몸이 어떻게 됐는지도 가늠할 수 없다.

충격이 지나갈 때까지 꽤 오랜 시간이 흘렀다.

눈을 뜬다. 풍경이 천천히 상을 맺어 간다. 나는 지금 고속도로 갓길 수풀 한가운데에 있는 듯하다. 몸 아래에는 부드러운 부엽토의 감촉이 느껴지고 바로 머리 위로 파릇파릇한 나무 이파리가 시야를 뒤덮고 있다.

땅에 팔꿈치를 괴고 일어서려는 순간 온몸에 통증이 스쳤다. 어디를 다친 것 같은데 어딘지는 알 수 없다.

고개를 드니 하늘에 피어오르는 검은 연기가 보인다. 그 연기 속에서 우리가 타고 있던 차가 대형 트럭에 짓눌려 찌그러져 있는 것을 발견한다.

……사고를 당했다.

극심하게 동요하면서도 난 왠지 냉정하게 지금의 상황을 이해했다.

반대편 차선을 달리던 대형 트럭이 중앙 분리대를 넘어 우리 차를 들이받았다. 그때 나는 안전벨트를 풀었기 때문에 충격으로 차창을 뚫고 차 밖으로 튕겨 나갔다. 운 좋게 부드러운 땅 위에 떨어졌지만 만약 표지판이나 가드레일에 부딪혔다면 무사하지 못했을 것이다. 아니, 지금도 무사하다고는 할 수 없다. 통증 때문에 일어설 수조차 없으니까.

……요우는?

눈을 부릅뜨고 차 쪽을 응시하지만 초점이 잘 맞지 않는다. 땅을 기어 조금씩 차도로 다가간다. 온몸이 비명을 지르지만 요우의 안위를 확인해야 한다는 생각이 통증을 이겼다.

간신히 노면 옆에 도달한 내 눈에 그 광경이 들어왔다.

요우는 아직 운전석에 있었다.

그리고 트럭이 운전석에서 차를 찌그러뜨리고 있다. 그 안에 있던 요우의 몸까지.

소리가 되지 못한 목소리가 내 목에서 새어 나왔다.

조금 더 가까이 가야 한다며 나 자신을 재촉하지만 더 이상 움직일 수 없고 동시에 쓸모도 없다는 것을 몸과 눈앞의 풍경이 또렷이 말해 주고 있다.

요우는 이미 목숨을 잃었다.

내가 처음 요우를 만난 건 불과 1년 전쯤이었다.

당시 내가 있던 아동 보호 시설은 입양에 매우 적극적이었다. 아이를 가지지 못한 부부가 시설을 찾는 일이 드물지 않았다. 개중에는 그들에게 필사적으로 자신을 어필하는 아이도 있었지만, 나를 비롯한 대부분은 그런 양부모 후보들을 불신의 눈빛으로 봤다. 값어치를 매기는 듯한 그들의 시선에 친부모에게 학대당한 과거를 가진 아이는 물론 다른 아이들도 불쾌해하는 건 당연했다.

고오리 요우는 어느 날 홀로 시설을 찾아왔다. 보통은 부부가 함께 오기 때문에 이상하게 느꼈던 것을 기억한다. 통상 양부모 등록은 부부 단위이거나 부부가 아니어도 육아 능력이 있는 자에게만 인정된다. 쭉 혼자 살았고 다른 일가친척도 없는 것 같은 요우가 어떻게 양부모 자격을 얻었는지는 모르지만, 어쨌든 그녀는 아이를 한 명 데려가기 위해 시설을 찾아왔다.

정원 구석에서 혼자 걷고 있던 내 앞에 요우가 불쑥 나타났다.

"안녕. 네가 곤큐 마쓰리니?"

이상하게 들릴지 몰라도 내가 느낀 요우의 첫인상은 '내 성을 똑바로 읽을 줄 아는 사람'이었다. 물론 나에 대한 서류를 미리 훑어봤겠지만 읽지 못하는 사람이 많은 '곤큐'라는 성을 요우가 대수롭지 않게 입에 담은 게 조금 의외였다.

요우는 온화하게 미소 지으며 자신을 소개했다. 그리고 인사도 제대로 못 하고 당황하는 내 손을 덥석 잡았다.

"잘 부탁한다, 마쓰리."

그렇게 요우는 너무도 갑작스럽게, 너무도 선뜻 나의 어머니가 되었다.

요우가 왜 나를 선택했는지는 몇 번을 물어도 납득되는 대답을 듣지 못했다. 내가 아무리 물고 늘어져도 그녀는 시치미를 떼며 애초에 자신은 선택 같은 걸 하지 않았다고 했다.

"마쓰리. 세상 그 누구도 앞으로 알게 될 상대를 고를 수는 없단다. 우리는 우연히 만났고 우연히 이런 사이가 됐을 뿐이야."

그 말은 어떤 의미에서 진실이었을 것이다. 요우는 꼭 제비를 뽑는 것처럼 나를 선택했을 뿐이다. 만약 시설에 오기 전에 거둬 갈 아이를 가려낼 수 있었다면 나 같은 귀찮은 아이에게 기회가 올 일을 절대 없었을 테니까.

내 입으로 내가 살아온 환경에 대해 요우 앞에서 말한 적은 없다. 그러나 요우는 시설 사람에게 들어서 사정을 알고 있었을 것이다.

내 친모인 곤큐 미쓰카는 내가 태어나기 전부터 본가와 연을 끊고 살았다고 한다. 아버지에게 의절당했다고 하는데 구체적으로 어떤 일이 있었는지는 모른다. 내 추측이지만 아버지를 모르는 아이, 즉 내가 태어난 일과 무관치는 않을 것이다. 어쨌든 어머니는 혼자 힘으로 딸을 키웠다. 내가 다섯 살 때 폐렴으로 세상을 뜨기 전까지.

다섯 살쯤 되면 어머니를 또렷이 기억할 법도 한데 내 안에서 곤큐 미쓰카라는 사람의 존재는 그야말로 희미하다. 생활비를 벌기 위해 밖에서 장시간 일한 탓도 있겠지만 나와 함께 있을 때도 말수가 적어서 우리의 관계는 마치 남남 같았다.

어머니와의 추억이라면 가끔 낡은 그림책을 읽어 줬던 것 정도다. 어느 그림책에서 '가정부'라고 불리는 사람이 집안일을 다 해 줘서 어린 마음에 부러웠던 기억이 있다. 담담하게 책을 읽는 어머니의 목소리는 늘 피로에 찌들어 있었다.

어머니가 죽고 난 뒤에는 시설에서 지내게 됐다. 주변 아이들이 친부모와 관계를 회복하거나 독립해서 시설을 나가고, 때로는 양부모에게 입양돼도 나는 영원히 이곳에 남아 있을 거라고 생각했다.

양부모 후보들은 직원들에게 미리 이야기를 전해 들을 것이기 때문이다.

내가 그 누구에게도 마음을 열지 않는 아이라는 것과, 심인성 난청이라는 특이한 질환을 가지고 있다는 것. 그리고 몹시 신경질적이고 다른 사람에게 공격적인 아이라는 이야기를.

가끔 불안에 사로잡히거나 마음이 술렁일 때 내 귀는 모든 것을 거부하듯 내게 소리를 전달하지 않았다. 그럴 때마다 어른들은 이야기를 잘 들으라며 나를 다그쳤지만 나라고 무시하고 싶어서 무시하는 게 아니었다. 그렇게 여러 번 주의를 듣다 보면 나는 마침내 폭발했다. 물건을 닥치는 대로 집어 던지고 갓난아이처럼 울음을 터뜨렸다. 내가 생각해도 왜 그렇게 충동적으로 구는지 이해되지 않지만 일단 한번 스위치가 켜지면 몸이 말을 듣지 않았다. 늘 그런 식으로 짜증을 부렸고, 주변 사람들은 마구 날뛰는 나를 멀찍이서 바라보며 폭풍우가 지나갈 때까지 건들지 않았다.

한번은 학교에서 같은 반 아이에게 화를 내기도 했다. 나를 말리려는 아이를 밀쳐 쓰러뜨리는 바람에 그 아이가 가볍게 다치기도 했다. 그때 교실 안의 으스스한 분위기가 지금도 어제 일처럼 생생하다. 모두가 내게서 거리를 두고 마치 외계인이라도 보는 것처럼 날 바라봤다.

그날 이후부터 난 학교에 가지 않았다.

객관적으로 보면 요우는 그야말로 훌륭한 양모일 것이다. 고오리 집안이 유복한 덕도 있겠지만 요우는 내게 부족함 없는 삶을 선사해 주었다.

그러나 난 요우의 생각을 알 수 없었다. 1년이라는 짧은 기간 동안 그녀에게서 진심이라는 걸 한 번도 느끼지 못했던 것 같다.

요우의 집에 간 첫날부터 짜증과 난동을 부렸다. 이유는 기억나지 않지만 아마 사소한 일 때문이었을 것이다. 요우도 처음에는 내 그런 모습을 보며 놀랐지만 그녀의 태도가 달라지지는 않았다. 몇 번이나 내가 장지문을 찢고 식탁을 걷어차도 늘 침착한 목소리로 나를 달랬다.

처음에는 그런 요우가 섬뜩하기도 했다. 그러나 그녀가 저항하거나 나를 말릴 마음이 전혀 없다는 걸 알게 되자 나는 오히려 더 거세게 날뛰었다.

어느 날 또다시 난동을 부리다가 툇마루에서 떨어져 머리를 다쳐 이틀간 입원하게 되었다. 요우는 그때도 내 옆에서 계속 날 간호해 주었다. 나는 요우에게 진의를 물었다. 나를 왜 데려가고자 마음먹었는지, 왜 내가 계속 말썽을 부려도 가만히 있는지, 그리고 가족도 뭣도 아닌 내게 왜 이렇게까지 상냥할 수 있는지.

나름대로 마음을 단단히 먹고 물었지만 요우는 내 질문에 곤란한 듯 미소 짓더니 "친절이라는 게 원래 그런 거 아니니?" 하고 부드러운 목소리로 되물었다.

반년 정도 그런 투쟁의 나날이 계속됐지만 나는 어느덧 점점 이 집에 익숙해져 갔다. 난동을 부리지 않고 차분할 때는 요우와 가볍게 잡담도 나눌 수 있게 되었다.

아무리 노력해도 그녀의 속내를 알 수는 없었지만, 사실 그녀는 내게 어떤 의도를 숨기고 있었다. 그게 밝혀진 것은 올해 3월 초순경이었다.

"학교……?"

"응. 어떠니?"

저녁 식탁에서 요우의 말을 듣고 나는 입을 다물어 버렸다.

지난 몇 년 동안 학교에 다니지 않았다. 학교라는 곳은 내게 공포의 도가니였다. 주변 아이들과 교사 모두 근처에 있는 것만으로도 해로운 존재였다.

아무 의지할 곳 없이 몸뚱이 하나로 망망대해에 던져진 듯한 그 느낌. 요우는 내게 또다시 그런 곳으로 돌아가라고 했다. 물론 시설에서 다니던 학교와는 다르겠지만 오히려 전보다 환경이 더 나쁠 수도 있다.

"만약 힘들다면 그때는 무리하지 않고 그만두면 돼. 어때?"

요우에게 이런 말을 듣고도 날뛰지 않을 만큼 나는 최근 몇 달간 성장했는지 모른다. 그래도 학교에 가 보라는 제안에 선뜻 알겠다고 할 수는 없었다.

결국 나는 결정을 차일피일 미루었고, 어느덧 여름이 왔다.

요우는 절대 무리하게 강요하지 않고 끈기 있게 나를 설득했다. 요우가 내 문제 때문에 행정 기관의 연락을 받고 있다는 건 알았다. 그러나 그녀는 제도나 상식을 언급하며 날 설득하지는 않았다.

요우는 집에서 다닐 수 있는 학교들의 정보를 수집했고 혼자 이곳저곳 학교에 다니며 팸플릿을 가져와 내게 보여 주거나 자신의 소감을 들려주기도 했다.

결국 먼저 꺾인 쪽은 나였다.

집에서 멀리 떨어진 산골짜기의 작은 학교에 방학이 끝난 후부터 다녀 보기로 요우와 약속하고 말았다. 요우는 가볍게 고개를 끄덕이고 아무렇지 않게 "그래"라고 했다.

그런 결정을 내린 나를 보며 누구보다 내가 제일 놀랐다. 그렇게 무서운 곳에 다시 가도 괜찮겠다고 생각하다니.

전학 날짜가 다가올수록 기분은 역시 어수선해졌다. 예전처럼 불안정한 마음이 폭력이라는 형태로 나타나지는 않았지만 지금도 여전히 내가 남들과 잘 지내는 모습이 상상되지 않았다. 결국 고오리 저택에 와서도 나는 근본적으로 달라지지 않았다는 불안감이 서서히 고개를 들었다.

요우는 그런 내 마음을 잘 존중해 주었다고 생각한다.

마침내 전학이 하루 앞으로 다가온 8월의 마지막 밤. 요우와 함께 사 온 책가방에 교과서와 공책을 집어넣으며 그녀는 전에 없이 진지하게 말했다.

"난 결국 내가 원하는 걸 네게 강요하는지도 몰라. 네가 그렇게 싫어하는데도. 앞으로 네가 힘들어지면 전적으로 나한테 책임이 있겠지."

나는 고개를 끄덕여야 할지 저어야 할지 몰라 말없이 요우의 이야기에 귀를 기울였다.

"내가 하지 못한 것, 그러니까 학교에 가서 친구를 사귀고 이것저것을 배우는…… 그런 삶을 나는 네게 강요하고 있어. 학교가 어떤 곳인지 잘 알지도 못하면서."

'내가 하지 못한 것'이라는 말이 구체적으로 어떤 뜻인지 요우는 끝내 알려 주지 않았다. 워낙 병약하게 태어난 탓에 평범하지 못한 어린 시절을 보낸 걸까.

"그 학교라면 괜찮을 것 같지만, 만약 정말 못 견디겠다면…… 그 즉시 나를 부르렴. 집에서는 조금 멀지만 언제든 널 다시 데리러 갈 테니까."

요우는 내 머리를 부드럽게 쓰다듬으며 부풀어 오른 책가방을 닫아 주었다.

그 가방이 지금 뒷좌석으로 튕겨 나갔고 새것이던 교과서는 도로 위에 난잡하게 널려 있다.

사고를 낸 트럭 뒤에는 어느새 긴 차량 행렬이 만들어져 있었다.

요우의 목에서, 머리에서, 축 늘어진 팔 끝에서 뚝뚝 떨어지는 붉은 피가 고속도로 아스팔트에 번져 간다.

시야가 서서히 어슴푸레해졌다. 눈앞의 현실을 받아들이지 못하는 내 마음이 필사적으로 사고를 차단하려는 듯했다.

�֍

눈을 뜨니 그곳은 또 마쓰리의 꿈속이었다. 나는 한숨을 내쉬고 이불에서 나가 방문을 열었다.

부자연스러울 만큼 긴 복도는 소품처럼 깨끗하고 걸어도 삐걱거리는 소리가 나지 않는다. 현실 속 고오리 저택은 더 비좁고 건축 연수에 걸맞게 낡았지만 이곳은 어디까지나 그 아이의 이상 속 세계다. 사소한 차이 정도는 눈감아 주자. 현대에는 거의 찾아볼 수 없는 목욕물 데우는 아궁이 등 곳곳에 그 아이가 동경하는 것들이 뒤섞여 있다.

부엌을 들여다봤지만 그 안에 마쓰리의 모습은 보이지 않았다.

그때 문득 뒤에서 소리가 들려 복도로 얼굴을 내민 나는 무심코 숨을 죽였다. 마쓰리가 방 앞에 웅크리고 있었다.

황급히 달려가자 마쓰리는 내게 매달렸다.

"아아…… 어, 어머니……."

나를 바라보는 마쓰리의 얼굴이 창백하다.

"왜 그러니? 마쓰리."

마쓰리는 내 가슴에 얼굴을 묻고 떨리는 목소리를 쥐어 짜 냈다.

"여긴…… 여긴, 현실이 아니군요……. 어머니…… 전 꿈을 꾸고 있어요……. 어머니는, 어머니는 사고로 돌아가셨어요. 어, 어머니는……."

마쓰리의 눈물이 내 가슴가를 적신다. 뒤로 이어지는 말은 오열이 섞여 알아들을 수 없다. 다만 이따금 '어머니'라는 단어가 내 귓전을 때렸고 그때마다 내 가슴속에서 회한이 고개를 들었다.

그렇다. 마쓰리는 마침내 떠올린 것이다. 내가 이미 이 세상 사람이 아니라는 것을.

그날 아침 나와 마쓰리는 차를 타고 중학교에 가고 있었다. 마쓰리는 조수석에서 잠들었고, 8시 28분 1초에 눈을 떴다. 그리고 정확히 15초 후 그 사건이 일어났다. 대형 사고였다. 맞은편 차선에 있던 트럭 운전사가 지병인 발작으로 의식을 잃은 게 원인이었다고 한다. 사망자가 나뿐이었다는 게 불행 중 다행이라 할 수 있다.

지금 나는 글자 그대로 유령이다. 마쓰리의 머릿속에만 남은 고오리 요우라는 사람의 잔향 같은 존재. 중상을 입은 마쓰리는 혼수상태에 빠졌지만 다행히 생명에는 지장이 없어 조만간 어느 병실 침대에서 깨어날 것이다. 그때 나라는 존재는 완전히 소멸된다. 왜인지 알 수 없지만 반드시 그러리라는 직감이 들었다. 내가 죽어서도 여전히 머물러 있는 이유 역시 처음부터 알고 있다.

마지막 말을 고르기 위해서다.

마쓰리가 깨어난 후부터 내가 죽기 전까지 15초 동안 일어난 일은 오직 마쓰리의 기억 속에만 남아 있다. 그러니 마쓰리가 사실로 인식한 것들이 그대로 사실로써 세상에 남는다.

나는 마쓰리의 기억에 관여할 수 있는 듯하다. 그것을 깨닫고 오랜 시간에 걸쳐 마지막 말을 찾았다. 마쓰리의 꿈을 빌려 마지막 15초를 재생하고 내가 전해야 할 말을 마쓰리에게 전한다. 적당한 말을 찾지 못했을 때는 다시 마쓰리의 꿈으로 돌아가 곰곰이 생각하고 신중히 말을 고른 후 다시 도전한다. 그렇게 반복하다 보면 가장 좋은 유언을 찾을 수 있을 거라 믿었다.

그러나 내 생각대로는 되지 않았다. 가장 좋은 유언 같은 건 없었다.

처음에는 마쓰리에게 감사를 전해야겠다고 생각했다. 나와 함께 살아 줘서 고마워. 너와 함께한 시간이 내 삶에서 가장 만족스러웠어. 그러나 실제로 입에 담으면 위화감이 생겼다. 이제 곧 죽을 내가 어떻게 생각하는지 따위 중요하지 않고 마쓰리의 미래를 위해 도움이 될 만한 말을 남겨야 한다고 깨달은 뒤부터는 마쓰리가 하루라도 빨리 사고를 딛고 일어설 말을 찾았지만 그 역시 결국 찾지 못했다. 그렇게 짧은 시간 동안 내가 무슨 말을 하든 마쓰리의 행복으로 이어질 것 같지 않았다.

나는 몇 번이나 시행착오를 반복했다. 여러 번 내 죽음을 옆에서 봐야 하는 마쓰리가 크나큰 마음의 상처를 입을 거라고는 생각도 못 하고.

"어…… 어머, 니……."

마쓰리의 울음소리가 천천히 사라진다. 또다시 잠에 빠져들고 있는 것이다.

마쓰리의 마음은 이미 거의 한계에 도달해 있다. 유령인 내가 더 이상 이 아이를 괴롭혀서는 안 된다.

이제는 결단해야 한다. 내 인생 최후이자 최선이 될 마무리를.

"있지, 마쓰리."

내가 말을 걸자 마쓰리는 조수석에서 눈을 떴다.

"작별 인사를 하게 해 줄래?"

마쓰리가 당황하는 게 느껴졌지만 나는 단숨에 생각을 뱉어낸다.

"모쪼록 몸 건강히 잘 지내렴. 네가 행복해질 수만 있다면 난 그걸로 충분해."

"그…… 그게 무슨 소리야……?"

마쓰리는 당황하며 운전석 쪽으로 손을 뻗는다. 작별 인사가 너무 갑작스러운 탓에 불안감을 느끼며 내 어깨를 흔들려 한다. 안 된다. 마쓰리의 손이 내게 닿는 건 좋지 않다. 나중에 사고의 원인이 자신에게 있다고 자책할 가능성이 있다. 이 손을 뿌리치고 다시 시작해야 한다. 그러나 시간에 맞출 수 있을까.

어떻게 해야 할지 망설이는 동안 또 15초가 흘렀다.

❀

"언젠가 내가 말했지? 난 널 선택한 게 아니라고."

나는 느닷없이 입을 뗐다. 조수석에서 마쓰리가 눈을 뜨고 의아하게 나를 쳐다본다.

"그건 거짓말이야. 실은 널 처음 만났을 때부터 이 아이와 함께 살고 싶다고 생각했단다."

이것도 전해야 했다. 지난해 초여름 오후, 정원 가로수 아래에서 아직 열두 살밖에 안 된 소녀가 세상만사에 지친 듯한 눈으로 나를 올려다봤을 때, 나는 이 아이의 행복을 위해 남은 일생을 바치기로 결심했다. 공허한 내 삶의 진짜 목적을 찾은 느낌이었다.

하지만, 그걸 지금 꼭 전해야 하는 걸까.

"마쓰리, 넌 아주…… 매력적인 아이였어. 그러니…… 넌……."

목소리가 떨리는 게 느껴진다. 시간에 맞출 수 없다.

"앞으로 내가 사라져도……."

목이 멘 상태로 그대로 15초가 경과했다.

그리고 다시 8시 28분이 시작된다.

"……."

나는 운전대에 엎드려 가느다랗게 숨을 내쉬었다.

"모르겠어……."

옆에서 마쓰리가 당황하는 기색이 전해진다. 내가 앞을 보지 않아 걱정하는 듯하지만 어차피 내 행동이 앞으로 일어날 미래를 바꾸지는 못한다.

이대로는 안 된다. 얼른 시행착오에서 마쓰리를 해방시켜 주고 싶지만 한편에서는 마지막 한마디를 계속 결정 못하고 망설이는 내가 있다.

대체 무슨 말을 남기면 좋을까.

가장 좋은 유언 같은 걸 정말 찾을 수 있을까.

차 안에 단조로운 침묵이 깔린다. 나는 앞을 보고 있지 않지만 차는 완만한 커브길을 돌고 있다. 귀에 들리는 건 내 얕은 숨소리와 고속도로 차음벽에 증폭된 갑갑한 주행음, 그리고 카 오디오 음성뿐.

―……라고 생각합니다.

그때 노인의 낮은 목소리가 카 오디오 스피커 너머로 들렸다.

반사적으로 고개를 들어 카 오디오를 응시한다. 조금 전까지 여자 아나운서가 말하고 있었는데 어느새 말하는 사람이 바뀌었다.

라디오 속 노인이 무겁게 입을 열었다.

―부디 죽기 전에는 꼭 한번…….

❖

다음 기회가 찾아오자마자 나는 카 오디오 스피커에 귀를 기울였다. 조수석에서 눈을 뜬 마쓰리가 의아해하는 얼굴로 나를 보고 있다.

—그럼 곤큐 씨. 지금 어디선가 이 방송을 듣고 있을지 모를 손녀에게 한 말씀 부탁드립니다.

침착한 어조의 여자 아나운서에서 쉰 목소리의 노인으로 화자가 바뀐다.

—아아…… 예.

지금까지의 방송 흐름은 기억나지 않는다. 아무래도 이 노인이 자기 손녀에게 라디오로 메시지를 보내려는 것 같다. 요즘은 접하기 어려운 사람을 찾는 방송인 듯하다.

그보다 중요한 건 바로 노인의 이름이다. 곤큐. 마쓰리의 성과 같다. 내가 마쓰리가 있는 시설을 찾아갔을 때 아이들 명단을 보며 특이한 성이라고 생각했던 걸 기억한다.

라디오 속 노인이 말을 이었다.

—미쓰카 일은 정말 미안하다.

노인은, 마쓰리의 할아버지는 간절히 말했다.

—부디 죽기 전에는 꼭 한 번…….

❖

정신을 차리니 나는 고오리 저택의 정원 앞 툇마루에 앉아 있었다.

눈앞이 새하얗고 마당 너머로 펼쳐진 논밭은 사라지고 없다. 산들바람이 앞머리를 기분 좋게 스치고 부드러운 햇볕이 쏟아지는 모습이 꿈속에서 보는 풍경치고 나쁘지 않다.

마쓰리는 내 무릎 위에서 편안하게 숨을 쌔근거리며 잠들어 있다. 이 아이에게 환상 속 고오리 저택의 꿈을 꿀 만한 정신력은 이제 남아 있지 않은 듯하다. 그러나 나는 시간에 맞췄다.

마침내 깨달았다. 지금까지의 시행착오는 나로 하여금 침묵이라는 답을 찾기 위한 과정이었다. 나는 처음부터 마쓰리에게 잠자코 그 라디오 방송을 들려줘야 했다.

조금이라도 마쓰리에게 도움이 되고 싶어 지금껏 수없이 많은 마지막 한마디를 궁리했다. 그러나 근본적으로 잘못돼 있었다. 마쓰리가 진짜 가족이 있는 곳으로 돌아갈 길을 내 쓸데없는 말이 가로막고 있었던 것이다.

나는 그저 말없이 저세상에 갔어야 했다.

"마쓰리."

마쓰리의 머리를 쓰다듬으며 조용히 입을 연다.

"넌 잠에서 깬 뒤에 그 라디오 방송을 떠올릴 거야. 그리고 네게 진짜 가족이 있다는 걸 알게 되겠지. 라디오 방송국에 문의하면 할아버지와 금세 연락이 닿을 수 있어. 할아버지가 어떤 분인지는 모르지만 라디오에 나와서까지 손녀를 찾을 정도이니 분명 널 나쁜 길로 이끌지는 않을 거라 생각해. 무엇보다 핏줄로 이어진 진짜 가족이니까."

내 말이 이 아이에게 가닿을지는 알 수 없다. 하지만 분명.

"분명 넌 행복해질 거야. 괜찮아. 모든 일은 결국 마지막에는 잘 풀리게 돼 있단다. 축하해, 마쓰리."

이제 곧 죽을 텐데 어깨의 짐을 털어낸 것처럼 홀가분하다. 아니, 의외로 인간이 죽을 때는 원래 이런 기분일지 모른다. 마쓰리의 잠든 얼굴을 바라보며 나는 미소 짓고 눈을 감았다.

이제는 여한이 없다.

※

덜컹하고 차체가 흔들려 문득 정신이 들었다. 언제 잠들었을까. 머릿속이 흐리멍덩하다.

차 안이 늦여름 더위로 가득 차 있다. 나는 눈을 비비며 오른쪽 옆으로 시선을 돌린다. 운전석에 요우가 확실히 앉아 있는 걸 보고 안도하고, 지금은 운전 중이니 요우가 옆에 있는 게 당연하다는 걸 깨닫는다.

그러나 그 순간, 나는 몸을 움찔했다.

요우가 아득히 저 먼 곳을 응시하고 있다.

운전 중이니 먼 곳을 보는 게 당연하지만, 어딘가 부자
연스러운 이 무표정⋯⋯. 복잡하게 뒤얽힌 몇 개의 특별한
감정을 이성으로 억지로 뒤덮고 있는 듯한 이 긴장된 표정
은⋯⋯.

요우는 내가 눈을 뜬 걸 알고 있을 것이다. 그러나 내 쪽
을 보려 하지 않는다. 그저 앞만 보고 입을 한일자로 굳게
다문 채 운전하고 있다.

어째서일까. 그녀가 급속도로 멀어져 가는 느낌이 들어
두려움이 엄습했다.

말을 걸까도 생각했지만 입을 여는 순간 어떤 균형이 깨
질 것 같아서 망설인다. 그러나 잠자코 있으면 불안감은 점
점 커질 뿐이다.

라디오에서 노인이 뭐라고 말하고 있지만 지금은 아무것
도 들리지 않는다. 나는 불안감을 느끼면 주변 소리가 들리
지 않는다. 이 난청 때문에 요우가 지금껏 몇 번이나 같은
말을 반복했는지 모른다.

그때 요우의 눈꺼풀이 꿈틀하고 움직인다. 입술이 떨린

다. 지금껏 그녀가 억누르던 감정이 마침내 껍질을 뜯고 표출되는 듯한, 미세하면서도 순간적인 떨림이다.

나는 그녀를 따라 창밖에 눈길을 향한다. 거대한 검은 첫 덩어리가 우리를 향해 다가오는 모습이 눈에 들어왔다.

요우가 알아들을 수 없을 만큼 작은 소리로 뭔가를 속삭인 것 같았던 건, 그저 내 기분 탓일지 모른다.

4

머리가 잘려도 죽지 않는
우리의 머리 없는 살인 사건

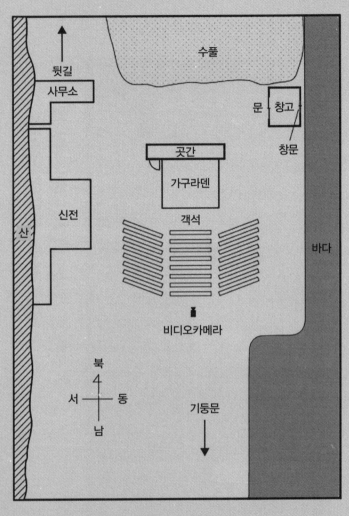

● 학수 신사 경내도 ●

시퍼런 칼날이 하늘에 번쩍이더니 가구라덴* 중앙에서 정좌하고 있는 노인의 목이 날아갔다.

눈꺼풀을 굳게 닫은 주름이 자글자글한 얼굴이 서서히 회전하며 허공에 떠오른다. 가구라덴을 둘러싼 관객들의 열렬한 눈빛이 천장 가까이까지 치솟은 머리를 뒤쫓는다.

잠시 후 머리는 다시 완만하게 하강을 시작한다. 노인 옆에 있는 가이샤쿠넌**이 칼을 칼집에 꽂아 넣으며 칼코등이***

---

* 신사에서 주로 행사가 있을 때 쓰는 무대.
** 할복할 때 뒤에서 목을 쳐 주는 사람.
*** 칼자루의 목 쪽에 감은 쇠테.

가 부딪히는 소리가 울리는 것과 동시에 머리가 마치 빨려 들어 가듯 목 절단면 위에 착지했다.

찰나의 정적 후, 노인이 두 눈을 번쩍 떴다.

"이얍!"

몇 초 동안 몸에서 떨어져 있던 입에서 고함이 터졌다.

경내가 순식간에 박수갈채에 휩싸였다. 흥분한 관객이 의자를 박차고 일어서자 가구라덴 무대 주변까지 기립박수의 물결이 퍼져 나간다. 양옆에 선 관객들도 박수를 보낸다. 지금 이 공연장에 그대로 앉아 있는 사람은 나 혼자 아닐까 하는 불안감이 스쳤다.

……그렇게 대단해?

그야 물론 훌륭한 기예다. 잘린 목이 절단면에 정확히 내려앉는 광경은 언제 봐도 속임수가 있는 게 아닐까 의심될 정도다. 머리 기예의 대가 오사베 다이치 옹의 비기秘技 '다나카'다. 그 옛날 다나카라는 이름의 사형수가 처형 후 되살아난 사건에서 유래했다고 하는 최고난도의 머리 기예다. 대단한 건 가이샤쿠닌의 칼솜씨가 아닐까 하는 생각도 들지만.

"뭘 그렇게 멍하니 있어? 가쓰토, 실례잖아!"

뒤에서 누군가 날 강제로 일으켜 세웠다.

"뭐야. 이거 봐."

"자, 박수, 박수!"

도모히로는 뒤에서 내 두 팔을 붙잡더니 억지로 박수를 치게 했다. 도모히로는 다이치 옹의 하나뿐인 손자다. 평소에는 그다지 할아버지를 공경하는 것 같지 않은데 할아버지의 무대에 시큰둥한 관객이 있는 상황은 역시 마음에 들지 않는 듯하다.

다이치 옹은 함박웃음을 지으며 가이샤쿠닌과 악수하고 "그럼 여러분. 올해도 학수제를 마음껏 즐겨 주십시오!" 하고 호들갑스럽게 고개를 숙이며 인사했다. 축제 오프닝 기념 무대가 끝났다는 신호다.

축제장인 학수 신사 경내가 금세 떠들썩해졌다. 어딘가에 설치된 스피커에서 시끄러운 단코부시*가 흐르고 신전 처마에 달린 연등이 바람에 흔들린다. 빽빽이 들어선 포장마차 앞은 이미 장사진을 이루고 있다. 매년 10월 7일에 열리는 이 학수제는 섬사람들 거의 모두가 참가하는 큰 축제다. 매년 그들을 볼 때마다 '이 섬에 이렇게 주민이 많았나' 같은 생각을 하곤 했다.

---

* 후쿠오카현의 전통 민요.

나와 도모히로는 우선 볶음국수 포장마차 앞에 늘어선 줄에 가서 섰다. 이 역시 매년 연례행사다. 이 섬에는 나와 같은 학년 학생이 세 명밖에 없다. 이 섬에 눌어붙어 사는 이상 친구도 한평생 바뀌지 않을 것이다.

　"그런데 아쉽긴 했어."

　도모히로가 한숨을 내쉬었다.

　"뭐가?"

　"고우 말이야. 걔가 학수제에 오지 않은 건 처음 아니야?"

　고우는 우리와 같은 학년인 또 한 명의 남학생 이름이다. 지금 고등학교 1학년인 나와 도모히로와 고우 이렇게 세 사람은 '고립 세대'라 불린다. 섬에 고등학교 2학년과 중학교 3학년 학생이 한 명도 없어서 우리는 나이상으로 고립돼 있는 것이다. 고등학교 3학년은 십여 명쯤 있고 중학교 2학년 이하 학생도 폐교가 되지 않을 정도로는 있어서 저출산 문제가 아닌 단지 우연일 것이다.

　"뭐 강제 참가도 아니니 괜찮지 않아?"

　'어차피 이런 축제에 와 봐야 피곤할 뿐이고' 하고 속으로 덧붙인다. 도모히로의 집안은 대대로 학수 신사를 도우며 섬의 축제 행사를 주관해 왔다. 그 앞에서 축제를 나쁘게 말하기는 역시 꺼려졌다.

"아, 시작됐다."

도모히로의 시선을 좇으니 조금 전 다이치 옹이 '다나카'를 연기한 가구라덴 무대에 핫피*차림의 몇 사람이 줄지어 서 있다. 모두 허무승**이 쓰는 천개天蓋란 이름의 얼굴을 다 가리는 대바구니를 뒤집어쓰고 있다. '천개중'이라 불리는 그들은 섬 주민 중에서도 머리 기예에 일가견이 있는 남자들이라고 한다. 앞으로 그들의 머리 기예 쇼가 시작되는데 축제의 메인 이벤트라 해도 과언이 아니다. 경내에 웅장하게 지어진 가구라덴 무대도 이 행사를 위해 존재한다고 할 수 있다.

남자 한 명이 무대 가운데로 걸어가 천개를 벗고 객석을 향해 고개를 숙였다. 남자는 두 손으로 자신의 머리를 붙잡고 구호와 함께 머리를 떼어 내더니 두 팔에 안고 한 바퀴 획 돌아 보였다. 두 팔로 안은 머리가 "다른 때보다 더 많이 돌았습니다" 하고 빠르게 설명한다. 이건 '도니'라 불리는 상급 기술이다. 참수당한 후 머리를 들고 걸었다는 성인聖人의 이름에서 유래했다.

---

* 일본 전통 의상 중 하나로 축제 등에서 주로 입는 겉에 걸치는 옷.
** 일본 선불교의 승려.

뒤이어 다른 남자가 천개를 벗더니 머리를 목 위에 얹은 채로 빠르게 빙글빙글 돌기 시작했다. 초급 기술인 '나폴레옹'. 비슷한 재주로 유명 마술사 콤비 이름에서 유래했다.

"와! 멋지다!"

도모히로는 볶음국수 대기 줄에 서서 성원을 보냈다. 내가 말없이 무대를 보고 있자 도모히로가 "음" 하더니 고개를 돌려 나를 봤다.

"왜 그래? 가쓰토. 지루해?"

"아니, 그게 아니라."

지루하다기보다 머리 기예를 별로 좋아하지 않을 뿐이다.

"예전부터 느꼈는데, 넌 좀 청개구리 기질이 있는 것 같아. 별로 좋지 않아."

"아니라니까. 나도 다른 사람들처럼 즐기고 있어."

적당히 웃어넘기며 속내를 감추지만 역시 받아들이기 어렵다.

열심히 머리를 떼어 허공에 던지는 남자들. 그리고 그걸 마치 엄청난 구경거리라도 되는 것처럼 즐기는 관객들. 뭐 당사자들이 즐거우면 그만이지만 가쓰토는 늘 뭔가 잘못됐다는 느낌을 받았다.

아무리 우리 적토도 사람들이 체질상 머리가 떨어져도

죽지 않는다고 해도.

적도도는 바다 북쪽에 있는 인구 2천 명 조금 넘는 외딴 섬이다.

위도는 높지만 쓰시마 난류의 영향 때문에 본토에서 수십 킬로미터나 떨어져 있는데도 오래전부터 사람이 살던 흔적이 발견되고 있다. 섬 대부분을 산지가 차지하고 있어 사람이 살 수 있는 땅은 넓지 않지만 저지대에는 시가지가 나름대로 번창하고 있다.

해안가에는 깎아지른 낭떠러지가 많고 높이가 10미터 이상 되는 수직 절벽도 있다. 남쪽 항만부 외에는 암초가 많아 배를 타고 접근하기가 쉽지 않다. 이런 특징적인 지형이 오랫동안 섬과 본토의 교류를 방해한 탓에 적도도에서는 안정된 어획량으로 자급자족이 이뤄지며 독자적인 문화가 형성되었다. 라고 마을회관 앞 안내판에 적혀 있다.

독자적인 문화란 아마 함축적인 표현이다. 정말로 그런 문화가 있다면 그것은 순전히 우리의 특수한 체질 때문에 형성된 것이다.

적도도 주민들은 몸에서 머리가 분리될 때가 많다.

물론 넘어지면서 툭하고 떨어지지는 않지만 얼굴을 얻어맞거나 공이 머리에 부딪혀 목 부분에 강한 힘이 가해지면

수탈首脫. 몸에서 머리가 떨어지는 상황을 그렇게 부른다**한다. 따라서 적**
토도에서는 구기 종목이 전면 금지돼 있고 싸움이 벌어져
도 절대 상대의 얼굴은 때리지 않는다.

그래도 나를 포함한 섬사람 두 명 중 한 명은 수탈을 경험한 적이 있다. 지금껏 내가 살아 있는 건 머리가 분리돼도 곧바로는 죽지 않는 적토도인의 또 다른 체질 덕분이다.

아니, 실제로는 머리가 떨어진 상태로 방치되면 머지않아 머리와 몸 모두 생명 활동이 정지되지만 곧장 머리를 몸에 이어 붙이면 다시 순식간에 부활한다.

적토도 선대 주민들은 오랜 세월 동안 이 체질의 비밀을 캐 왔다. 수많은 실험을 거듭하고 많은 성공과 실패(여기서 실제 사례까지 소개하지는 않겠다)를 거치며 그들은 수탈의 중요한 규칙을 발견했다.

그것은 바로 머리와 몸이 15초 이상 떨어져 있으면 죽는다는 규칙이다.

신기하게도 이 타임 리미트에 개인차는 없다. 남녀노소, 건강 여부와 상관없이 머리가 몸통에서 떨어지면 정확히 15초 후에 의식을 잃고 이후 머리를 몸에 다시 돌려놓아도 두 번 다시 눈을 뜨지 못한다.

그러니 정확히 표현하자면 우리는 '머리가 떨어져도 15

초 동안은 죽지 않는다'라고 할 수 있다.

이는 섬 밖에는 알려지지 않은 적토도만의 비밀이다. 그렇다고 해서 섬 밖으로 나가거나 이주하는 것이 특별히 금지돼 있지는 않다. 섬에서 나가면 어째서인지 수탈 현상이 일어나지 않아 본토로 건너간 적토도인들은 보통 사람과 하나도 다르지 않기 때문이다.

섬 유일의 병원인 기도 의원 원장의 견해로는 우리 몸속에 고도의 운동 능력을 가진 미생물이 무수히 기생하고 있어 혈류를 타고 끊임없이 체내를 돈다고 한다. 이 미생물은 숙주인 인간의 머리가 떨어지면 단숨에 절단면으로 집합해 피막을 만들어 체액 유출을 막는다. 그리고 머리가 절단면에 돌아오면 곧장 다시 신경과 근육을 이어 붙여 복구한다.

이 미생물은 목 부분 외에는 별로 중요시하지 않는지 팔을 베면 평범한 사람들과 똑같이 붉은 피가 흐르고 다시 달라붙지 않는다. 목이 아닌 다른 곳의 창상은 스스로 치료하라는 스탠스인 듯하다.

그러나 그건 어디까지나 원장만의 견해이고 실제로 어떤지는 알 수 없다. 미생물이 몸속에 기생 중이라고 상상하면 기분 나빠지니 나는 웬만하면 평소에 그런 생각을 하지 않는다. 아니, 섬사람들 대다수는 깊이 생각하지 않을 것이다. 사람들은 흔히 "우리는 로쿠로쿠비* 후예이니 머리를 뗐었다 붙였다 할 수 있다"라고 농담처럼 말하는데, 본토에서 돈다는 요괴 설화도 실은 옛 적토도인들에서 유래했을 수 있다.

"우옷!"

그때 누군가가 내 등에 부딪혔다. 순간적으로 다리에 힘을 주어 버텼지만 포장마차에서 산 팝콘을 바닥에 흘리고 말았다.

"미, 미안, 헤헷. 응? 뭐야. 가쓰토잖아."

귀에 익은 목소리를 듣고 돌아보니 얼굴이 붉게 달아오른 기도 선배가 참배로 돌층계에 무릎을 꿇고 있었다.

"괜찮으세요? 거기 계시면 통행에 방해돼요."

나는 선배를 부축해 일으켜 세웠다. 헤헤, 하고 웃는 선배는 입에서 술 냄새가 풍겼다.

"……선배, 술 마셨어요?"

기도 소고는 고등학교 2년 선배로 현재 법정 음주 나이

---

* 목이 매우 길고 자유자재로 신축하는 요괴.

를 밑도는 열여덟 살이다. 평소 후배들에게 곧잘 시비를 거는 능글능글한 남자인데 이렇게 버젓이 미성년 음주까지 저지르다니.

"안 마셨어, 안 마셨어!"

선배는 호들갑스럽게 두 손을 휘휘 내저었다.

"신전에 바치는 신주니까 괜찮아. 난 올해 축제 준비도 도왔다고. 더러운 창고를 박박 쓸고 닦느라 얼마나 힘들었는지 알아? 그래서 신관님이 수고했다며 한잔하라고 주신 거야. 가쓰토, 너도 알지? 신주는 미성년 음주에 해당 안 된다는 거."

"그럴 리 없죠."

도모히로 옆에 가려고 해도 술 냄새를 풍기는 선배는 끈질기게 내 어깨에 몸을 기대며 들러붙었다.

"얼마 전에 음주 연령을 낮추는 법안도 나왔잖아? 그게 통과되면 열여덟 살부터 술을 마실 수 있어."

선배는 지난주에 생일을 맞아 열여덟 살이 됐지만 현행법으로는 아직 음주가 금지돼 있다. 내가 그렇게 지적하자 선배는 얼굴을 찌푸렸다.

"나도 알아, 안다고. 가쓰토는 좋겠다. 네가 성인이 될 때쯤에는 법안이 통과돼서 마음껏 술을 마실 수 있을 테니."

"성인이 되면 당연히 마음껏 술을 마실 수 있죠. 됐으니 이제 그만 비켜 주세요. 자꾸 이러시면 술 마신 거 경찰 아저씨한테 이를 거예요."

"괜찮아, 괜찮아. 어차피 내일이면 깰 거니까. 증거인멸, 완전 범죄지."

이 섬 파출소에는 경찰이 한 명 근무하고 있는데 그는 적토도 출신이 아니라 우리의 머리에 대한 비밀을 모른다. 우리가 아무 일 없을 때에는 머리를 떼거나 회전하지는 않으니 경찰이 비밀을 눈치챌 가능성은 거의 없지만, 혹시라도 학수제에서의 머리 기예를 그가 목격하지 않도록 미리 주민들이 가짜 사건을 제보해 경찰을 파출소 안에 머물도록 조치했다. 따라서 오늘 밤 학수 신사는 어떻게 보면 무법천지다.

"이 축제는 지금 녹화되고 있어요. 저기 보세요. 선배 모습도 다 찍히고 있다고요."

나는 객석 뒤에 설치된 비디오카메라를 가리켰다. 축제 무대에서 선보인 머리 기예는 매년 기념 영상으로 녹화해 동사무소에서 보관한다.

"저 녹화 영상, 원하면 언제든 동사무소에서 볼 수 있으니 음주 증거가 확실히 남는 셈이죠."

"뭐어?"

기도 선배는 게슴츠레한 눈으로 카메라를 보며 대충 몸을 추슬렀다.

"근데 원래 술을 마신 미성년자가 처벌받지는 않아, 가쓰토. 그 증거를 들이댔다가 처벌받는 사람은 내가 아니라 나한테 술을 준 신관님이지. 넌 섬을 위해 열심히 봉사하시는 신관님한테 죄를 뒤집어씌울 작정이야? 응?"

"갑자기 되게 이성적이시네요. 그럼 전 이만."

선배가 상식적인 사람인 척하는 틈을 타 나는 허둥지둥 객석으로 향했다.

가구라덴 무대에서는 머리가 180도 뒤로 돌아간 남자가 우스꽝스러운 몸짓으로 관객들의 웃음을 자아내고 있다. '사마의'라는 기술이다. 수탈의 묘한 특징 중 하나로 머리가 몸에 붙어 있기만 하면 머리가 꼭 정면을 향하지 않아도 생명에 지장이 없다. 목 내부에서 식도와 기관이 어떻게 돼 있는지는 수수께끼다.

도모히로는 내게서 팝콘을 받아 들더니 이맛살을 찌푸렸다.

"응? 뭔가 양이 부족한데?"

"좀 먹었어. 미안."

이번에는 두 남자가 무대에 나와 서로 마주 보고 함성을 지르더니 갑자기 자신의 머리를 떼어 상대방의 목 위에 얹었다. 우레 같은 박수갈채가 쏟아진다. 그렇다. 15초 이내라면 다른 머리를 자기 몸에 갖다 붙일 수도 있다. 상식적으로 머리를 떼어 내면 뇌에서 몸의 운동 신경에 지시를 못 내릴 것 같지만, 머리 부분이 몸 어딘가에 닿아 있기만 하면 몸을 제어할 수 있는 듯하다. 기이하기 짝이 없다.

처음 이 특징을 알게 됐을 때는 '나보다 어린 사람의 몸을 빼앗으면 영원히 살 수 있지 않을까' 하는 사악한 생각이 머리를 스쳤다. 그러나 일이 그렇게 간단치는 않다. 선대 적토 도인들의 가르침에 따르면 만 나이로 한 살 이상 차이 나는 사람의 머리와 몸끼리는 거부 반응이 생겨 교환할 수 없다. 덧붙이자면 남녀 간에도 머리 교환은 불가능하다.

"대단해. 다테바야시 씨와 기무라 씨는 역시 진짜배기라니까."

도모히로는 선망의 눈빛으로 무대를 바라보고 있다.

오사베 가문은 다이치 옹을 비롯해 지금껏 머리 기예 장인들을 다수 배출했다. 도모히로도 가끔 연습한다고 들었다. 머리 기예가 목숨을 건 고도의 전통 예술이긴 해도 친구가 가끔 머리를 떼었다가 붙였다 하는 모습은 별로 상상하고 싶지 않았다.

슬슬 지루해져서 나는 무대가 끝나기 전에 객석을 떠났다. 신사의 기둥문을 지나 한밤중의 참배로를 혼자 내려간다. 학수 신사는 산 중턱에 있고 신전은 깎아지른 낭떠러지 위에 있다. 신전 일부가 바다 쪽으로 튀어나온 나무판 위에 지어진 형태다. 그 유명한 기요미즈데라*의 무대를 연상케 하지만 우리 신사 아래에는 암초가 있어서 뛰어내리면 목숨을 부지할 수 없다.

참배로는 산속을 복잡하게 오가며 마을로 이어진다.

"응?"

문득 발걸음을 멈췄다. 어두운 숲길 깊숙한 곳에서 손전등 불빛이 흔들리는 게 보였다. 그 뒤로 손전등을 든 사람의 모습도 눈에 들어와 나는 하마터면 비명을 지를 뻔했다.

이럴 수가.

손전등을 들고 숲길을 올라오는 사람은 적토도 파출소에서 근무하는 모로즈미 순경이었다.

모로즈미 씨가 왜 신사로 가고 있는 거야? 오늘 밤에는

---

* 일본 교토시에 있는 유명한 사찰. 앞쪽에 깎아지른 벼랑이 있어 전망이 뛰어나다.

적토 초등학교의 나가시마 선생님이 가짜 절도 사건을 제보해서 발을 묶어 놓았을 텐데.

내가 그 자리에 머뭇거리는 동안 모로즈미 씨는 나를 발견하고 내 쪽으로 다가왔다.

"오, 가쓰토구나. 안녕."

그는 굵직한 목소리로 내게 말을 걸었다. 모로즈미 씨는 기골이 장대해서 레슬러 또는 럭비 선수 같은 위압감을 발산한다. 겉보기보다 젊다고 하니 나이는 아마 서른 안팎일 텐데 가볍게 고개를 끄덕여 인사하기만 해도 울음을 터뜨리는 아이가 있을 정도로 험상궂게 생겼다.

"아, 안녕하세요······. 저······ 혹시 신사에 가시는 건가요?"

"응. 순찰하러."

"저······ 듣자 하니 나가시마 선생님이 학교에서 뭔가를 도둑맞았다고 하신 것 같은데, 그쪽 일은 해결됐나요?"

그러자 모로즈미 씨가 "응?" 하고 이맛살을 찌푸렸다.

"선생님은 그 이야기를 다른 사람한테 하지 않았다고 했는데, 누구한테 들었지?"

"네? 아, 그래요? 이상하네요. 도모히로가 그러던데."

발뺌하면서 끌어들인 친구에게 속으로 사죄했다.

"그렇군. 그 일은 결국 선생님의 착각으로 판명됐어. 그래서 축제가 잘 진행되고 있는지 확인하려고 가는 길이야."

"아아, 그렇군요."

슬슬 머리 기예 공연이 끝날 무렵이니 모로즈미 씨가 신사에 나타나도 상관없을까. 아니, 장난기 많은 어른들 중에는 술을 마신 후 장난삼아 머리를 떼곤 하는 사람도 있다. 모로즈미 씨를 신사에 보내서는 안 된다.

"가쓰토."

그가 갑자기 무게감 있는 목소리로 이름을 불러서 나는 "네, 네엣?" 하고 이상하게 반응하고 말았다.

"혹시 나한테 뭐 숨기는 거라도 있니?"

모로즈미 씨는 허리를 숙여 내게 얼굴을 갖다 붙였다.

그때 시야 끝에서 붉은빛이 흔들렸다.

"이런."

모로즈미 씨가 내 시선을 좇았다. 부두에 있는 뱃간이 활활 불타고 있다.

살았다. 저건 흔히 말하는 '경찰 대피소'라 불리는 가건물 중 하나다. 이 섬 주민들은 경찰, 즉 외부인에게 머리의 비밀이 밝혀지는 상황을 늘 두려워한다. 그래서 이런 긴급 상황에 경찰의 눈을 다른 곳에 돌릴 목적으로 언제든 불을 지를 수 있는 가건물을 섬 여러 곳에 만들어 두었다.

경찰 대피소는 지붕 외에는 불연 소재로 만든 판잣집으로 주변에 불이 옮겨붙지 않을 만한 곳에 짓는다. 평소에는 거의 쓸 일이 없지만 이번에는 아마 나가시마 선생님이 모로즈미 씨를 다시 불러들이려고 불을 질렀을 것이다.

모로즈미 씨는 곧장 발걸음을 돌려 재빨리 온 길을 되돌아갔다.

가슴을 쓸어내렸다. 지금쯤 소방대도 가건물로 향하고 있겠지만 그들은 절대 서두르지 않는다. 모로즈미 씨도 설마 자신을 그곳에 묶어 두기 위해 가건물을 불태웠다고는 생각하지 못할 것이다.

갑자기 피로감이 훅 몰려왔다. 이 근처 숲길에 아마 휴게소가 있었던 기억이 난다. 그곳에 가서 잠시 쉬자. 나는 이마에 난 땀을 밤바람으로 식히며 어두운 숲길을 걸어갔다.

학수제로부터 하룻밤이 지난 10월 8일 이른 아침.

모로즈미는 해가 뜨기 전에 제복으로 갈아입고 출근했다.

모로즈미가 적토도 파출소에 부임한 지 어느덧 1년 반이 지났다. 처음 왔을 때는 위압적인 외모 때문에 사람들의 두

려움의 대상이 되었지만 열심히 일하는 모습이 좋은 인상을 심었는지 지금은 도민들의 신뢰를 한 몸에 받고 있다.

그러나 한편으로 모로즈미는 섬사람들이 자신에게 무엇인가를 숨기고 있다는 느낌을 늘 받았다. 작년 학수제 때는 직접 나서서 신사를 경비하겠다고 했지만 주민들이 단호히 거부했고 축제 당일에는 어째서인지 신사 근처에도 오지 못하게 했다.

어젯밤 일어난 절도 소동도 왠지 작위적인 느낌이 들었다. 초등학교에서 교사로 근무하는 나가시마가 과학실의 골격 표본이 사라졌다고 신고한 시간은 어제저녁 무렵이었다. 모로즈미는 간단히 상황을 파악한 후 사건을 절도 사건으로 수리하려 했지만 어째서인지 나가시마는 절도 신고서를 제출하지 않았다.

이후 바닷가 쪽에서 작은 화재도 발생했는데 모로즈미가 현장에 도착하기 전 불길을 진압하고 있던 소방대원들은 별로 열심히 불을 끄는 것 같지 않았다.

혹시 이 모든 게 축제에서 나를 떨어뜨려 놓기 위한 연극 아닐까. 그렇다면 그렇게까지 해서 숨겨야 하는 비밀이 대체 뭘까.

파출소 밖에서 모로즈미가 팔짱을 끼고 생각에 잠겨 있

을 때 어젯밤에 마주쳤던 소방대 청년이 나타났다.

"모로즈미 씨. 잠깐 할 이야기가……."

청년은 인사를 하는 둥 마는 둥 하고 주뼛거리며 모로즈미를 향해 손짓했다.

"무슨 일이라도?"

"실은 그게…… 신사에서 사람이 죽었습니다."

모로즈미가 학수 신사에 도착하자 경내에는 이미 많은 이들이 모여 있었다.

신사 북동쪽에 다른 신전과 동떨어진 창고가 있다. 사람들은 창고 주변을 에워싸고 우왕좌왕하고 있었는데 모로즈미를 발견하자 모두 어색한 것처럼 시선을 피했다.

그러던 중 섬의 장로인 오사베 다이치 옹이 모로즈미 앞으로 다가와 인사했다.

"이쪽일세."

다이치 옹이 엄숙한 얼굴로 창고 문을 연 순간 탄내가 모로즈미의 코를 찔렀다. 나무가 탄 것과는 확연히 다른 고기 따위가 탄 냄새였다.

문간으로 들어오는 희미한 아침 햇빛을 맞으며 창고 바닥 중앙에 거무스름한 뭔가가 누워 있었다. 모로즈미는 얼굴색 하나 바뀌지 않고 허리를 숙여 빤히 그것을 들여다봤다. 틀림없는 사람의 불탄 시신이다. 그것도 목부터 윗부분이 없는, 이른바 머리 없는 시신. 바닥에는 목의 절단면을 중심으로 피가 홍건했는데 불길에 말라붙은 탓인지 검붉게 변색돼 있었다.

시신의 피부는 검게 탔지만 옷 끝부분이 타지 않고 남아 있다. 긴소매 커터 셔츠와 검은 슬랙스는 이 섬에서 흔히 볼 수 있는 적토 고등학교의 교복이다. 그 교복 위에는 긴 소매가 달린 핫피를 걸치고 있다.

주변에 희미한 기름 냄새가 감돌았다. 액체 연료를 몸에 끼얹은 후 불을 붙였을 거라고 모로즈미는 짐작했다. 불을 끈 지 시간이 꽤 흐른 것 같은데 신고가 늦어진 이유를 주민들은 어떻게 설명할까.

모로즈미는 몸을 일으켜 살풍경한 창고 안을 둘러봤다. 제사용품을 보관하는 창고인데 다이치 옹은 어젯밤 축제 때문에 대부분의 물품을 밖에 내놓아서 아직 정리되지 않은 상태라고 했다. 창고 안에 전등 같은 건 없고 동쪽에 넓은 창문이 하나, 북쪽 바닥 부근에 작은 환풍구가 하나 있을 뿐이었다.

모로즈미는 흠, 하고 탄식하고 불안해하는 사람들을 둘러

봤다.

"시경에 연락해야 하니 일단 파출소로 가 보겠습니다. 제가 올 때까지 이 창고에는 아무도 들어오지 못하게 해 주십쇼."

모로즈미는 소방대원 두 명에게 현장 감시를 지시했다.

"참, 그리고 피해자의 이름을 여쭙고 싶습니다만."

모로즈미가 그렇게 물은 순간, 사람들 사이에 곤혹감이 번졌다. 다이치 옹이 주민들을 대표해 고개를 가로저었다.

"아직 뭐라고 말할 수 없는 상태일세."

"네? 그게 무슨 뜻입니까?"

"보다시피 머리가 없으니 누군지 알 도리가 있겠나."

"하지만 이 교복은 적토 고등학교 남학생 교복입니다. 고등학생은 이 섬에 스무 명밖에 없으니 모두 안전한지 확인하면……."

다이치 옹은 "이미 했네" 하고 또다시 고개를 흔들었다. "밝혀진 건 고등학교 1학년인 세 사람…… 즉, 고우와 가쓰토, 도모히로가 어젯밤부터 집에 돌아오지 않았다는 사실뿐일세."

모로즈미는 파출소에 가서 섬과 가장 가까운 시 경찰서

에 연락했다.

피해자의 머리가 사라진 점, 피해자를 포함해 소년 세 명의 행방이 묘연한 점 등을 설명하자 시경은 사건을 심각하게 보고 수사본부를 설치하기로 했다.

오전 10시 무렵에는 경찰 몇 명이 경비정을 타고 적토도에 왔다. 그들은 모로즈미의 안내를 받아 신사에 가서 현장을 살폈다.

"목을 자른 것으로 모자라 등유를 뿌려 태우다니. 아직 고등학교 1학년인 아이에게 이렇게까지 했단 말인가?"

도몬 경부보가 시신 앞에서 두 손을 모으며 불쾌한 표정을 지었다. 도몬은 현경 수사1과 소속 베테랑 형사인데 오래전 모로즈미가 본토에서 근무한 파출소의 소장이기도 했다.

"왜 이렇게까지 했을까요?"

도몬 옆에서 모로즈미도 눈살을 찌푸렸다. 경찰치고는 몸집이 작은 도몬과 모로즈미가 나란히 서니 체격 차이가 너무 많이 나서 꼭 어느 한쪽이 인간이 아닌 것처럼 보인다.

"신원을 감추려 했겠지. 행방불명된 아이들의 가족은 뭐라던가?"

"스이토 가쓰토 군의 부모는 현재 유럽 여행 중이라 연락

머리가 잘려도 죽지 않는 우리의 머리 없는 살인 사건
265

이 되지 않았습니다. 형제나 조부모도 없는 탓에 신원을 확인해 줄 만한 가족이 없는 상황입니다. 히메지 고우는 몇 년 전 부모와 누나를 사고로 잇달아 잃고 지금은 거의 천애 고아 상태라 하더군요. 먼 친척인 신자토라는 분 집에서 살고 있는데 사이가 별로 좋지는 않다고 합니다. 오사베 도모히로 군 역시 외동아들입니다만, 부모와 조부 모두 시신이 정말 도모히로가 맞는지 단언할 수는 없다고 합니다."

"시신에서 뭔가 신체적 특징 같은 걸 찾지는 못했나? 아들의 시신일 수도 있는 상황 아닌가. 아니면 시신이 끔찍해서 자세히 보지 못한 건가?"

"아뇨. 모친도 시신을 제법 자세히 관찰했습니다. 아들이 아닌 것 같지만 그렇다고 단정은 못 하겠다고 하더군요. 실제로도 세 아이들은 키와 몸무게가 엇비슷해서 구분하기가 쉽지 않았다고 합니다."

모로즈미는 직업 관계상 한 번 만난 이들의 얼굴을 잘 기억한다. 얼굴이 갸름한 도모히로와 샤프한 느낌의 가쓰토, 그리고 동안인 고우. 모로즈미가 기억하는 세 사람의 얼굴은 사뭇 다르지만 이 시신에는 얼굴이 없다.

"어쩔 수 없지. 일단 감정 결과를 기다리세."

검시관의 보고에 따르면 시신은 손바닥 열상이 심해 지

문을 채취할 수 없는 상태라 신원을 특정하려면 정밀 감정이 필요하다고 했다. 도몬은 실종된 아이들의 집에 수사반을 보내 감정에 필요한 머리카락 등의 샘플을 가져오라고 지시했다. 가족의 혈액 샘플도 있어야 한다는 검시관의 판단에 따라 섬의 병원에 전화해 오사베 집안사람들의 채혈과정도 거쳤다.

그러나 사건 현장이 외딴섬이라 현경 과학 수사 연구소에 샘플을 보내 감정 결과가 나오는 건 내일 이후나 될 전망이었다. 시신은 오늘 중으로 본토에 보내 부검을 기다리기로 했다.

"적어도 머리 절단과 전신 화상은 사망 이후에 일어났습니다. 그 이상의 것들은……."

현장을 찾은 검시관은 시신을 꼼꼼히 관찰해 보고했다.

"절단에 쓰인 칼은 특정할 수 있겠습니까?"

"목 주변의 연소가 심해 어려울 것 같습니다. 아마 톱 종류 아닐까요."

"그렇군요. 사망 추정 시각은?"

"이렇게 훼손이 심한 상태로는 정확하게 판별할 수 없습니다. 부검을 기다릴 수밖에 없겠네요. 다만 화상 수준과 체내 온도를 고려하면 불이 꺼지고 나서 아마 열두 시간은 지난 것으로 추정됩니다."

"그럼 어젯밤에는 불이 꺼져 있었다는 말인가? 모로즈미,
신고가 들어온 시간은 오늘 아침 아닌가?"

"네."

신고 지연에 대해 주민들은 이렇게 변명했다. 그들이 창
고에 불이 난 것을 처음 발견한 건 어젯밤 10시가 지나 슬
슬 축제가 끝나려는 시점이었다. 불길은 얼마 안 돼 잡혔지
만 불탄 시신을 앞에 두고 주민들은 망설였다. 곧바로 파출
소에 신고해야 한다는 의견도 나왔지만, 이미 밤이 늦었고
항만에서 일어난 화재 때문에 모로즈미 씨도 피곤할 테니
내일 아침에 신고하는 게 낫겠다는 의견이 많아 결국 그때
는 해산했다.

"피곤할 것 같아서? 자네가?"

"어설픈 변명처럼 들리더군요. 제 느낌인데 그들은 무슨
일이 있어도 축제를 제게 보여 주고 싶지 않은 눈치였습
니다."

도몬은 팔짱을 끼고 신음했다. 아무래도 수사가 난항을 겪
을 듯하다. 오랫동안 길러진 그의 직감이 그렇게 속삭였다.

그날 바로 수사관들이 사건 관계자들을 탐문 조사하기

시작했다.

도몬 경부보는 모로즈미의 안내를 받아 적토 고등학교를 찾았다. 적토도에는 초등학교, 중학교, 고등학교가 하나씩 있는데 모두 시가지 중심가 부지 안에 옹기종기 모여 있다.

실종된 세 학생의 담임 교사인 사가와가 응접실에서 도몬과 모로즈미를 맞았다. 근육질의 중년 남성인 그는 피부가 거무스름하게 그을려 있었다.

도몬은 사가와에게 수사 상황을 정중히 설명한 후 협조를 부탁했다.

"아직 피해자가 누군지는 파악되지 않았습니다만, 실종된 학생들이 사건에 연루됐을 가능성을 의심할 수밖에 없는 상황입니다."

"그 말씀은 지금 세 아이가 모두 무사하지 못하다는 뜻인가요?"

"현시점에는 뭐라고 말씀드리기가."

그러자 사가와는 석연치 않은 얼굴로 "그렇군요……" 하고 고개를 끄덕였다.

"혹시 뭐 걸리시는 거라도?"

"아뇨. 그냥 믿기 어렵다는 게 솔직한 제 심정입니다. 고우라면 모를까 가쓰토와 도모히로가 죽었다는 건……."

"그게 무슨 뜻이죠? 히메지 고우 군이 어떤 사건 등에 휘말리기도 했습니까?"

도몬이 캐묻자 사가와는 "이건 어디까지나 제 개인적인 생각입니다만"이라고 전제하고 이야기를 시작했다.

히메지 고우는 최근 일주일 정도 몸 상태가 좋지 않다며 학교를 결석했다. 그러나 고우의 집을 찾아가 상태를 확인했을 때는 그리 나빠 보이지 않았고 그보다 우울하게 그늘진 얼굴이 더 신경 쓰였다고 했다.

"고우는 어렸을 때 부모님을 교통사고로 잃고 여덟 살 많은 누나와 함께 먼 친척 집에 맡겨졌습니다. 남매는 사이가 아주 좋았는데 그 누나도 6년 전 벼랑에서 떨어져 그만 세상을 뜨고 말았죠. 그때는 섬사람 모두가 안타까워했습니다. 그 뒤로 고우는 학교를 자주 결석하게 됐고…… 그래도 요즘은 예전 모습을 꽤 되찾은 것 같았는데, 최근 며칠간 또다시 상태가 안 좋아진 느낌이라 저도 신경 쓰고 있었습니다."

"흐음. 상태가 안 좋아진 원인 같은 게 있을까요?"

"글쎄요……."

도몬은 모로즈미와 눈빛을 주고받고 "그럼" 하고 화제를 바꿨다.

"다른 두 학생은 어떻습니까? 혹시 반 아이들 사이에 불화 같은 건 없었나요?"

"네? 설마 학생들끼리 서로 해치기라도 했다는 겁니까?"

"아뇨. 그런 뜻으로 여쭌 건 아닙니다. 하루빨리 진상을 규명하기 위한 정보 수집 정도로 생각해 주십시오."

사가와는 납득 못하는 듯했지만 그래도 순순히 다른 두 학생에 관한 이야기도 들려줬다.

스이토 가쓰토는 약간 비뚤어진 면모가 있는 학생으로 평소 어른들 앞에서도 뭔가 비아냥거리는 태도를 보일 때가 많았다. 부모는 맞벌이로 섬의 우체국에서 근무하고 있는데 두 사람 다 자유분방한 성격으로 알려져 있다.

"스이토 부부는 현재 해외여행 중이라고 들었습니다."

"네. 평소에도 그렇게 충동적으로 여행을 떠나는 분들이죠. 가쓰토는 그럴 때마다 혼자 집을 지키고요. 가쓰토를 보며 '관심을 주지 않는 부모 때문에 비뚤어진 아이'라고 평가하는 사람도 있습니다."

"그렇군요."

"그런데 아이가 요령이 좋다고 할까요. 학교 성적이 1등이고 운동도 잘합니다. 그러면서 의외로 처세도 뛰어나 다른 사람들과 별로 마찰을 일으키지도 않아요. 어떤 의미에서 도모히로와는 대조적이라 할 수 있겠죠."

오사베 도모히로는 착하고 올곧은 아이로 붙임성이 좋아 나이 많은 어른들에게 사랑을 받았다. 그러나 약간 자존심이 센 경향이 있고, 마을 의회 의원인 아버지와 학부모회 회장인 어머니 밑에서 종종 중압감을 느끼는 듯했다. 그리고 같은 반인 가쓰토를 라이벌로 보고 있다고 했다.

"거의 일방적으로 도모히로가 가쓰토를 라이벌처럼 생각했죠. 공부든 운동이든 가쓰토가 늘 한발 앞서갔거든요. 가쓰토는 그런 걸 당연하게 생각하는 듯했으니 도모히로는 내심 그런 점이 못마땅했을 수도 있겠습니다. 아, 그렇다고 아이들의 사이가 좋지 않았던 건 아닙니다. 둘 사이에 이렇다 할 갈등 같은 것도 없었고요."

그러자 도몬이 "네. 걱정 마십시오" 하고 온화하게 미소 지었다.

"덕분에 좋은 정보들을 얻었지만 그걸 바탕으로 예단하지는 않겠습니다."

그 뒤로 사가와는 흔쾌히 다른 정보들도 알려 줬지만 사건의 중요한 열쇠가 될 만한 것은 없었다.

도몬과 모로즈미는 '기도'라는 문패가 달린 문 앞에서 초

인종을 눌렀다. 기도 저택은 전통식 일본 가옥으로 널찍한 단층집이었다. 문에서 현관 사이는 비석길이 마당을 가로지르고 있다.

"흐음. 훌륭한 집이군."

"기도 집안과 오사베 집안 모두 이 섬에서 손꼽히는 명문가입니다. 또 이 집의 가장인 기도 기요시 씨는 섬에서 하나뿐인 기도 의원의 원장이기도 하죠."

그때 마당으로 이어지는 툇마루 쪽 문이 드르륵 열렸다. 안에 있는 다다미방에서 10대 후반의 소년이 뛰어나오더니 문 앞에 다가와 "아아, 안녕하세요! 고생 많으세요!" 하고 약간 긴장한 얼굴로 도몬을 향해 인사했다.

"바로 조금 전 전화했던 도몬이라고 하네. 아이들 실종 사건 때문에 이야기를 좀 듣고 싶어서 말이야. 자네가 기도 소고 군인가?"

기도는 힘차게 "네!" 하고 도몬과 모로즈미를 집 안에 들였다.

"이야, 완전 드라마 같네요. 참고인 조사를 진짜 하는군요."

"물론이지. 자네처럼 적극적으로 협조해 주면 우리로서는 고마울 따름이야."

도몬은 정중하게 감사를 전하며 기도를 넌지시 관찰했다.

학교에서 만난 사가와의 이야기로는 실종된 세 학생과 가장 가까운 또래 친구가 고등학교 3학년인 이 기도 소고 라 했다. 기도는 평소에 침착하지 못하고 경박한 성격 때문 에 3학년 안에서 다소 붕 뜬 존재였다. 그래서 자연스럽게 나이 어린 1학년 학생들 세 명과 친해졌다고 하지만, 1학년 학생들은 기도와 겉으로는 친하게 지내면서 내심 기도를 탐탁지 않게 생각하고 있었다고 했다.

"네, 네. 그래서요? 뭐부터 말씀드리면 되죠? 아, 그전에 죽은 사람이 결국 누구로 밝혀졌나요?"

기도는 다다미방에 두 사람을 들이고 몸을 앞으로 뻗어 먼저 이야기를 시작했다. 수다스럽지만 얼굴에서 피로감이 엿보인다. 일상과 동떨어진 사건이 일어나자 일시적으로 흥분했을 거라고 도몬은 짐작했다.

도몬은 실종된 세 학생의 교우 관계에 대해 물었지만 기 도의 대답은 사가와와 큰 차이가 없었다.

"그럼 그 아이들이 어떤 사건 같은 것에 휘말렸을 가능 성은?"

"에이, 없습니다. 사건이라뇨. 얼마 전 저희 집에 재워 줬 을 때도 특별히 뭔가를 고민하는 듯한 느낌은 없었고요. 뭔 가 있었다면 저한테 가장 먼저 상의했을걸요."

기도는 자신만만하게 단언했다.

"오. 선배 집에서 하룻밤 묵었다고? 자네들은 정말 사이가 좋나 보군."

"그야 물론 아끼는 후배들이니까요. 또 뭐니 뭐니 해도 저희는 도외조라."

"도외조?"

"섬 밖에서 태어났다는 뜻입니다."

기도 원장은 젊은 시절 의학 박사 학위를 따고 혼자 미국에 건너가 의과 대학에서 연구직으로 일했다. 그리고 미국에 간 지 얼마 안 됐을 때 섬에 남은 아내의 임신 사실이 판명돼 아내도 미국에 가서 기도 소고를 출산했다. 그대로 가족들은 몇 년을 더 미국에서 살다가 소고의 초등학교 입학에 맞춰 섬으로 돌아왔다.

"도모히로도 저와 비슷한 처지예요. 아버지 부임지가 본토여서 생후 몇 달 정도를 본토에서 살다가 섬에 넘어왔죠. 가쓰토는 반대로 태어난 곳은 적토도지만 한 살도 되기 전에 니가타인가 아키타인가로 이주해 아마 초등학교에 들어가기 전까지는 본토에서 살았을걸요."

기도가 들려준 이야기는 이미 모로즈미가 도몬에게 알려 준 것이었지만 도몬은 기도의 말에 정중하게 맞장구를 쳤다.

"그렇군. 히메지 고우 군은 어떻지? 그 아이는 태어난 곳과 자란 곳이 전부 적토도인가?"

"아, 고우요? 흐음…… 걔랑은 별로 친하지 않아서요. 걔네 집안에 이런저런 문제가 있다고 하는데 솔직히 어떻게 대해야 좋을지 몰라서."

"그렇군. 어떤 마음인지 이해하네."

도몬의 은근한 화술에 이끌려 기도는 그 뒤로도 쉴 새 없이 말을 이어 갔지만 대부분 잡담 수준의 정보여서 두 형사는 일찌감치 기도 저택을 뒤로했다.

모로즈미는 오전 내내 도몬의 가이드 역할을 맡았다. 오후에는 본토에서 수사관 십여 명이 도착해 본격적으로 감식 활동을 시작했지만 모로즈미의 본래 임무는 살인 사건 수사가 아니다.

파출소에 돌아가자 중년 여자 두 명이 모로즈미를 맞았다.

"아아, 모로즈미 씨! 드디어 오셨군요!"

"어디 갔다 오셨어요? 계속 기다렸는데."

한 명은 시가지 북단에서 피아노 학원을 운영 중인 여자고 다른 한 명은 학수 신사의 신주 부인이었다. 두 사람 다

말이 많은 성격으로 알려졌는데 평소에도 섬 여기저기서 여자들끼리 모여 수다를 떠는 모습을 모로즈미도 여러 번 목격했다.

"기다리게 해서 죄송합니다. 무슨 일입니까?"

"도둑이 나타나 신사 비품들을 훔쳐 갔어요!"

"저희 학원에도 도둑이 들었어요!"

모로즈미는 동시에 떠들어 대는 부인들을 잘 달래며 이야기를 들었다.

신주의 부인은 천개라는 이름의 머리에 쓰는 대바구니 중 하나가 신사에서 사라졌다고 했다. 천개는 축제에서 공연 소품으로 쓰이고 축제가 끝나면 전부 신사로 반납한다. 철저한 성격의 신주 부인은 반납 때 예비품을 포함해 천개가 전부 들어온 걸 확인했는데 오늘 아침에 보니 한 개가 부족했고 현장에 누군가 몰래 침입한 흔적도 남아 있었다고 했다.

피아노 교실을 운영하는 부인의 이야기도 엇비슷했다. 오늘 점심 무렵 수업하려고 학생과 함께 피아노 방에 들어갔는데 전자 메트로놈 한 개가 보이지 않았다. 방 안의 물건 배치도 조금 달라진 느낌이 들어서 혹시나 싶어 주변을 둘러보니 창가 쪽에 희미하게 흙 자국이 남아 있었다고 했다.

"그런 걸 족적이라고 하죠? 틀림없이 도둑이 창문으로 들어온 거예요. 참, 그러고 보니 새벽 3시쯤에 피아노 방 쪽에서 웬 소리가 들려서 깼거든요. 그때는 내가 잘못 들었나 생각했는데 분명 그때 도둑이 들었을 거예요."

그녀는 "아아, 무서워라" 하고 유난스럽게 몸을 부르르 떨었다.

"평화로운 우리 섬에 도둑이라뇨. 정말 놀랐어요. 어제는 그런 사건까지 있었고, 혹시 엄청난 악당이 섬에 들어왔나 싶어 벌써부터 걱정돼서……."

"안심하십시오. 지금 경찰이 최선을 다해 수사에 임하고 있습니다."

모로즈미는 부인들을 진정시키며 머릿속으로 두 절도 사건을 분석했다. 평소 절도 사건이 거의 일어나지 않는 적토도에서는 주민들의 방범 의식도 느슨해 문단속을 제대로 하지 않는 사람이 많다고 들었다. 살인 사건이 일어난 날 밤에 발생했다는 이 두 건의 절도는 살인 사건과 어떤 관련이 있는 걸까.

수사관들은 대부분 해가 지기 전 본토로 돌아갔다. 시경 수사본부에서 수사 회의가 열려 내일 이후의 수사 방침에 대해 논의했다.

그날 밤 모로즈미는 파출소에 돌아가 곧장 도몬에게 전화를 걸었다. 수사 회의 내용은 모로즈미에게도 공유됐다.

—오, 조금 전에 막 수사 회의가 끝나서 안 그래도 자네에게 전화를 걸려던 참이었네.

"이렇게 늦게까지 회의한 겁니까? 고생하셨습니다."

전화를 받은 도몬의 목소리에서 피로감이라곤 느껴지지 않았다.

—수사 자료를 메일로 보냈는데 전화한 김에 구두로도 대략 설명해 주지. 그 후 진료소 의사와 산부인과 의사도 만났는데 아직까지 피해자를 특정할 만한 증언은 나오지 않았네. 세 사람이 키와 몸무게뿐만 아니라 혈액형까지 같다고 하니 곤란할 따름이야. 심지어 태어난 달도 모두 6월이라더군. 이렇게까지 꼭 닮은 3인조를 앞으로 만나 볼 수나 있을까 싶어. 그런데 오늘 아침 시가지에서 오사베 도모히로 같은 아이를 봤다는 신문 배달부의 증언이 있었네. 왠지 남의 눈을 꺼리는 모습이었다더군.

"그럼 피해자가 스이토 가쓰토나 히메지 고우인 걸까요?"

—그럴지도 모르지. 뭐 조만간 밝혀지지 않겠나. 참, 목격 증언 중에 범인에 대한 제보도 있었는데 이쪽은 상당히 유

력하다고 봐도 무방해. 어차피 물증이 있으니.

수사관들이 섬을 떠나기 직전 주민들에게서 '물증'이 도착했다. 경내에서 공연을 촬영하려고 설치한 비디오카메라의 녹화 테이프였다.

—창고에서 꽤 떨어진 곳에서 촬영되기는 했지만 영상에 수상한 인물이 창고로 들어가는 모습이 담겨 있었어. 자료들과 같이 보냈는데 거기서 볼 수 있나?

모로즈미는 메일에 첨부된 영상을 재생했다. 축제의 비밀을 엿볼 수 있을 거라 기대했지만 영상은 고작 20분에 불과한 데다 처음부터 끝까지 무음이었다. 내용도 촌장이 가구라덴 무대 앞에서 인사말을 장황하게 늘어놓기만 해서 단조로웠다. 가구라덴 무대 위에 대바구니를 뒤집어쓴 사내들이 앉아 있는 모습이 특이하다고 하면 특이했다.

도몬의 말대로 영상 중반쯤에 화면 오른쪽 안쪽 창고로 누군가가 사람의 몸 같은 것을 옮기는 모습이 희끄무레하게 찍혀 있었지만 얼굴은 고사하고 키도 알아볼 수 없을 만큼 거리가 멀어서 이것만으로는 결정적인 증거라 하기 어려웠다.

그리고 얼마 후 창고 지붕에서 연기가 피어오르자 놀란 이들이 우왕좌왕하는 것을 끝으로 영상이 끝났다.

"이것뿐인가요?"

—그래. 원래는 축제를 처음부터 끝까지 촬영하려 했지만 기자재 문제로 그것밖에 남지 않았다더군. 음성이 담기지 않은 것도 기계 문제라고 해.

모로즈미는 "그렇군요" 하고 대충 맞장구쳤다. 살인 사건이 벌어진 상황에서도 이 섬 주민들은 아무래도 축제의 내용만은 숨기고 싶어 하는 듯하다.

"그런데 좀 이상하네요. 범인이 시신을 옮기는 모습은 찍혔는데 나오는 모습이 없습니다. 주민들 말로는 화재 진압을 시작한 시점에 창고 안에 시신 말고 다른 사람은 없었다고 합니다만."

—그래. 범인은 아마 창고 동쪽에 있는 창문으로 탈출했겠지. 동쪽 창문은 영상에 잡히지 않으니까. 그 창틀에서 신원 불명의 지문도 검출됐다고 해. 범인의 지문일 수 있지 않겠나? 그것도 메일에 첨부했네.

"네. 조금 전 확인했습니다. 그런데 동쪽 창문은 바로 아래가 낭떠러지입니다. 탈출하면 그 즉시 바다에 떨어질 텐데요."

—그렇긴 하다만 축제에 참가한 주민 중 몇 명인가가 촌장의 인사 도중에 물소리를 들었다고 증언했네. 무거운 뭔

가가 바다에 떨어지는 소리였다더군. 그런데 정말 그런 높이에서 범인이 바다에 몸을 던졌다면 무사할 수는 없겠지. 내일부터 바다를 수색할 방침이야.

"그럼 모순이 생깁니다."

—모순? 뭐지?

"실은 저도 보고드릴 게 있습니다."

모로즈미는 낮에 접수된 절도 사건 두 건에 대해 도몬에게 설명했다.

"현장을 조사하니 피아노 교실에서는 눈에 띄는 흔적이 발견되지 않았지만, 천개를 보관한 곳간에서는 지문이 나왔습니다. 천개는 가구라덴 뒤쪽에 있는 곳간에 보관돼 있는데 천개를 나란히 둔 선반 유리문 표면에 지문이 또렷이 남아 있었습니다. 사건을 제보한 신주 부인은 축제 전에 곳간을 청소하니 절대 신사 관계자의 지문일 리는 없다고 증언하더군요."

—유리문에 지문이라. 정말 범인의 지문이라면 얼빠진 놈이로군.

"초조한 나머지 실수했을 수도 있겠죠. 천개를 훔칠 수 있었던 시간은 축제가 끝난 후부터 경찰이 오기 전까지인데 그동안 경내에는 계속 사람이 있었으니까요. 그보다 문제는 그 지문이 조금 전 말씀하신 지문과 일치한다는 점입니다."

─창고 창틀에서 검출된 그 신원 불명의 지문 말인가?

"그렇습니다. 제가 수집한 지문 사진을 메일로 보내드릴 테니 내일 다시 한번 확인해 보시는 게 좋을 것 같습니다. 창고 쪽도 축제 전 청소했다고 하니 축제 이후 묻은 지문일 가능성이 커 보입니다. 조금 전 영상에서는 처음 불이 난 시점에 천개중들이 모두 천개를 뒤집어쓰고 있었습니다. 그후 천개를 반납했습니다만, 신주 부인은 만약 반납 당시에 한 개가 부족했다면 부족한 것을 분명 알아차렸을 거라고합니다. 그 말은 즉……."

─범인이 살아 있고 소동이 가라앉은 후 다음 날 아침 경찰이 도착하기 전까지 천개를 훔치러 창고에 들어갔다는 말인가?

"네. 정말 바다에 몸을 던졌다면 무사하지 못하겠지만, 창문으로 나가 바다에 떨어지지 않고 창고 북쪽으로 돌아가기만 하면 신사 뒤 기둥문까지 나무가 늘어서 있으니 몸을 숨기며 도망칠 수 있지 않았을까요?"

─그런데 그 창고를 구석구석 조사했지만 창밖으로 사람이 드나든 흔적은 나오지 않았어. 지붕 위에도 발자국은 고사하고 밧줄 같은 걸 매달 만한 곳도 없었다더군. 그 창문으

로 나가면 바다에 추락할 수밖에 없다는 게 이쪽 견해일세.

수사진은 창고에서 나가는 방법을 모조리 검토했다. 창고 북쪽 바닥 부근에 환풍구가 있지만 쇠창살이 촘촘히 박혀 있어서 고양이나 생쥐면 모를까 사람이 드나들 수는 없었다.

"그런가요……."

모로즈미의 목소리가 시간이 갈수록 어두워졌다.

— 왜 그러나? 자네는 범인 탈출설에 너무 집착하는 것 같은데.

"그럴 수밖에 없죠. 범인이 지금 살아 있다면 주민들이 위험에 노출돼 있다는 뜻이니까요."

그러자 수화기 너머에서 "후후" 하는 웃음소리가 들렸다.

— 내일 주민들의 협조를 받아 산을 수색할 걸세. 상황을 보아하니 오사베 도모히로가 지금 산에 숨어 있을 가능성이 크다고 하니까. 그 아이의 실종이 이번 사건과 관련 있다면 아이의 신병을 확보하는 순간 단숨에 사건이 해결될 수도 있네.

사건 발생 후 만 하루가 지난 10월 9일 아침.

모로즈미가 파출소에 출근하자마자 전화벨이 요란하게 울렸다. 전화를 건 사람은 산기슭에서 묘지를 관리하는 노인인데 그는 어젯밤 늦게 묘지에서 히메지 고우를 봤다고 했다.

—얼마나 놀랐는지 원. 자정이 지난 시간인데 캄캄한 곳을 어슬렁거리고 있었다니까. 말을 걸려고 하니 금세 다시 사라졌는데…….

모로즈미는 정보를 알려 준 노인에게 감사하다고 하고 메일로 도몬에게 신고가 들어왔다고 전했다. 그리고 일단 묘지를 확인하기 위해 파출소를 나갔다.

아직 인적이 드문 시가지를 걸으며 모로즈미는 사건에 대해 떠올렸다.

실종된 아이들 중에 오사베 도모히로와 히메지 고우를 봤다는 목격 증언이 나왔다. 그렇다면 피해자는 스이토 가쓰토라는 말이 된다. 그 아이가 살해된 이유는 아직 불분명하지만 그보다 도모히로와 고우가 현재 어딘가에 몸을 숨기고 있다는 점이 더 신경 쓰인다. 창고 창틀과 가구라덴 곳간 선반에 남은 지문은 두 아이의 지문과 일치하지 않았다. 지문이 범인의 것이라면 도모히로와 고우는 무고하다는 뜻이 되지만 그렇다면 그 아이들은 왜 자취를 감춘 걸까. 사건과의 관련성이 도무지 짐작되지 않았다.

"응?"

모로즈미는 문득 발걸음을 멈췄다. 모퉁이 너머에서 사람 말소리와 드르륵거리는 바퀴 소리가 들린다. 그쪽을 확인하니 손수레에 올라탄 사람이 모퉁이를 돌아 나타나 모로즈미를 보자마자 황급히 되돌아갔다.

모로즈미는 그를 뒤쫓았다. 힘차게 모퉁이를 돌았을 때 거기에 있던 사람과 하마터면 부딪힐 뻔했다.

"앗."

순간적으로 모로즈미는 어안이 벙벙해져 입을 떡 벌렸다.

그의 눈앞에는 바로 조금 전 사망이 확정됐을 스이토 가쓰토가 우두커니 서서 심각한 얼굴로 모로즈미를 보고 있었다.

❁

10월 7일 밤 8시가 지난 시간. 나는 혼자 어두운 숲길을 걷고 있었다.

숲길은 신사의 신전 아래를 지나 산 너머 해변까지 이어져 있다. 위에서는 지금 학수제가 성대하게 열리고 있는데 정말이지 기가 막힐 노릇이다. 내가 모로즈미 씨를 막지 않았다면 지금쯤 어처구니없는 상황이 펼쳐졌을지 모른다.

몇 분 더 걸어 휴게소에 도착했다. 지붕 아래에 벤치 하나만 놓인 정자 같은 건물이지만 숲길 중간쯤에 있어 산행 중 잠시 숨을 돌리기에는 그만이다. 전망이 좋아 전망대로도 주민들의 사랑을 받았다.

휑한 벤치에 앉았다. 발밑 바닥에 금속 캔이 몇 개 보인다. 신사에서 비치는 희미한 빛에 비춰 보니 아무래도 페인트통인 듯하다. 순간 좋지 않은 예감이 들어 벤치에 손을 얹자 다행히 페인트를 막 칠하지는 않았는지 표면은 말라 있었다. 그러고 보니 이 근처 다른 휴게소가 얼마 전 도색을 다시 해 새 건물처럼 번듯해졌다. 현재 촌장이 섬의 공공시설들을 리모델링하겠다고 지난 선거 때 공약했으니 그 일환일 것이다.

한숨을 쉬고 페인트통을 다시 내려놓는다. 벤치 등받이에 기대어 밤하늘을 보며 찬 밤공기를 들이마셨다.

그렇게 몇 분이나 멍하니 있었을까.

불현듯 눈앞 어둠 속에서 뭔가가 꿈틀거렸다.

움찔하고 몸이 굳었다. 기분 탓인가? 아니, 그렇지 않다. 분명 인기척이 느껴졌다. 휴게소 앞에 깔린 자갈을 밟는 소리, 낮은 숨소리. 신사 불빛이 닿지 않는 그늘에서 뭔가가 이쪽을 향해 조금씩 다가오고 있다.

'혹시 거기 누구 있나요?' 하고 말을 걸려 한 순간, 자갈을 박차는 소리가 들렸다.

어둠 속에서 뭔가가 맹렬하게 돌진해 정면으로 나를 들이받았다.

"으악!"

순간적으로 몸이 뒤로 젖혀진 내 턱 아래에 돌덩이 같은 주먹이 스쳤다. 누군가 내게 덤벼들었다는 상황을 이해하기까지 몇 초가 걸렸다. 무의식중에 다리를 앞으로 뻗어 습격자의 명치를 간신히 걷어차서 그의 몸을 떨어뜨리는 데 성공했다.

습격자는 몇 발짝 뒷걸음질 치며 몸을 휘청였다. 자세히 보니 머리에 천개를 뒤집어쓰고 있다. 어두워서 다른 신체적 특징은 보이지 않지만 조금 전 주먹 크기로 판단컨대 성인 남성으로 보였다.

남자는 또다시 저돌적으로 내게 달려들었다. 주먹이 내 얼굴을 향해 일직선으로 날아온다.

"젠장! 대체 뭐야!"

발길을 돌려 도망치려는 순간 발목에 날카로운 통증이 스쳤다. 무리한 자세로 피하느라 다리를 접질린 듯하다. 통증으로 균형이 무너진 덕에 다행히 남자의 주먹이 내 귓가를 가볍게 스쳤다. 무작정 내민 내 손이 남자의 천개에 부딪혀 천개가 옆으로 휙 돌아갔다. 남자는 순간 다리가 뒤엉켜 요란하게 넘어졌고, 바닥에 있는 페인트통이 덜그럭 소리를 내며 굴러갔다.

문득 깨달았다. 이 남자는 두 번이나 내 얼굴을 노렸다. 만약 그 기세로 얼굴을 정통으로 얻어맞았다면 내 머리는 반드시 날아갔을 것이다. 즉 이 남자는 내 머리를 떨어뜨릴, 다시 말해 날 죽일 생각일까?

등줄기에 소름이 확 끼쳤다. 난생처음 다른 사람의 살의를 느끼자 공포로 다리가 얼어붙었다. 남자가 바닥을 짚고 일어선다. 저항해야 해. 도망쳐야 해. 그렇게 속으로 외치지만 몸이 말을 듣지 않았다.

천개를 뒤집어쓴 남자는 내 정면에 다가와 서더니 오른손을 크게 휘둘러 손등으로 내 머리를 때렸다.

앗, 손등……?

순간 목 언저리에서 뚝 하는 섬뜩한 소리가 울리더니 순식간에 하늘과 땅이 뒤집혔다. 부유감에 휩싸이는 동시에 시야가 밤하늘의 별들로 뒤덮인다. 그러나 풍경은 다시 회전해 금세 어둠 속으로 사라졌고 뒤통수에 묵직한 통증이 스쳤다. 세상이 맹렬히 회전하며 상하 감각을 잃는다. 나는 어찌할 바를 몰라 말이 아닌 절규만 연신 내질렀다.

쿵, 하고 머리 옆부분이 뭔가에 세게 부딪혀 정신이 아찔해졌다. 시야가 맥없이 일그러지지만 정신을 차려 보니 온 세상이 정지해 있다.

그 남자에게 얻어맞고 산비탈을 구른 걸까. 그럼 여긴 해안가 산책로 근처일까. 머리 위로 어렴풋한 전등 불빛과 그 주변에 모여든 날벌레들이 보인다. 산책로의 가로등이다. '역시 난 비탈길에서 굴러떨어졌구나' 하고 주변을 둘러보려다가 순간 숨이 멎었다.

내 몸이…… 목 아래에 있어야 할 몸이 시야에 보이지 않는다.

앞머리는 보이는 걸 보니 절대 유체 이탈 같은 건 아니다. 분명 산책로 자갈길에 누워 있을 텐데 목부터 아래의 감각이 없다.

맙소사! 수탈이야!

얻어맞은 충격으로 머리만 떨어져 여기까지 굴러온 것이다. 그렇게 인식하자마자 순식간에 공포가 밀려왔다.

우리 적토도인들은 머리가 분리되고 15초가 지나면 목숨을 잃는다.

그 뒤로 몇 초가 흘렀을까? 해발 10미터 남짓한 험한 산

비탈이어서 굴러떨어진 건 한순간이었을 것이다. 하지만 떨어지고 나서 생각한 시간은? 앞으로 몇 초 남았지?

얼른 도움을 청해야 해. 적토도인은 머리만 있어도 목소리를 낼 수 있다. 그러나 입술이 덜덜 떨리기만 하고 입이 움직이지 않았다. 아니, 큰소리로 비명을 지른다고 해도 이런 인적 없는 곳에서 과연 소용 있을까. 또 누가 이 주변에 있다고 해도 앞으로 몇 초 안에 내 머리를 휴게소에 있는 몸에 돌려놓아야 한다.

불가능해. 아무리 발버둥 쳐도 시간에 맞출 수 없다.

앞으로 5초 정도 후에 나는 죽는다.

아니, 2초, 1초……!

"가쓰토!"

그때 누군가가 내 이름을 외쳤다. 시야 끝에서 나를 향해 달려오는 교복 차림의 누군가가 보인다.

모든 일은 한순간에 일어났다. 내 뒤통수의 머리카락이 쭉 당겨지는가 싶더니 머리 전체가 허공에 떠오른 후 목 아랫부분에 뭔가가 닿았다.

그리고 목구멍 깊숙한 곳에서 뜨거운 입김이 치밀어 오르고.

"커헉!"

몇 초 만에 내 입이 다시 호흡 기능을 되찾았다.

다리가 뒤엉켜 자갈길에 나동그라진다. 팔꿈치를 세게 부 딪히고 입안에 모래 맛이 번진다. 잠깐. 이 다리는 누구 다 리지? 팔꿈치는? 난 머리만 남아 떨어졌을 텐데?

"아아, 다행이다. 시간에 맞췄어."

등 뒤에서 귀에 익은 목소리가 들렸다. 요즘 들어 변성기 가 시작됐지만 그래도 아직 높고 앳된 목소리.

부랴부랴 몸을 일으켜 돌아보니 내 발밑에 사람 머리가 있었다.

"고, 고우……!"

머리만 남았는데도 안도하는 표정을 짓고 있는 사람은, 이 섬에서 단 세 명뿐인 고등학교 1학년 학생 중 한 명인 히 메지 고우였다.

소스라치게 놀라 두 손을 내려다본다. 작고 둥그스름한 손가락. 피부색이 옅다. 내 손이 아니다. 그렇구나. 고우가 머리를 교환해 준 것이다. 내 머리를 자기 몸에 붙이고, 자 기 머리는 땅에 버렸다. 머리 교환. 기예 중에서도 고난도 인 상위 기술이다. 그런데 왜 이런 짓을? 아니, 이유야 당연 하다.

나를 구하기 위해.

"고…… 고마워."

무심코 감사를 전하고 퍼뜩 깨달았다. 이렇게 되면 고우는?

"그럼…… 앞으로 잘 지내. 가쓰토."

고우는 만족한 듯 미소 짓고 두 눈을 꼭 감았다.

"자, 잠깐! 야! 멋대로 죽지 마!"

주변을 둘러보지만 밤늦은 산책로에 사람이 있을 리 없다. 머뭇거릴 틈이 없다.

나는 자갈길에 벌렁 드러누워 내 머리 옆에 고우의 머리를 갖다 붙였다. 두 손으로 내 머리와 고우의 머리를 함께 붙잡고 힘껏 옆으로 밀친다. 또다시 몸의 감각이 사라지더니 나는 머리만 남아 땅 위를 굴렀다.

"어어어어?"

고우는 몸을 일으켜 믿을 수 없다는 듯이 나를 내려다봤다. 머리가 확실히 몸에 붙어 있다. 머리 교환은 상급 기술이지만 목숨이 걸린 상황이라 그런지 훌륭하게 해낸 듯하다.

"이게 무슨 짓이야, 가쓰토! 모처럼 살려 줬더니!"

"아니. 그게……."

나라고 죽고 싶은 것은 아니다. 그러나 누가 시킨 것처럼 자연스럽게 몸이 움직였다. 친구를 버리면 안 된다고.

"음, 그럼…… 앞으로 잘 지내, 고우."

"멋대로 죽지 마!"

'바로 15초 전에 비슷한 대화를 나눴지'라고 생각하며 나는 눈을 감았다.

그 순간 머리채를 붙잡혀 머리가 다시 들어 올려졌다. 이번에도 머리 아래에 뭔가가 닿더니 몸의 감각이 부활한다. 또다시 머리가 교체된 것이다.

"좋아. 이제 됐어."

흡족해하는 고우의 목소리가 웬일인지 귀에 거슬렸다.

"되긴 뭐가 돼. 네가 나 대신 죽는 건 이상하잖아. 공격당한 사람은 난데."

"공격당했다고? 누구한테?"

"조금 전 이 위에 있는 휴게소에서……."

그렇게 말하다가 말고 멈칫했다. 지금은 잡담할 때가 아니다. 나는 서둘러 다시 땅에 드러누워 고우와 머리를 교환했다.

"그, 그럼 다시 한번, 잘 지내, 고우."

"그러니까 죽지 말랬지!"

아니나 다를까 고우는 또다시 내게 몸을 양보했다.

그 뒤에도 우리는 같은 자리에서 계속 서로 머리를 교환했다. 마치 도화선에 불붙은 폭탄을 상대에게 연신 떠넘기는 상황극처럼. 아니, 폭탄이라면 죽음을 상대에게 떠넘기는 셈이지만 우리가 지금 떠넘기고 있는 것은 목숨이다. 친구를 버리고 자신만 살아남는 최악의 결말을 떠넘기고 있다고 할 수도 있을 것이다.

그러나 덕분에 나는 아직 죽지 않고 살아 있다. 습격당한 지 벌써 10분은 흘렀을 것이다. 어쩌면 나는 인류 역사상 가장 오랫동안 머리만 남은 채 살아 있는 사람일지 모른다. 그것을 인간이라고 부를 수 있는지는 대단히 의문스럽지만.

어쨌든 이대로 길가에서 머리를 계속 맞바꾸고 있어 봐야 끝이 없다.

"야, 고우. 너 혹시 스마트폰 가지고 있어?"

"미안. 집에 두고 왔어."

"그래? 그럼…… 일단 장소를 바꾸자."

"장소를 바꾸자고? 어디로? 앗, 미안."

순간 머리 교환을 깜빡할 뻔하고 고우가 황급히 내게 몸을 양보했다. 말하다 잊어버릴 것 같아서 아슬아슬하다.

나는 그대로 고우의 머리를 옆구리에 끼고 산책로를 달리기 시작했다. 달리면서 5초를 세고 또다시 땅에 드러누워 고우에게 몸을 반납한다. 그리고 몇 초 후 다시 고우에게 몸을 양보받고, 달리는 행위를 반복한다.

인간의 머리는 무겁다. 머리 무게가 체중의 약 10퍼센트라고 들은 적이 있으니 5킬로그램은 넘을 것이다. 그런 것을 옆구리에 끼고 달리는 건 역시 힘에 부치기 마련이고, 게다가 고우의 몸은 나보다 훨씬 약골이다. 산책로 중간쯤에 있는 오두막에 도착할 무렵에는 숨이 턱 끝까지 차올랐다.

이 근처 포구는 파도가 잔잔해 해수욕장으로 인기가 있다. 내가 도착한 오두막은 여름에 비치하우스로 쓰이는 곳이었다.

"아, 그래. 여기 전화기가 있었지."

"일단 누구에게든 도움을 청하자. 머리를 교환하며 마을이나 신사까지 가는 건 역시 힘들 테니."

둘이 머리를 계속 교환해 가며 오두막 안에서 전화기를 발견했지만 전기가 들어오지 않아 사용할 수 없었다.

"방법이 없나……."

그때 어디선가 톡 하는 소리가 들렸다. 소리는 10초 정도의 간격을 두고 간헐적으로 반복된다. 시시오도시*다. 이 멋

---

* 물받이 대나무 홈통 한쪽에 물이 쏟아지면 반동으로 다른 쪽이 튀겨져 돌을 때려 소리를 내게 만든 장치.

들어진 비치하우스는 건물 옆에 인공 연못이 있는데 시시오도시가 그곳에 있었다.

나와 고우는 이 소리를 신호로 활용하기로 했다. 소리가 들리면 머리를 교환하도록 규칙을 정하면 깜빡할 확률이 줄고 어느 정도 여유도 생길 것이다.

"앞으로 어쩌지?"

오두막 바닥에 드러누운 채 고우가 지친 목소리로 물었다.

"다른 사람에게 도움을 청해야겠지만…… 여기서 가장 가까운 민가도 뛰어서 15분은 걸릴 거야. 이런 식으로는 이동하기 어려워. 중간에 힘을 소진하기라도 하면 모든 게 끝이야."

"미안…… 내 몸이 허약해서."

"아니, 그런 문제가 아니야. 심장 하나로 머리 두 개를 소화하려다 보니 평소보다 체력 소모가 심하겠지. 뇌는 산소를 많이 소모한다고 하잖아."

"그런데 이렇게 가만히 있어도 언젠가는 힘을 다하지 않을까?"

"정말 계속 약한 소리 할래? 처음에 나랑 머리를 바꿔 낄 때 배짱은 어디 갔어?"

"그, 그때는 나도 모르게…… 이대로 있다가 네가 죽을 거라고 생각하니 갑자기 용기가 생겼다고 할까."

"그래. 네 덕분에 살았어."

뭐 완전히 살았다고 하기는 아직 미묘하지만.

지금 시간은 아마 밤 9시 무렵일 것이다. 이제 곧 축제가 막을 내리고 10시에는 폐막식이 시작된다. 그 후 신사 사무소에서 밤새도록 뒤풀이 술판이 벌어지는데, 그렇다고 모든 이들이 아침까지 신사에 남는 것은 아니다.

"섬 북쪽 양식장 관리인들은 아침이 되기 전에 신사를 빠져나올 거야. 매일 아침 고기들을 확인해야 하니까. 그리고 신사에서 섬 북쪽에 가려면 이 길이 가장 지름길이니 앞으로 몇 시간만 있으면 반드시 이곳을 통과할걸."

"그래. 그럼 그때 도움을 청하면 되겠네."

"응. 그전까지만 어떻게든 버티면……."

순간 나는 흠칫하고 입을 다물었다. 양식장을 관리하는 기와다 씨와 하야시 씨 모두 천개중의 일원이다. 나를 습격한 남자도 천개를 뒤집어쓰고 있었다. 아니, 천개는 신사에 몇 개인가 예비품이 있을 것이다. 범인이 그 예비품을 슬쩍했다면 범인이 반드시 천개중이라 할 수는 없다.

어쨌든 우리는 범인이 오지 않기를 기도하며 여기서 당분간 잠자코 기다릴 수밖에 없다. 문제는 그전까지 고우의 체력이 버티느냐인데.

그로부터 얼마 안 돼 내 생각이 안이했음을 깨달았다.

10초에 한 번씩 같은 행위를 반복하는 것이 이토록 힘든 일인 줄 몰랐던 것이다.

"가쓰토! 머리! 패스!"

"앗, 미안."

부랴부랴 몸을 고우에게 양보한다.

어렵다. 패스라는 소리를 들어도 반응하지 못할 때가 많아졌다. 고우보다 오히려 내가 위험하다. 고우는 점심때까지 집에서 눈을 붙였다고 하니 비교적 정신이 멀쩡하겠지만 나는 아침부터 등교해 수업을 듣고 집에 가지 않고 축제 준비를 하다가 그대로 축제에 참가했다. 몸에 쌓인 피로는 둘째 치고 뇌의 피로를 무시할 수 없었다.

"이, 이런…… 졸려……."

이게 그 유명한 '잠들면 죽는' 상황인가. 이대로 잠들었다가 눈을 뜨면 옆에는 싸늘하게 식은 친구 머리가……. 그런 일을 겪었다가는 나는 평생 얼굴에서 웃음을 잃을지도 모른다.

주변은 캄캄하고 물결과 파도 소리도 조용하고 평화롭다. 이곳에 온 게 실패였다.

"무슨 이야기라도 좀 하는 게 나으려나. 내가 집에 있는 동안 학교에서 무슨 일이 있었어?"

"딱히 무슨 일이라곤……. 그런데 차라리 가만히 있는 게 나을지도. 말하면 체력이 깎이는 느낌이야."

나는 이를 꽉 물고 버텼다. 여전히 주변에 인기척이라고는 없다.

"아직인가……. 이미 자정은 지나지 않았나?"

"그럼 좋을 텐데."

늦어도 너무 늦다. 슬슬 집에 가지 않으면 내일 아침에 일어나지 못할 것이다. 설마 신사에서 어떤 사건이라도 일어나 기와다 씨와 하야시 씨 모두 집에 가지 못하게 됐다…… 같은 상황은 아니면 좋으련만.

"저기……."

고우가 불쑥 입을 열었다. 목소리가 작고 가늘게 떨리고 있다.

"가쓰토. 만약 네가 잠들어도…… 후회하지 않았으면 해."

"뭐?"

"왜냐하면 처음에 머리를 교환한 사람은 나니까 순서를 따지면 내 머리가 분리되는 게 당연하다고 할까……. 만약 그런 일이 벌어져도 난 절대 후회하지 않을 테니 괜찮아."

'무슨 후회를 안 해. 바보 같은 소리 하지 마'라고 일축하기는 쉽다. 그러나 고우의 목소리에서는 무슨 일이 있어도 내게 몸을 양보하려는 단호한 결의가 느껴졌다. 물론 그 결의를 곧이곧대로 받아들일 수는 없다. 그냥 가볍게 넘기는 게 나아 보인다.

"그전에 말이지. 쌀 것 같아."

"뭐?"

나는 고우와 몸을 맞바꿨다.

"그, 그래? 참을 수 있어?"

화제를 바꾸려고 한 말이지만 실제로 요의는 무시할 수 없는 위협 요인이다. 지금은 아직 참을 수 있는 수준이지만 앞으로 사고가 일어날 수도 있다.

"이 근처에 화장실이 있었나?"

"모래밭 반대편에 가설 화장실이 있는데 거기까지 가기는 어렵겠지."

고우의 몸에 쌓인 피로는 이미 한계에 다다랐고 이동 중에 머리를 떨어뜨리기라도 하면 모든 게 끝장이다.

어쩔 수 없다. 정 안 되면 수풀에서 해결할 수밖에. 그렇게 자존심을 꺾을 뻔한 바로 그때.

사박사박, 하고 모래를 밟는 소리가 들렸다.

나는 고우와 함께 숨을 죽였다. 틀림없다. 시가지 쪽에서 누군가의 발소리가 이쪽을 향해 다가오고 있다.

"누가 좀 도와주세요!"

있는 힘껏 고함을 질렀다. 내 목소리를 들었는지 발소리의 주인공은 흔들리는 손전등 불빛과 함께 우리 쪽으로 달려왔다.

잠시 후 눈부신 손전등 불빛이 우리를 비추고 "말도 안 돼" 하는 귀에 익은 목소리가 들렸다.

"고우, 그리고 가쓰토까지······."

우리 앞에 모습을 드러낸 사람은 오사베 도모히로였다.

"도모히로! 도와줘!"

"야, 고우. 15초! 15초!"

"앗! 미안!"

흥분해서 시간제한을 잊을 뻔한 고우에게 몸을 넘겨받고 나는 지금까지 일어난 일을 도모히로에게 빠르게 설명했다.

"이제는 체력이 한계야. 가서 사람 좀 불러 줘."

손전등 역광 때문에 도모히로의 얼굴이 보이지 않는다. 왜 잠자코 있는 걸까.

그때 사박 하고 도모히로가 뒷걸음질 치는 소리.

"도······ 도모히로?"

"가쓰토, 패스! 패스!"

내가 황급히 고우와 머리를 교환한 순간 도모히로는 몸을 홱 돌려 왔던 길을 되돌아갔다.

"잠깐만! 도모히로! 야! 적어도 화장실 앞에까지만이라도 몸을 좀 빌려줘!"

내 외침은 맥없이 어둠 속으로 묻혀 사라졌다.

"……늦네."

도모히로가 가 버린 지 30분은 지났을까.

우리는 여전히 의기소침한 상태로 비치하우스 바닥에 누워 있었다. 머리는 계속 맞바꾸고 있지만 언제 손이 삐끗해 머리를 떨어뜨릴지 알 수 없다.

"도모히로 자식…… 절대 용서 못 해……."

"아냐. 분명 도움을 청하러 갔을 거야. 뭔가 사정이 있어서 늦는 거겠지."

고우는 성선설을 믿는 듯하지만 나는 성악설을 믿는다.

"아니, 겁먹어서 도망친 거야. 고우, 만약 내가 죽으면 네가 대신 그 녀석을 손봐 줘."

엄습해 오는 졸음과 싸우는 동안 내 가슴속에서 서서히 각오가 굳어졌다.

역시 내가 죽어야 한다. 뭐가 어떻든 습격당한 사람은 나였고 고우가 죽어야 할 이유는 없다. 그러니 적어도 고우가 힘을 소진해 머리 교환에 실패하기 전까지는 잠들지 말고 버티자. 끝까지 깨어 있던 사람이 죽는 상황이 아이러니하기는 하지만, 삶의 마지막 순간에 부릴 오기로는 나쁘지 않다. 친구의 손에 목숨을 맡기고 죽는 게 내가 원하는 바가 아니었다고는 해도, 유종의 미라고 말할 측면도 있지는 않을까.

도모히로가 다시 비치하우스에 나타난 건 그로부터 몇 분이 지나서였다.

도모히로를 보자마자 나는 고우의 몸을 빌려 도모히로에게 달려들었다. 그의 머리를 뽑아 고우의 머리를 강제로 그 몸 위에 갖다 붙인다. 느닷없는 상황에 당황하는 도모히로를 살살 달래며 나는 사정을 간략히 설명했다.

머리 교환 때문에 고우의 체력이 한계에 다다랐다는 말을 듣고 도모히로는 마지못해 자신의 몸을 제공해 주었다. 그러나 일시적인 공유는 허락하되 몸을 아예 빌려줄 수는 없고 공유하는 동안에도 최대한 몸에 주의를 기울여 달라는 둥 이것저것 조건을 달았다. 자기 몸을 남에게 보이는 게 어지간히 부끄러운 모양이었다.

그러고 보니 도모히로는 수학여행 때도 남들이 다 씻은 뒤에야 혼자 목욕했다. 단순히 부끄러운 게 아니라 몸에 감추고 싶은 흉터 같은 것이 있는지도 모른다. 별로 관심은 없지만.

나는 도모히로와 고우가 확실히 머리를 교환하는 모습을 확인하고 화장실로 향했다.

"사, 살았다······."

가설 화장실에서 나온 나는 순간적으로 다리가 풀려 모래사장에 무릎을 꿇었다.

서둘러 비치하우스로 돌아가 바닥에 반듯이 누워 있는 두 사람, 아니 이두일체二頭一体를 내려다본다. 평범한 사람들 눈에 이렇게 10초마다 머리를 갈아 끼우는 광경은 그로테스크하기 짝이 없을 것이다. 과연 로쿠로쿠비의 후예들답다.

"야, 도모히로."

나는 도모히로와 고우 앞에 웅크려 앉아 입을 열었다.

"아까는 왜 도망친 거야? 덕분에 나랑 고우는 정말 죽을 뻔했다고."

"······미안."

도모히로는 겸연쩍어하며 시선을 피했다. 머리 교환을 깜빡한 듯해서 내가 직접 두 사람의 머리를 맞바꿔 줬다. 도모히로는 여전히 머리 교환에 익숙하지 않은지 으으, 하고 기분 나쁜 것처럼 신음했다.

"평소에는 엄청 책임감이 강한 것처럼 굴더니 생명을 위협받는 친구들을 내버려 두고 혼자 도망치다니. 내가 사람을 잘못 봤네."

"……나타난 줄 알았어."

"뭐?"

"칠흑 같은 어둠 속에서 갑자기 목소리가 들렸단 말이야. 그럼 당연히 무서운 뭔가가 나타났다고 생각하지 않겠어?"

고등학생이나 돼서 무슨 소리를 하는 거야. 나와 고우가 어이없어하자 도모히로는 "어쨌든" 하고 화제를 돌리려 했다.

"일단 사람이 있는 곳으로 가야 할 것 같아 곧장 신사로 향했어. 그런데 신사에는 더 큰일이 벌어져 있더라고."

"지금 이것보다 더 큰일이 있다고?"

"응. 사람이 죽어 있었거든."

순간 잠이 확 달아났다.

어젯밤 도모히로는 밤 9시 무렵에 신사를 나가 집에 돌아갔다. 축제를 즐기느라 피곤해서 얼른 눈을 붙이고 싶었다고 한다. 그러나 집에 가서 잠자리에 들어도 축제의 흥분이 가시지 않아서인지 금세 다시 눈이 떠져 머리도 식힐 겸 밤거리를 산책하러 나갔다. 그게 새벽 2시경이었는데 어슬렁어슬렁 산책로를 걷고 있는 사이 비치하우스 근처를 지났다. 그러다 우리가 도움을 청하는 목소리를 듣고 순간 귀신이라도 나타났다고 생각해 신사로 줄행랑쳤지만 경내 분위기가 뭔가 삼엄했다.

"어른들이 창고 주변에 모여 뭔가 심각하게 이야기하고 있었어. 창고 안에서 고등학교 교복을 입은 불탄 시신이 발견됐다는 거야. 심지어 머리가 없는 상태로. 그제야 조금 전에 들은 목소리가 네 목소리라는 걸 깨닫고 온 길을 되돌아왔어. 중간에 길을 헤매서 조금 늦었는데 어쨌든 시간에 맞췄으니 됐지? 아, 슬슬 머리 바꿀 시간이야. 여기서 둘이 이렇게 계속 머리를 교환하고 있었다니, 대단하네……."

도모히로가 뭐라고 투덜거렸지만 내 귀에는 들어오지 않았다.

불탄 시신.

그 단어가 가슴 깊숙이 파고들었다. 아니, 이 몸은 고우의 몸이니 그 표현은 부적절할까.

교복을 입은 남학생의 불탄 시신. 그건 분명 내 몸이다.

숲길 휴게소에 있어야 할 내 몸이 어떻게 신사 창고까지 이동했는지는 알 수 없다. 그 천개를 뒤집어쓴 남자의 소행일까. 하지만, 이유는? 아니, 이유 따위 이제 와서 따져 봐야 소용없다.

내 몸. 태어나 16년 동안이나 함께해 온 내 몸이 재가 되어 사라졌다. 이제 두 번 다시 그 다리로 일어서거나 가슴 두근거림을 느낄 수도 없는 것이다.

그렇다. 나는 죽었다.

살해됐다.

그 정체를 알 수 없는 남자에게…….

"……가쓰토? 왜 그래?"

속내가 표정에 드러났는지 도모히로와 고우가 걱정하듯 내 얼굴을 힐끔거렸다.

이제 어쩌지. 앞으로 어떡해야 할까.

아니, 나에게 '앞으로' 따위는 없다. 고우의 바보 같은 선의 덕에 일시적으로나마 목숨을 건졌지만 본질은 이미 죽었다. 고우, 도모히로와 머리를 계속 교환하면서 조금은 더 살 수 있겠지만 지난 몇 시간 동안 고우의 체력 소모 정도를 보면 언젠가 한계가 찾아올 것이다.

그럼 떠올려야 한다. 내게 얼마 남지 않은 이 시간을 어떻게 소비할 것인가.

갑작스럽게 종말을 맞이한 이 인생의 막을 어떻게 내려야 할 것인가.

복수다.

천개에 가려진 그놈의 맨얼굴을 만천하에 드러내는 것이다.

만약 녀석이 내 또래라면 머리를 없애고 몸을 빼앗는 방법도 있다. 나는 살인범이 되겠지만 어쨌든 살아남을 수 있다. 그러나 머리 교환은 나이 차가 만 한 살 미만인 사람들끼리만 할 수 있다. 이 섬에 나와 머리를 교환할 수 있는 사람은 지금 여기 있는 두 사람밖에 없는 것이다.

즉, 내가 할 수 있는 일은 기껏해야 저세상에 갈 때 범인을 길동무 삼는 것 정도다. 그러기 위해서는…….

"저기. 고우, 도모히로."

머리를 계속 맞바꾸는 이두일체를 향해 나는 고개를 숙였다.

"날 좀 도와줘. 당분간 피신해 있고 싶어."

어렸을 때 우리 세 사람은 거의 매일 함께 놀았다. 서로의 상성이 좋아서 그 시절 우리는 자타가 공인하는 사이 좋은

트리오였다.

세 사람의 관계가 결정적으로 바뀌게 된 계기는 고우의 가족을 덮친 두 번의 불행 때문이었다.

고우의 부모님이 교통사고로 세상을 떠났을 때 고우는 아직 여덟 살이었다. 그렇게 슬퍼하는 모습을 못 본 건 아마 죽음이라는 걸 제대로 이해하지 못하는 나이였기 때문일 것이다. '본토로 여행 간 부모님이 어떤 사정으로 돌아오지 못하고 있다' 정도의 인식이었을지 모른다. 그러나 그로부터 2년 후 고우의 누나가 신사 근처 고지대에서 추락사했을 때는 고우는 한동안 집 밖에 나오지 않으며 세상과 담을 쌓고 살았다.

세 사람 사이에서 성립하던 균형이 한 사람이 빠지는 순간 불안정해졌다. 고우와 거리가 멀어질수록 나와 도모히로의 거리도 조금씩 멀어져 갔다. 학교에서는 셋이 매일 만났지만 서로에게 왠지 모를 벽을 느꼈다.

이렇게 셋이 함께 산길을 걷고 있으니 꼭 옛날로 돌아간 기분이 들었다.

우리는 아침 해가 뜨기 전 비치하우스를 떠났다. 비치하우스 창고에 있던 손수레에 나와 고우가 앉아 10초마다 머리를 맞바꿨고 손수레를 미는 역할은 도모히로가 맡았다.

비탈길에서 머리를 떨어뜨리기라도 하면 끝장이니 나와 고우는 벨트를 머리에 감고 도모히로의 핫피 허리띠를 이용해 몸에 묶었다. 미포장 산길에서 손수레가 심하게 흔들리는 바람에 우리는 이따금 머리를 떨어뜨렸고 그럴 때마다 도모히로가 재빨리 주워서 다시 몸에 붙였다. 이 협력 플레이 덕에 이인삼두 상태로도 어느 정도 안전하게 이동할 수 있었다.

문제는 교환 타이밍이다. 시시오도시 대신 우리가 10초 경과 신호로 선택한 것은 전자식 메트로놈이었다. 비치하우스에서 섬 남쪽 방향으로 달려 15분 정도 떨어진 곳에 단독주택이 있는데 그곳 부인이 집에서 피아노 교실을 하는 것을 내가 떠올렸다. 나는 도모히로에게 그곳에 가 메트로놈을 훔쳐 와 줄 수 있겠냐고 부탁했고 도모히로는 오래 망설였지만 결국 나를 위해 인생 최초의 절도를 저질러 주었다.

산길이 점차 험해져 거의 짐승이 다니는 길처럼 됐다. 우리는 손수레를 조심스레 끌며 초목을 헤치고 산속으로 나아갔다.

"의외로 잘 기억하고 있네. 거의 10년 정도 안 왔는데."

도모히로가 불쑥 중얼거렸다.

"근데 이렇게 깊숙한 산속까지 들어가도 괜찮을까? 멧돼지라도 만나는 거 아니야?"

고우는 흠칫흠칫 주변을 경계하며 앞으로 걸어갔다. 적토도 산에는 곰이 없지만 가끔 야생 멧돼지와 들개가 농작물들을 망쳐서 문제가 된다. 수렵 단체가 정기적으로 포획한다고 하는데 피해를 완전히 막을 수는 없는 듯했다.

"괜찮을 거야. 멧돼지든 들개든 주로 산 서쪽에 살고 이 일대에는 거의 나타나지 않는다고 들었어."

잠시 후 산의 바위 표면에 구멍이 뻥 뚫려 생긴 동굴 앞에 도착했다. 옛날에 셋이 함께 산을 탐험하다가 우연히 발견한 비밀 장소다. 섬 북동쪽 산골짜기에 있어 아마 섬 주민도 대부분 모를 것이다. 아이들의 비밀 아지트로 삼기에는 안성맞춤인 곳이었다.

"전에는 서서 들어갈 수 있었는데."

고우의 말대로 이제 다 큰 우리는 허리를 숙여야만 동굴에 들어갈 수 있었다. 내부 깊이도 기억보다 짧아 두 사람이 드러누우면 끝이었다.

"그래도 잠시 몸을 숨기기는 좋은 곳이야. 비가 오면 끝이지만."

"그리고 보면 태풍 때 이 안이 엉망진창이 되는 바람에 오

15초 후에 죽는다

312

지 않게 됐지? 그때는 슬퍼서 울었는데."

도모히로의 핫피를 바닥에 깔고 그 위에 고우가 반듯이 누웠다. 역시 머리를 교환할 때는 이 자세가 가장 편하다.

"그래서, 앞으로 말인데."

나는 준비를 마치고 두 사람에게 내 생각을 재차 전했다.

"솔직히 이 상태로 오래 버틸 수는 없을 거야. 너희 두 사람의 몸을 계속 빌린다 해도 언젠가는 한계가 찾아오겠지. 그때가 되면 내가 얌전히 죽을 테니 너희도 말리지 마."

"어떻게 그럴 수가……."

"잠깐만, 고우. 일단 그 논의는 나중에 하자."

도모히로가 고우의 항의를 가로막고 말했다.

"한계가 오기 전까지는 뭘 할 생각이야?"

"범인이 누군지 알고 싶어. 그리고 날 덮친 동기도. 살해된 이유도 모르고 죽는 건 최악이잖아."

'어차피 죽을 바에는 범인을 길동무 삼겠다'라는 진짜 목적은 가슴속에만 간직해 둔다. 복수하겠다고 선언하면 이두 사람도 역시 동참해 주지 않을 것이다.

"본토에서 경찰들이 몰려올 테니 사건 자체는 곧 해결되지 않을까? 범인이 도망칠 만한 곳도 이 섬에는 한정돼 있고."

"그래도 오늘 안에 범인을 체포하지는 못하겠지. 우리가 과연 내일까지 버틸 수 있을까? 그러니 도모히로, 고우, 너희가 날 도와줘. 다행히 우리는 세 명이야. 두 사람이 머리를 교환하느라 움직이지 못하는 동안에도 다른 한 명은 자유롭게 행동할 수 있어. 그 다른 한 명이 산을 내려가 수사의 진척 상황을 확인해 줬으면 해. 만약 범인이 체포되기 전내가 힘을 소진하더라도 조금이나마 진실을 알고 싶어. 내인생 마지막 부탁이라 생각하고 부디 협력해 줘."

그러자 도모히로는 망설임 없이 "알겠어"라고 했다. 고우는 잠시 주저하는 기색을 보였지만 도모히로의 기세에 눌려 결국 허락했다.

의외로 이야기가 쉽게 풀려 나는 속으로 안도했다. 두 사람이 만약 '그럼 산에서 내려가 어른들한테 도와 달라고 하자'라고 한다면 거절할 이유를 들지 못했을 것이기 때문이다. 내 진짜 목적인 복수는 어른들의 보호 아래에서는 절대달성할 수 없다.

당분간 남의 눈을 피해야 한다. 비록 이 동굴이 안락하지는 않지만 그 밖의 다른 적당한 은신처는 떠오르지 않았다.

"그런데 말이지. 가쓰토는 범인을 봤잖아. 그럼 경찰에 그이야기를 그대로 전하면 되지 않아?"

고우가 제법 날카롭게 지적했다.

"아니, 얼굴을 직접 본 건 아니고 그때 휴게소 안은 어두웠어. 내가 아는 건 범인이 아마 성인 남자고 유카타에 핫피를 두르고 있었다는 것뿐이야. 그리고 머리에는 천개를 뒤집어쓰고 있었고."

"뭐?"

도모히로가 눈을 부릅떴다.

"응? 왜 그리 놀라? 내가 말 안 했나?"

도모히로는 잠시 생각에 잠기더니 "정말 천개를 뒤집어쓰고 있었어? 혹시 네가 잘못 본 거 아니야?"라고 물었다.

"어둡기는 했지만 눈앞까지 왔으니 잘못 봤을 리 없어. 그런데 그게 왜?"

"아니, 그럼 천개중 중에 범인이 있다는 말이잖아. 천개중은 모두 내가 아는 사람들이야. 놀랄 만하지."

"천개는 신사에 예비품도 있고 누구든 가지고 나갈 수 있어. 꼭 천개중이 범인이라고 단정할 순 없지."

물론 그가 뒤집어쓴 천개는 유력 증거가 될 것이다. 습격당할 때 나는 맨손으로 그의 천개를 쳤으니 그곳에는 내 지문이……. 아니, 팔만 닿았을 뿐이고 지문은 남지 않았을 수도 있다.

"어쨌든 우선 한숨 자자. 나랑 고우도 이제 거의 한계야."

어젯밤 집에서 눈을 붙인 도모히로는 아직 괜찮아 보이지만 고우는 조금 전부터 틈만 나면 하품을 했다.

상의 결과 내가 먼저 두 시간을 자고 그다음 고우가 다섯 시간을 자기로 했다. 도모히로의 손목시계를 보면 지금이 새벽 4시경이니 낮까지는 수면에 시간을 쓰게 된다. 한 사람이 몸 하나를 써서 잠들어 있는 동안 나머지 두 사람은 이두일체 상태로 계속 머리를 교환해야 하니 두 명 이상이 동시에 잠들 수는 없다.

"가쓰토는 두 시간만 자도 괜찮아?"

"괜찮아. 난 잠이 별로 없거든. 평소에도 세 시간 정도만 자니 두 시간으로도 충분히 회복할 수 있어. 원래 그런 체질이야."

도모히로가 옆에 눕더니 내게서 고우의 머리를 받아 들었다. 당분간은 도모히로의 몸으로 머리를 교환하게 된다. 도모히로는 여전히 묘하게 머리 교환을 쑥스러워했지만 금세 요령을 터득한 듯했다. 역시 다이치 옹의 손자라 다른 걸까.

"그러고 보니 기도 선배 생일 모임 때도 가쓰토는 계속 깨어 있었지."

생일 모임에 참가하지 않은 고우가 "뭐?" 하고 놀랐다.

"뭐야. 그런 일도 있었어?"

"지난주였나? 기도 선배가 내 생일을 축하한다며 억지로 우리를 데려갔어. 선배 집에서 하룻밤 묵었는데 선배는 잠이 많은지 금방 잠들더라. 선배 집이니 뭐라 할 수도 없고 멋대로 집에 돌아가기도 뭐해서 그냥 있었는데 얼마나 지루하던지 원."

"오, 그렇구나. 나도 갈걸."

"너도 학교에 왔으면 불렀을 텐데."

그렇게 말하고서 '아차' 하고 다시 입을 다물었다. 도모히로도 왠지 긴장하는 모습이다. 나와 도모히로는 고우가 학교를 쉬는 이유를 모르고 있다. 그 이유를 물어도 될지 안 될지도.

"……미안."

어째서인지 고우가 사과했고 동굴 안에 어색한 침묵이 흘렀다.

그렇게 잠자코 있다 보니 금세 졸음이 몰려와 내 의식은 어둠 속으로 빨려 들어갔다.

예상대로 두 시간 만에 눈을 뜨고 나는 고우에게 몸을 양보했다. 아니, 원래 고우의 몸이니 돌려줬다고 해야 할까.

고우는 이제는 정말 한계인지 자기 몸을 써서 순식간에 잠에 빠져들었다.

"가쓰토, 너 충분히 잤지? 내 몸을 가져간 상태로 잠들면 안 돼."

"괜찮아. 날 믿어."

정신없이 잠든 고우 옆에서 나와 도모히로는 머리를 교환하며 속삭였다.

지금껏 도모히로의 몸을 써 본 적이 없어서 처음에는 어색한 느낌이 강했다. 가까이서 보니 도모히로는 의외로 마른 체형이었다. 두 손을 빤히 내려다보고 있자 "다른 사람 몸을 뭘 그렇게 빤히 쳐다봐"라고 한 소리 들었다. 손을 보는 것도 부끄러운 걸까.

"그런데 말이지. 네 몸에서 왠지 술 냄새가 나는 것 같은데?"

내가 그렇게 지적하자 도모히로는 몸을 움찔하며 놀랐다.

"설마 너, 술 마셨어?"

"어, 어쩔 수 없었어. 축제에서 아버지랑 동네 어른들께 인사하러 다녔는데 친척 어르신이 술을 권해서. 그래도 명색의 오사베 집안의 장남이니 거절할 수 없었어."

"거절할 수 없었다고 해도 넌 아직 열여섯 살이잖아. 걸리면 선배보다 더 위험할 텐데."

"괜찮아. 옛날부터 우리 집안 아이들은 틈만 나면 술을 얻어 마셨대. 그래서 대대로 술이 세다고 해."

누가 들어도 변명처럼 들린다. 혹시 몸을 빌려주기를 꺼린 것도 술을 마신 걸 들킬 수 있어서였을까.

대화가 끊긴 후 나는 혼자 사건에 대해 떠올렸다. 도대체 나를 덮친 동기가 뭘까. 타인에게 살해될 만큼 깊은 원한을 산 적은 천지신명께 맹세컨대 없고, 내 죽음으로 이득 볼 사람이 있을 것 같지도 않다. 그러나 시신을 옮겨서 불태운 범인의 행동에서는 나를 향한 깊은 원한이 느껴진다.

귓가에서 전자 메트로놈이 삑 울려서 도모히로에게 몸을 양보했다. 누워 있어도 도모히로의 몸에 서서히 피로가 쌓이는 듯하다. 역시 이 짓을 영원히 반복할 수는 없다.

"야, 고우. 일어나."

갑자기 도모히로가 고우의 몸을 흔들었다. 고우는 눈을 비비며 "응? 아, 미안. 벌써 아침이야?" 하고 잠긴 목소리로 물었다. 바닥에 있는 도모히로의 시계를 보니 아침 7시가 조금 지났다. 고우는 아직 한 시간밖에 자지 않았다.

그런데도 도모히로는 터무니없는 말을 꺼냈다.

"미안. 해야 할 일이 떠올랐어. 이만 가 봐야 할 것 같아."

"뭐?"

"뭐라고?"

도모히로는 내 머리를 붙잡아 억지로 고우의 머리와 맞바꾸더니 일어서서 교복에 묻은 흙을 털었다. 바닥에 누워 있는 우리가 미처 말릴 새도 없이 도모히로는 허둥지둥 동굴을 나갔다.

"저, 저 자식……! 대체 무슨 생각이야? 야!"

나는 일어서서 쫓아가려고 했지만 "가쓰토! 교체! 교체!" 하고 외치는 소리를 듣고 퍼뜩 정신이 들어 고우와 머리를 교환했다. 이 이두일체 상태로는 온전한 도모히로를 따라잡을 수 없다. 도모히로는 그걸 알면서 우리를 버린 걸까.

"뭐야, 저 자식. 정말……."

"뭐, 뭔가 급한 일이 있겠지. 지금까지 워낙 정신이 없어서 깜빡하고 있었던 거 아닐까? 돌아올 때까지 기다려 보자."

고우는 정말 낙관적이다. 낙천적이라고 해야 할까.

"제기랄."

애초에 머리를 맞바꿔 달라는 부탁 자체가 무리한 부탁이었다. 싫어져서 도망칠 만도 하다. 그런 도모히로를 내가 용서할 수 있는지 없는지는 별개로 하고.

도모히로의 이탈 때문에 상황은 급변했다.

나와 고우는 동굴에서 계속 머리를 맞바꿨지만 한 시간이라는 수면 시간이 너무 짧았는지 머리를 갈아 끼우는 고우의 손놀림이 위태로워 보였다. 머리에 감은 벨트와 관자놀이 사이에 손을 넣어 머리가 쉽게 떨어지지 않게 고정했지만 어차피 고우가 잠들어 버리면 소용없다. 고우가 실수를 저지르면 내 머리가 떨어지는 셈이니 고우가 죽는 것보다 낫지만 나라고 죽고 싶은 것은 아니다.

이럴 바에야 그냥 복수를 포기하고 어른들에게 보호를 요청하는 게 나을까. 그러나 이곳은 사람이 우연히 지나갈 만한 곳이 아니다. 평소라면 십여 분 만에 산길을 나설 수 있겠지만 이두일체 상태로는 그것도 쉽지 않다.

"있잖아."

고우가 하품을 참으며 말했다.

"솔직히 말해서 조금 힘들어. 이대로 있다가는 잠들 것 같아."

"그래?"

나는 일부러 대수롭지 않게 반응했다.

"그렇게 되면 나도 깨끗이 포기할게. 다시 한번 말하는데, 넌 아무 잘못 없어. 다 그 천개중 자식 때문이야. 그리고 도모히로."

"……아니."

"응?"

"결국 마지막에 널 죽이는 사람은 범인도 도모히로도 아닌 나야. 난 그게 정말 무서워. 심지어 내가 죽는 것보다 더. 그러니……."

고우는 말을 제대로 잇지 못했다. 혹시 자기 목숨을 포기하고 내게 몸을 넘기려는 걸까. 그렇다면 대단한 자기희생 정신이라 할 수 있지만 말도 안 되는 일이다.

"확실히 말해 두는데, 아무리 그래도 네가 죽고 나서 내가 느낄 후회에는 비할 바가 못 돼. 난 너무 자책한 나머지 스스로 목숨을 끊어 버릴 수도 있어. 그런 상황은 우리 모두에게 좋지 않잖아. 그러니 조금만 더 힘내 보자."

고우는 당장에라도 의식을 놓아 버릴 것 목소리로 "응……" 하고 대답했다. 정말 한계가 가까워진 듯하다.

"졸음을 날려 버릴 좋은 방법 없을까. 잠 깨는 데는 원래 몸을 움직이는 게 최고지만 이런 상황에서는 스트레칭도 제대로 못 하고. 뭔가 정신이 확 들 만한 이야기라도 해 볼까?"

"아, 그래. 가쓰토, 혹시 아는 괴담이라도 있어?"

"음, 굳이 꼽자면 어제 천개를 뒤집어쓴 남자한테 살해될 뻔한 이야기?"

"그래. 그때는 정말 무서웠겠다."

고우가 쓴웃음을 지었다. 조금은 여유가 생긴 것 같다.

"아, 그러고 보니 하나 생각났다. 이상한 체험이라 할 정
도는 아니지만, 너와도 관련 있는 이야기야."

"응?"

"언젠가 너한테 직접 확인해 보고 싶었어. 마침 좋은 기회
네. 아마 우리가 초등학교 4학년 때였던 것 같은데, 그때는
우리가 자주 함께 놀았잖아. 아이들과 매일 질리지도 않게
뛰어다니고 숨바꼭질도 하고."

구기 종목이나 격렬한 운동을 할 수 없는 적토도 아이들
에게는 비교적 안전한 숨바꼭질이나 술래잡기가 단골 놀이
였다.

"딱 이맘때쯤이었던 것 같아. 어느 날 학수 신사에서 숨바
꼭질을 하자는 이야기가 나왔어. 신관님이 볼일이 있어 자
리를 비우니 오늘만큼은 마음껏 놀 수 있다고 해서 방과 후
에 아이들을 데리고 신사까지 갔지."

"음…… 그런 적이 있었나?"

"있었어. 딱 한 번. 그때 도모히로가 술래가 되어 경내에
서 숫자를 세는 동안 뿔뿔이 흩어져 숨었고 난 조금 장난기

가 동해서 신사에서 멀리 떨어진 해안가 산책로까지 내려 갔어. 비치하우스에 몸을 숨기고 가만히 기다리고 있는데 계속 아무도 안 와서 점점 지루해지더라. 그러다 슬슬 올라 가야겠다고 생각했을 때 느닷없이 나무 뒤쪽에서 웬 여자 아이 목소리가 또렷이 들렸어. 걔가 뭐랬는 줄 알아?"

"응······? 뭐, 뭐랬는데?"

"너한테 고백하더라."

"뭐? 말도 안 돼. 잘못 들었겠지. 태어나서 지금껏 여자한 테 고백받은 적은 한 번도 없는데."

"아니, 분명 들렸어. '고짱, 사랑해!'라는 말이. 넌 당시 선 후배들에게 '고짱'이라 불렸고 우리 섬에 그런 별명을 가진 사람은 너밖에 없잖아. 아무튼 그 뒤로 금세 조용해졌고 아 무 소리도 들리지 않았어. 무슨 일인가 싶어 고개를 내밀었 는데 그때 도모히로를 발견했고."

내가 신사 밖으로 나갔다고 후배가 도모히로에게 고자질 한 듯했다. 도모히로는 비겁하다며 날 비난했지만 나는 고 우가 신경 쓰여서 숨바꼭질을 즐길 정신이 아니었다.

"도모히로랑 신사로 돌아가는 길에 신관님한테 들켜서 엄청 혼났어. 그 뒤로는 집에 돌아갔고······. 고우, 너 그때 어디 숨어 있었던 거야? 너······."

순간 화들짝 놀라 말이 멈췄다. 지금 막 머리를 교환한 고우에게서 아무런 반응이 느껴지지 않는다.

"고우? 야! 고우!"

고우는 숨을 쌔근거리며 곤히 잠에 빠져 있었다.

말도 안 돼. 벌써 시간이 다 됐다고? 고우가 잠들면 머리를 교환할 사람이 없고 그, 그럼 난 이제……!

또다시 눈앞에 '죽음'이라는 두 글자가 떠올랐다. 천개를 뒤집어쓴 남자에게 습격당했을 때는 고우가 날 구해 주었다. 그러나 이제 이곳에 나를 구해 줄 사람은 없다. 공포로 온몸의 털이 곤두선다. 온몸이라고 해 봐야 머리뿐이지만.

"큭……."

그때, 신기한 일이 일어났다.

고우의 두 팔이 내 머리와 자신의 머리를 좌우에서 들더니 옆으로 꾸욱 민다. 지금껏 수백 번 반복해 온 머리 교환 동작이다. 내 머리가 고우의 목에 닿자 폐에서 공기가 역류했다.

놀라서 옆을 돌아봤지만 고우는 여전히 머리만 남은 채 곤히 잠들어 있다. 지금 이 교환은 고우의 의지가 아니다. 내 의지다.

그 뒤로도 나는 혼자서 머리를 교환할 수 있게 되었다. 고우의 몸과 이어져 있지 않아도 몸을 움직이는 게 기묘했지만 사실이니 어쩔 수 없다.

머리가 분리된 상태여도 몸 어딘가에 머리가 닿아 있기만 하면 몸을 움직일 수 있다. 머리 기예 중 하나인 '도니'는 머리를 분리한 상태로 몸을 움직이는 기술이지만, 아무래도 머리가 닿아 있으면 의식이 없는 다른 사람의 몸도 움직일 수 있는 듯하다. 수탈의 새로운 발견일지 모른다.

그러나 '도니'가 상급기로 알려졌듯 머리가 분리된 상태에서는 몸을 제어하기가 몹시 어려웠다. 머리 두 개를 들고 옆에 미는 단순한 동작조차 제대로 되지 않는다. 힘이 잘 들어가지 않아 시간에 맞추지 못할 뻔하거나, 반대로 힘이 너무 들어가 머리가 둘 다 몸에서 떨어져 버리기도 했다. 벨트로 손을 옆머리에 고정하고 있어서 머리를 떨어뜨릴 일은 없지만 얼떨결에 15초가 지나 버릴 위험도 있었다.

그래도 나는 이를 꽉 깨물고 혼자서 머리를 계속 바꿔 끼웠다.

공포와 고독이 삶에 대한 집착과 복수심을 불태웠다. 고우가 깨어날 때까지 오기로라도 살아남겠다. 이건 고우를 위한 것이기도 하다. 눈을 떴을 때 싸늘히 식은 내 머리가 바닥에 떨어져 있으면 고우는 좌절해서 다시 일어서지 못할 수도 있다.

시계가 아침 10시를 가리킬 무렵에야 고우는 눈을 떴다. 실제로는 세 시간 정도밖에 지나지 않았지만 내 인생 가장 긴 세 시간이었던 건 확실하다.

그 뒤로 울면서 사과하는 고우를 달래는 데 거의 30분을 써 버렸다.

"늦어서 미안."

정오가 지나 동굴에 불쑥 모습을 드러낸 도모히로는 별로 미안한 기색도 없이 말했다.

"뭐……?"

나는 온갖 증오를 담은 웃는 얼굴로 그를 맞았다.

"죽을 수도 있는 친구를 버리고 매정하게 가 놓고선 뻔뻔하게 다시 돌아와서 하는 첫마디가 '늦어서 미안'?"

"가쓰토. 그러지 마. 도모히로한테도 사정이 있었겠지."

"물론."

성선설을 믿는 고우의 지지를 얻자 도모히로는 기죽지 않고 말했다.

"나도 설명도 없이 가 버린 건 잘못했다고 생각해. 하지만 원래는 한 시간 후에 돌아오려고 했어. 자, 이거 봐."

도모히로는 등에 멘 배낭을 내리더니 안에서 식빵 팩과 녹차 페트병 등을 꺼냈다. 집에서 가져왔다고 했다. 도모히로의 집은 신사 근처에 있어서 여기서 뛰어가면 한 시간이면 갈 수 있다.

"가쓰토, 너라면 그 정도는 기다려 줄 거라고 믿었어. 하지만 사람들 눈을 피해 일부러 빙 돌아오다 보니 점점 늦어져서⋯⋯."

"아, 그래? 솔직히 이런 성가신 상황에서 내빼고 싶었던 게 아니고?"

그러자 도모히로는 고개를 숙이고 아랫입술을 깨물었다.

"⋯⋯그래. 산에서 내려갔을 때는 나도 기진맥진했어. 모든 걸 잊고 집에 가서 쉬고 싶다고 간절히 바라기도 했어. 하지만 결국 너희를 두고 갈 수는 없었어."

"입만 살아가지고. 고우가 잠들어서 내가 죽을 수도 있다고는 생각 안 했어?"

"어차피 상관없잖아. 의식이 없는 상대의 몸도 머리만 닿아 있으면 조종할 수 있으니까."

도모히로는 자못 당연하다는 듯 말했다. 처음부터 알고 있었을까. "그런 건 일찍 알려 줬어야지" 하고 투덜거리자 그는 오히려 "몰랐어?" 하고 뜻밖인 것처럼 반응했다.

생각해 보면 도모히로는 머리 기예의 달인들을 여럿 배출한 오사베 집안의 장남이다. 수탈에 대해 우리보다 잘 아는 게 당연하다. 혹시 그 밖에 아는 게 더 없느냐고 물었지만 다른 정보는 없다고 했다.

도모히로는 지금은 몸이 피곤해 위험할 거라는 이유로 머리 교환에 참여하지 않았고, 결국 나와 고우는 서로 머리를 맞바꿔 가며 조금씩 밥을 먹었다. 번거롭기는 해도 고우의 몸은 금세 배가 불러서 정작 식사 시간은 짧았다. 어느 사람의 몸에도 한두 가지 장점은 있기 마련이다.

"자, 다음으로 왜 이렇게 늦었는지 납득이 가게 설명해 줘."

"생각보다 더 큰 난리가 벌어져 있었거든."

도모히로는 식빵을 우물거리며 마을의 상황을 설명했다.

도모히로는 식량 확보를 위해 가장 먼저 집으로 향했지만, 집 안 부지에 있는 머리 기예 도장에 어른들이 모여 뭔가 심각한 이야기를 나누고 있어서 좀처럼 집 안에 들어갈 수 없었다고 했다. 머리 없는 불탄 시신을 발견한 어른들이 도장에 모여 밤새도록 대책을 논의한 듯했다.

다행이었던 것은 도장 뒷문 쪽에 몸을 숨기고 있던 도모히로에게 그들의 대화 소리가 들렸다는 점이다. 그들은 처음에는 내 수상한 죽음을 아예 묻어 버릴 방법을 궁리했다고 한다. 경찰의 부검으로 수탈의 비밀이 드러나는 상황이 두려웠겠지만 피해를 본 당사자로서는 그야말로 분통 터질 이야기였다. 죽었다고 이미 단정 내린 것도 기분 나쁘지만 사건을 무마해 시신을 없애는 건 차원이 다른 이야기다.

"결국 계속 숨길 수는 없다고 판단했는지 서둘러 축제 뒷 정리를 하고 파출소에 신고한 모양이야."

"음, 그래서? 경찰은 범인이 누군지 밝혀냈대?"

그러자 도모히로는 고개를 가로저었다.

"아니, 전혀. 그냥 프로가 수사해 주기를 바라고 맡긴 것 같은데, 애초에 그 녀석들은 피해자가 누군지도 모르고 있어."

"뭐?"

"마을에서는 나와 고우도 어제부터 실종 상태인 걸로 돼 있어. 그러니 헷갈리겠지. 시신은 불타 버린 데다가 옷도 특 징이라곤 없는 교복을 걸치고 있었다니까. 우리 아버지도 밤새 시신을 확인했는데 아들이 맞는지 결국 알아보지 못 하고 한탄했대."

"흐음. 그건…… 너도 기분이 좀 그렇겠네."

"아니, 충분히 그럴 만해."

도모히로는 별로 아쉬워하는 기색 없이 말했다.

"아버지와 함께 목욕한 지도 오래됐으니 아버지도 내 몸을 자세히 볼 기회가 없었을 거야. 뭐 경찰이 조사하면 결국 밝혀지겠지만."

그러나 내 몸에는 다른 두 사람과 확연히 구분되는 외견적 특징이 있다. 우리 부모님이면 가장 먼저 그곳을 확인해서 알아볼 수 있었을 것이다. 앗, 그 말은 곧.

"혹시 우리 부모님과는 연락이 안 된 거야?"

"맞아, 그리고 보니 그 말씀도 하셨어. 첫날부터 여행사가 정해 둔 관광 루트를 무시하고 돌아다니시는 바람에 지금은 행방이 묘연한 상태래."

"하아……."

그것도 충분히 그럴 만하다. 두 분 다 변덕이 죽 끓는 분들이니까.

"그리고 또 하나 중요한 정보를 얻었어. 범인이 이미 죽었을 수도 있대."

"뭐?"

"범인이 가쓰토, 네 시신을 유기하는 모습이 목격됐대. 아니, 정확히 말하면 어젯밤 10시가 지나 창고로 시신을 옮기는 모습이 비디오에 녹화됐어."

"뭐!"

범인은 범행 후 내 머리 없는 시신을 신사 창고로 옮긴 후 그곳에 보관된 등유를 뿌리고 불을 질렀다. 거기까지는 나도 아는 바인데, 범인이 시신을 옮긴 그 시간에 경내에서는 천개중들이 가구라덴 무대에 모여 폐막식을 진행하고 있었다. 매년 폐막식에서는 그해 섬에 가장 공헌한 사람이나 가장 뛰어난 기예를 펼친 사람에게 촌장이 표창을 준다. 길고 지루한 행사라 주민들은 별로 좋아하지 않는다.

"설마 그 폐막식 영상에 범인이 찍힌 거야?"

"응. 그 설마가 맞아. 가구라덴에서 창고까지는 꽤 거리가 있어서 또렷이 찍히지는 않았지만 누군가 시신 같은 걸 들쳐 안고 창고로 들어가는 모습이 찍혔다고 해. 근데 네가 말한 천개는 아니고 머리에 하얀 천을 뒤집어쓰고 있어서 얼굴은 알아볼 수 없었나 봐. 난 직접 영상을 보지는 못했는데 체격이 성인 남성 정도라고 해. 그건 네 증언과도 같지만, 중요한 건 그 녀석이 창고에 들어간 후 불이 날 때까지 그 누구도 창고에서 나오지 않았다는 점이야."

불길이 잡혔을 때 창고 안에는 내 시신만 남아 있었다. 범인이 창고 입구로 나오지 않았다면 탈출구는 창문밖에 없다. 그러나 창문 밖에는 발 디딜 곳이 없고 그곳으로 나가면 10미터 아래의 거친 바다로 떨어지고 만다.

범인은 시신을 유기한 후 스스로 바다에 몸을 던졌다. 아무래도 마을 어른들은 그렇게 결론 내린 듯했다.

"실제로 폐막식 도중에 뭔가가 바다에 떨어지는 듯한 소리를 들었다고 여러 사람이 증언했어. 섬 안에 실종자가 있는지 확인 중인데 현재까지 우리 말고는 없대."

"그럼 범인은 외부에서 온 사람이라는 거야?"

"그럴지도."

도모히로가 어깨를 움츠렸다.

"외부인의 소행으로 가정하면 창고가 촬영 중이라는 걸 범인이 몰랐던 것도 이해가 되지. 범인은 섬 밖에서 건너온 수상한 녀석이고, 등유로 시신을 불태우려고 창고에 시신을 운반한 후 바다에 몸을 던졌어. 이렇게 생각하면 모든 게 앞뒤가 맞아."

"앞뒤가 맞는다고 해도……."

외부인 범인설은 허점이 너무 많다. 창고에 등유가 있다는 걸 알았다는 점이나 이 섬 특유의 문화인 천개를 뒤집어쓰고 있었던 것도 설명할 수 없다.

"지금 다시 생각해도 그 남자는 천개를 뒤집어쓴 상황에 익숙한 느낌이었어. 천개중들은 폐막식 영상에 전부 찍혀 있었어?"

"응. 범인이 창고에 들어갈 때는 모두 가구라덴 무대 위에 모여 있었다고 해."

"그 말은 곧 천개중들은 전부 알리바이가 있다는 뜻인가."

"그런데 폐막식도 천개를 뒤집어쓴 채로 하잖아. 정말 모두 모였는지는 알 수 없지 않나?"

고우치고는 날카로운 지적이다. 어쨌든 지금 단계에서는 용의자를 좁힐 수 없는 걸까.

경찰은 아마 절벽 아래 바닷속을 수색하겠지만 그 일대는 이안류가 심해 배를 대기도 어렵다. 범인이 정말 투신했다면 시신이 떠오르지 않을 가능성이 크다. 바꿔 말해 범인의 자살을 위장하고 싶은 자에게는 안성맞춤의 환경인 셈이다.

나로서는 범인이 스스로 목숨을 끊는 결말은 받아들이기 어렵다. 그러나 그것을 부정하면 비디오카메라로 감시 중이던 창고에서 범인이 어디로 도망쳤는지 밝혀야 한다.

"그 영상을 어떻게든 구할 수 없을까? 예년 같으면 동사무소에 부탁하면 보여 주겠지만 올해는 사정이 다를 테니."

"어렵겠지."

도모히로가 시큰둥한 얼굴로 동의했다.

"하지만 수사 상황을 알 수는 있어. 마을 어른들이 앞으로

도 도장에 모여 대책을 논의한다고 해서 도장 뒷문에 반나
절은 녹음할 수 있는 녹음기를 켜서 감춰 뒀거든."

"오, 대단해! 네가 있어서 정말 다행이야."

"뭐야, 그 말투. 비꼬는 거야?"

"마음대로 생각해."

"둘 다 그러지 마. 이럴 때야말로 사이좋게 지내야지."

도모히로와 내가 뼈 있는 농담을 주고받자 고우가 필사
적으로 둘 사이를 수습했다. 전에는 아무렇지 않게 이렇게
자주 옥신각신했던 것 같다. 지금도 매일 학교에서 얼굴을
마주하지만 셋이 이렇게 오래 대화를 나눈 건 오랜만이었다.

나는 여전히 죽음의 구렁텅이에서 헤어나지 못하고 있고
사건도 오리무중이지만 동굴에는 왠지 이완된 분위기가 감
돌았고, 그게 싫지는 않았다.

도모히로는 배낭에서 꺼낸 비치 매트에 공기를 넣고 그
위에서 편하게 낮잠을 자고 있다. 무슨 일이 생기면 바로 깨
워 달라고 했지만 어지간히 피곤했는지 죽은 사람처럼 잠
들었다. 너무 편안해 보여 조금 화가 났다.

나와 고우는 레저 시트 위에서 머리를 계속 맞바꿔 가며
참고 버텼다. 이두일체에 익숙해진 덕인지 어젯밤처럼 힘들

지는 않지만 그래도 조금씩 몸이 약해져 가는 것을 느꼈다.

"되도록 아무 생각 하지 말자. 지금 이 시간만큼은 바보가 되는 거야."

"응."

"최대한 마음을 비우고…… 깊게 심호흡을."

그러나 머리가 분리돼 있는 고우는 "심호흡은 지금 너만 할 수 있어" 하고 냉정하게 반론했다.

날씨가 계속 흐리다가 저녁쯤에 가랑비가 내렸다. 마을은 난리가 났다고 하지만 이곳은 조용하다.

"있지."

고우가 불쑥 입을 열었다.

"이럴 때 정말 미안한데……."

"뭐야. 뜸 들이지 말고 말해."

"잠깐 마을에 다녀오면 안 될까? 미안."

"뭐?"

"정말 잠깐이면 돼. 밤에라도 금방 갔다가 돌아올게."

머리 교환 중에는 고우의 표정에서 이렇다 할 속내가 읽히지 않았다. 무슨 일이 있는지 묻자 고우는 "아, 뭐 그냥……" 하고 어정쩡하게 고개를 끄덕였다.

그 얼굴을 보며 나는 왠지 고우의 생각을 알 것 같았다.

"그래. 그럼 마을이 조용해질 때까지 기다렸다가 다녀와. 머리 교환은 도모히로랑 하고 있을게. 다른 사람에게 들키지 않게 조심해 주면 좋을 것 같아. 난 조금 더 숨어 있고 싶어."

"괜찮아, 정말 별일 아니라."

"뭐야, 고우."

우리의 대화를 듣고 잠에서 깼는지 도모히로가 우리를 돌아봤다.

"급한 일이 아니면 나중에 가. 내가 먼저 갔다 올게."

"뭐? 왜 네 멋대로 결정해?"

"왜긴. 나라면 쉽게 집에서 먹을 걸 가져올 수 있고 녹음기도 빨리 회수해야 해. 도망치지는 않을 테니 안심해."

"당연한 소리를 되게 거들먹거리며 하네."

나와 도모히로의 말다툼이 더 번지기 전에 고우는 "알겠어. 그렇게 해" 하고 분위기를 수습했다.

밤 10시가 지나 웬만한 사람은 잠들었을 시간을 노려 도모히로는 산을 내려갔다. 그러고 보니 도모히로가 돌아온 뒤로 한 번도 몸을 빌리지 못했다. 최대한 머리를 교환하고 싶지 않은 듯하다. 정말 친구로서 빵점인 녀석이다.

그래도 도모히로는 제 입으로 선언한 대로 한 시간도 되지 않아 동굴로 돌아왔다. 메고 온 배낭에는 간편식과 식빵 같은 먹을 것뿐만 아니라 침낭과 수건 따위도 들어 있었다. 녹음기도 확실히 다시 챙겨 왔다. 이것저것 마음에 안 드는 구석이 많지만 일단 성의는 보여 줬다고 생각하기로 했다.

작은 손전등 불빛에 의지해 우리는 저녁을 먹었다. 산속에서의 저녁 식사는 조용하고 엄숙해서 왠지 마음이 조금 들떴다. 10초에 한 번씩 머리를 맞바꾸지만 않으면 이 묘한 분위기를 나름대로 즐겼을지 모른다.

식사를 마치고 약속한 대로 나는 고우의 몸에서 도모히로의 몸으로 옮겨 갔다.

"응?"

두어 번 정도 도모히로와 머리를 교환했을 때 도모히로의 몸에서 비누 냄새가 풍기는 것을 깨달았다.

"뭐야, 너. 목욕하고 왔어?"

도모히로는 순간 당황한 듯했지만 금세 다시 정색하고 나섰다.

"그게 뭐 어때서. 너도 땀 냄새 나는 몸에 머리를 갖다 붙이고 싶지는 않을 거 아냐."

"아니, 그게 아니라. 목욕까지 했는데 정말 아무도 널 못

봤다는 말이야?"

"그래. 우리 집 욕실은 침실과 멀어서 불 끄고 하면 들킬 일도 없어. 아, 참. 고우도 집에 가면 목욕하고 와."

"아, 아니, 난 괜찮아. 금방 돌아올 거야."

고우는 손전등을 들고 허둥지둥 동굴을 떠났다. 그러지 않아도 한밤중의 산길은 위험한데 고우처럼 얼빠진 녀석이 서둘렀다가 다칠 수도 있다. 부디 무사히 돌아오기를 빌었다.

"왜 저렇게 서두르지? 고우 녀석."

둔감한 도모히로를 보며 무심코 탄식하고 싶어졌다.

"역시 모르고 있구나."

"응? 넌 뭐 아는 거라도 있어?"

"당연하지. 오히려 모르는 게 이상해."

나는 한숨을 푹 내쉬었다.

"10월 8일은 고우네 가족 기일이잖아."

그러자 도모히로도 "앗" 하고 말문이 막혔다.

오늘은 1년 중 고우에게 가장 특별한 날이다. 고우는 6년 전 이날 자신의 친누나, 그리고 8년 전 이날 부모님을 영원히 떠나보냈으니까.

고우의 부모님인 히메지 부부는 8년 전 동반 여행을 떠났다가 목숨을 잃었다. 고속도로에서 연쇄 추돌사고를 당했다고 한다. 모두가 희생자를 애도했고 남겨진 남매인 가나와 고우를 안타까워했다.

사고 이후 처음 학교에 나온 고우를 어떻게 대해야 좋을지 알지 못했던 나와 도모히로는 그냥 가만히 두는 게 낫겠다고 판단해 고우에게 제대로 손을 내밀지 않았다. 그 무렵 생긴 응어리가 우리 사이에는 아직도 남아 있다.

반면 당시 고등학생이던 고우의 누나, 가나는 애써 밝게 행동했던 것 같다.

가나는 이 섬에서 눈에 띄는 미인으로 같은 공간에 있는 것만으로도 주변의 밝기가 몇 럭스는 올라가는 듯한 사람이었다. 그녀는 이른바 적도도의 아이돌 같은 존재였고, 사고 전에는 모든 남자 고등학생들의 마음을 사로잡았다고 당시를 기억하는 어른들은 말했다.

사고 이후에도 역경에 굴하지 않고 늘 웃는 얼굴로 사람들을 대해서 그녀의 팬이 더욱 늘었지만, 그래도 가나가 역시 가장 소중히 여기던 사람은 친동생인 고우였다. 그런 의미에서 더욱 안타깝다고 할 수 있다. 6년 전 그녀의 추락 사고가.

히메지 부부의 죽음과 달리 가나의 사고사에 대한 자세한 정보는 알려지지 않았다. 산에서 발을 헛디뎌 낭떠러지에서 떨어진 것 같다는 소문이 간간이 내 귀에 닿을 때는 이미 사십구재가 지나 있었다.

지금 생각하면 어른들이 의도적으로 정보를 숨겼는지도 모른다. 불행이 잇따르는 히메지 집안 자체를 불길하게 여기지 않았을까. 내 상상에 불과하지만 아직도 미신을 믿는 고령자가 많은 섬 사정을 생각하면 충분히 있을 법한 이야기다.

그 뒤로 고우는 거의 1년 가까이 학교에 나오지 않았다. 축제 등에도 모습을 드러내지 않고 매일 집에만 틀어박혀 있는 듯했다.

'고우는 이제 돌아오지 않는 걸까' 하고 걱정했다. 그러나 다행히 정기적이지는 않아도 고우는 서서히 학교에 나왔고 조금씩 웃는 얼굴도 보여 주게 되었다.

—학교를 자주 쉬었다고 하던데 요즘 고우 군에게 특별히 다른 문제는 없었나요?

녹음기에서 남자 목소리가 흐른다. 도모히로의 아버지, 오사베 도모카즈의 목소리였다.

—글쎄요. 평소에 고우와 거의 대화를 안 해서······.

미적지근하게 대답하는 사람은 고우의 후견인이자 친척인 신자토였다.

나와 도모히로는 비치 매트 위에서 머리를 계속 교환하며 녹음기에서 흘러나오는 도민 회의 소리에 귀를 기울였다. 어제 오후에 녹음된 음성으로 관계자 십여 명 정도가 도장에 모여 사건에 대한 정보를 교환했다.

—도모카즈 씨는 어떻습니까? 그래도 친아버지시니.

—드릴 말씀이 없네요. 그저 아들이 살아 있기만을 바랄 뿐입니다.

역시 누가 죽었는지 아직 판명되지 않은 듯하다. 그렇게 생각한 순간, 갑자기 신자토의 입에서 폭탄 발언이 터져 나왔다.

—그러고 보니 오늘 아침 무렵 마사키구에서 목격된 사람이 도모히로 군이 틀림없나요?

"야! 너 들켰잖아!"

내가 그렇게 따지자 도모히로는 대번에 말문이 막혔다.

아무래도 할 일이 있다느니 하고 산에서 내려갔을 때 사람들 눈에 띈 모양이었다.

"미, 미안. 실수했나 봐."

"실수했다고 하면 끝이야? 어휴, 정말."

오사베 부부는 아들이 살아 있다는 것을 깨닫고 일단 안심한 듯하지만, 도모히로가 사건에 연루됐을 가능성이 유력해지자 최근의 도모히로의 행동에 대해 이런저런 질문 공세를 받았다.

"부모님께 걱정 끼치고 있네, 너."

일부러 비아냥거리자 도모히로는 찌푸린 얼굴로 눈을 흘겼다.

─뭐 도모히로가 사건에 어떻게 관련됐는지 직접 물어보면 되겠지.

─내일 산 수색에서 찾을 수 있다면 좋을 텐데.

"산 수색? 또 뭔가 흉흉한 단어가 나오네."

마을 사람들의 이야기로 추측건대 아무래도 경찰과 주민들이 협력해 대규모 수색 작전을 펼칠 듯했다. 목적은 도모히로의 신병 확보와 보호다.

"야, 너 완전 범인 취급이네."

농담 섞어 말했지만 도모히로는 고개를 홱 돌렸다.

회의에 경찰 관계자는 참석하지 않았는지 머리 기예와 학수제에 대한 이야기도 거리낌 없이 나왔다. 그들은 사건의 진상 규명뿐만 아니라 머리에 대한 비밀을 어떻게 숨길

지도 논의했다.

　─그래서, 그 폐막식 영상은? 편집은 마쳤나?

　마을 의원인 고시다 씨의 목소리.

　─아뇨, 아직입니다.

　─얼른 경찰에 넘겨야 해. 그걸 잘 분석하면 금세 사건이 해결될 거야. 어설픈 범인과 살해된 아이까지 뚜렷이 찍힌 영상이니.

　─영상에 다른 사람들도 많이 나와서 신중하게 확인해야 합니다. 머리를 떼어 놓고 있는 사람이 한 명이라도 찍혀 있으면 큰일이니까요.

　회의의 주제는 경찰의 수사 상황으로 옮겨 갔다. 주민들이 경찰을 통해서 얻은 정보는 내 시신이 이미 의대인가 어딘가로 옮겨져 조만간 부검이 진행될 거라는 정보뿐이었다.

　그 밖에 신사에 보관돼 있던 천개 중 하나가 사라졌다는 새로운 정보도 나왔다. 축제에서 사용한 천개는 모두 가구라덴 뒤 곳간으로 반납했고 그때만 해도 그 안에 모든 천개가 있었다. 그런데 다음 날 아침 신주 부인이 곳간을 조사하니 한 개가 부족했다. 경찰이 곳간에서 지문을 채취했다고 하니 누군가 훔쳐 갔을 가능성이 커 보인다고 했다.

　"으응? 천개를 훔쳐 갔다고?"

"사건과는 관계없겠지."

도모히로가 옆에서 말했다.

"아마 신주 부인이 착각한 거 아닐까? 설령 누가 훔쳐 갔더라도 네가 습격당한 이후 일이야."

분명 그렇지만 왠지 마음에 걸렸다.

회의는 약 한 시간여 만에 끝났다.

"이게 전부인 것 같네."

도모히로는 아쉬워하며 녹음기를 내려놓았다. 한 손에 쏙 들어오는 크기인데도 반나절이나 녹음된 걸 보면 성능이 꽤 괜찮은 제품이다.

"이런 걸 가지고 있었다니."

"생일 선물로 받았어. 수업을 녹음해서 다시 들으면 효율적으로 공부할 수 있다고 책에서 봤거든."

"오오, 생일 선물로 공부에 쓸 물건을 고르다니."

도모히로는 "그럼 안 돼?" 하고 언짢은 듯 말했다. 장난이 심했나.

"아무튼 고우가 돌아오면 다시 녹음기를 설치하러 가야겠어. 먹을 것도 확보해야 하고."

거기까지 말하고 도모히로는 입을 꾹 다물었다.

도모히로는 이렇게 내 앞에서 종종 토라질 때가 있었다.

그리고 그 밑바탕에는 나를 향한 뿌리 깊은 경쟁의식이 있다는 걸 나는 최근에야 깨닫게 됐다.

도모히로와 나는 중학교 때까지 육상부 소속이었다. 고우는 학교를 자주 빠졌고, 단 두 명밖에 없는 우리가 할 수 있는 운동이라곤 육상 종목뿐이었다. 인내심이 강하고 고집이 센 도모히로는 매일 훈련을 거르지 않고 열심히 했지만 어떤 종목에서도 내 기록을 뛰어넘지는 못했다. 우리의 연습량은 별반 차이가 없었으니 결국 타고난 신체 능력 때문이라고 할 수 있다. 도모히로는 평소 나를 불성실하고 경박한 녀석으로 취급하는 경향이 있었고, 그런 나에게 계속 패배하자 경쟁의식을 더 불태우게 되었다.

그러다 고등학교에 들어가 동아리 활동을 그만둔 뒤로 도모히로는 오로지 공부에만 몰두했다. 운동으로 이기지 못한다면 공부로 눌러 주겠다는 속내가 옆자리에서도 고스란히 전해져 솔직히 조금 짜증스러웠던 적도 있다.

꼭 그렇게까지 해야 하냐고 묻고 싶었지만 그런 말은 오히려 경쟁심을 더 부추기기만 했을 것이다.

날짜가 바뀌고 시간이 조금 더 흐르자 고우가 동굴에 돌아왔다. 아무리 가족묘라 해도 심야의 묘지에 혼자 다녀오는 게 무서울 법도 한데 고우는 뭔가 홀가분한 표정이었다.

도모히로와 고우에게 머리 교환을 맡기고 나는 고우의 몸을 써서 눈을 붙였다. 세 시간을 푹 자고 일어났지만 아직 해는 뜨지 않은 상태였다.

예고한 대로 도모히로는 다시 자기 몸으로 산에서 내려 갔다. 또다시 나와 고우 둘만 남았지만 고우는 아직 자지 않아도 괜찮아 보였다. 머리 교환에도 익숙해져서 조금 여유가 생겼다. 모처럼 둘만 남았으니 이번 기회에 평소 묻지 못했던 것들을 물어볼까. 사이가 데면데면한 신자토 씨와 함께 사는 게 힘들지 않은지, 요즘 학교에 오지 않는 데는 어떤 이유라도 있는지 등등.

우리 둘 사이의 보이지 않는 장벽을 완전히 허물지는 못하더라도 대화를 주고받으며 그 두께를 짐작할 수 있을지 모른다. 게다가 어쩌면 이게 내 마지막 유언이 될 수도 있다.

내가 그런 생각을 하고 있을 때였다.

"저기, 가쓰토. 일출 보러 가지 않을래?"

고우가 갑자기 내게 그렇게 제안했다.

"동굴 밖에? 아무리 머리 교환에 익숙해졌다고 해도 이두일체 상태로 돌아다니는 건 위험하지 않을까."

"돌아다닌다고 할 정도는 아니야. 바로 옆에 경치 좋은 곳이 있어."

고우가 평소 보기 드물게 자기주장을 강하게 내세웠다. 혹시 밖에서 뭔가 하고 싶은 이야기라도 있는 걸까.

결국 머리를 떨어뜨리는 상황에 대비해 핫피의 어깨끈으로 벨트와 어깨를 단단히 묶고 나와 고우는 동굴을 나갔다. 물론 전자 메트로놈을 주머니에 넣는 것도 잊지 않았다.

고우의 말에 거짓은 없었다. 동굴에서 몇 미터 떨어진 곳에 동쪽 바다가 한눈에 들어오는 비탈길이 있었다. 잔잔히 물결치는 검푸른 바다가 구름 한 점 없이 맑게 갠 새벽하늘과 함께 일출을 기다리고 있다. 바다 너머로는 안개 낀 본토 대지가 펼쳐져 있었다.

"내 몸, 지금은 저기 있겠지?"

"그러겠지."

나는 비탈길의 쓰러진 나무 위에 앉아 고우와 머리를 교환했다. 우리는 10월 아침의 냉기에 떨며 머리를 계속 맞바꾸면서 아침 해를 기다렸다.

"살아 있는데 몸이 부검되는 경우는 좀처럼 없겠지? 아니, 뭐 죽은 거나 마찬가지인가."

"아냐. 넌 아직 살아 있고 앞으로도 계속 살아갈 거야."

"평생 너와 도모히로에게 기생하면서? 별로 바람직한 삶은 아닌 것 같은데."

고우는 대답을 망설이다가 갑자기 "아, 풀렸다" 하고 시치미를 떼며 자신의 신발 끈을 다시 맸다.

그때 삑 하고 주머니 속에서 메트로놈이 울렸다. 고우는 내 머리를 오른쪽 어깨에 올리고 오른손을 내 머리와 벨트 사이에 집어넣는다. 그리고 왼손은 자기 머리와 벨트 사이에 넣고 단번에 머리 두 개를 왼쪽으로 밀어서 능숙하게 머리를 교환했다.

보통 교환을 마친 머리는 어깨 위에 그대로 올려 둔다. 10초 후에 다가올 다음 교환에 대비하기 위해서다. 그러나 지금은 어째서인지 어깨가 가벼웠다.

"어?"

반사적으로 왼쪽을 봤다. 왼쪽 어깨에는 아무것도 올라가 있지 않았다.

혹시 머리를 떨어뜨렸을까? 그래도 당황할 건 없다. 머리에 멘 벨트와 어깨를 어깨띠로 묶어 뒀다. 지금까지도 몇 번인가 손이 미끄러졌고 그때마다 아슬아슬했지만 이 어깨띠 덕분에 우리는 위기를 돌파해 왔다.

나는 어깨 아래로 늘어진 어깨띠를 잡아당겼고, 그 끝이 바람에 흔들리는 것을 목격했다.

순간 온몸에 전율이 이는 것과 동시에 데굴데굴하는 섬뜩한 소리가 멀어져 가는 걸 귀가 포착했다. 서둘러 주변을 둘러보니 눈앞의 급한 비탈길을 굴러 내려가는 고우의 머리가 시야에 들어왔다.

"고우!"

그렇게 외치면서 단숨에 발돋움을 했다. 그러나 그 직후 나는 다리가 엉켜 앞으로 푹 고꾸라지며 풀밭에 나동그라졌다. 다리가 움직이지 않았다.

굳이 확인하지 않아도 알 수 있었다. 내 좌우 신발 끈이 묶여 있다. 달리기를 방해하는 고전적인 수법이다.

대체 왜. 아니, 일단 생각은 나중에 하자. 나는 신발 두 쪽을 벗어 던지고 고우를 뒤쫓았다. 그리고 얼마 안 돼 양말 한 장만 신고 비탈길을 내려가는 게 얼마나 위험한 일인지 깨닫게 됐다. 뭔가를 밟자 극심한 통증이 스쳤지만 아파할 새도 없다. 고우의 머리는 절망적인 속도로 멀어져 가서 중간에 한 번이라도 넘어지거나 멈추면 절대 따라잡을 수 없었다.

나는 오늘 거의 하루 종일 쉬지 않고 10초를 계속 세어 왔다. 머리 교환까지의 시간 감각이 이미 머릿속에 정확히 새겨져 있다. 고우의 머리가 몸에서 떨어진 후 발돋움까지 소비한 시간이 아마 4초. 고우가 죽기 전까지 남은 시간은 앞으로 10초 정도밖에 없다.

뛰어가면서 내 사고 회로는 어지러이 회전했다.

신발 끈을 묶은 사람이 누굴까. 굳이 따질 것도 없다. 고우는 아까 자기 신발 끈이 풀렸다고 하면서 몸을 웅크렸다. 바로 그때다. 그럼 당연히 어깨띠를 푼 사람도 고우일 것이고, 고우가 머리 교환에 실패해 머리를 떨어뜨린 것도 다 계획된 행동이다. 그리고 그런 행동의 목적은 명백하다.

자신이 죽어서 영원히 내게 몸을 양도하는 것. 그리고 내가 그런 자신을 구하는 상황을 막는 것.

"고우, 너…… 쓸데없는 짓을……!"

무작정 다리를 움직이지만 고우와의 간격은 계속 벌어지기만 했다. 어이, 어이. 뭐 하는 거야. 중학교 3년 동안 육상으로 충분히 단련된 거 아니었어? 아, 아니다. 이 몸은 고우의 몸이다. 저 빌어먹을 은둔형 외톨이 자식. 평소에 몸을 움직이지 않으니 이럴 때 곤란하잖아. 아니, 지금 이 상황은 고우의 뜻대로 된 걸까. 분했다.

주머니 속에서 느긋하게 초를 세던 메트로놈이 삑 울렸다. 10초 경과……. 나머지 5초. 생사를 가르는 5초다.

돌이켜보면 동굴에 돌아왔을 때 고우의 얼굴에서는 이

미 굳은 결의 같은 게 보였다. 고우가 왜 산에서 내려갔는지, 가족묘에서 무슨 생각을 했을지를 조금은 상상해 봐야 했다. 고우는 죽은 가족을 만나러 갔다. 만약 고우가 사랑하는 가족의 묘비 앞에서 가족의 품으로 돌아가고 싶다는 강렬한 욕구에 사로잡혔다면. 심지어 자신이 죽으면 한 사람의 생명을 구할 수도 있는 상황이다. 친구에게 몸을 양보하고 세상을 떠난다는, 더할 나위 없이 아름다운 죽음에 대한 유혹.

앞으로 3초.

머리가 굴러가는 기세가 꺾이지 않는다. 그러나 이대로 놓칠 수 없다. 이런 속임수 같은 방법까지 써서 친구의 목숨을 구하는 상황이 용납돼서는 안 된다.

그런 내 저주 섞인 우애가 결국 하늘에 닿았는지 고우의 머리는 언덕을 가로막고 있던 커다란 나무뿌리를 들이받은 후에 멈췄다. 앞으로 2초, 우연히 내 쪽을 바라본 고우가 "이런" 하고 중얼거린다. 꼴좋다고 소리쳐 주고 싶지만 그럴 여유는 없다. 나는 땅을 박차고 골대에 들어오는 공에 달려드는 골키퍼처럼, 혹은 잔디에 떨어진 공을 붙잡기 위해 과감하게 뛰어드는 럭비 선수처럼 고우의 머리에 달려들었다.

앞으로 1초.

　정신을 차려 보니 얼굴을 땅에 묻은 채 머리가 몸에서 떨어져 있었다. 고우가 이미 최후를 맞이했다면 나도 이렇게 죽는 걸까. 뭐, 상관없다. 애초에 나 때문에 일어난 일이고 나도 이미 죽을 결심을 굳히고 있었으니까.

　몇 초 후 삑 하는 메트로놈 소리가 들리자마자 내 머리가 허공에 떠올랐다. 머리는 다시 고우의 몸에 붙었고, 그 대신 고우의 머리가 땅에 툭 떨어진다. 또다시 도망치게 할 수 없으니 나는 재빨리 벨트를 어깨띠 삼아 어깨에 묶었고 그동안 고우는 말없이 얌전히 있었다.

　"……할 말이 있으면 해 봐."

　나는 고개를 상하좌우로 움직여 목의 긴장을 풀고 호흡을 가다듬고 나서 입을 열었다. 그러자 고우는 말없이 훌쩍이기 시작했다. 울면서도 메트로놈이 울릴 때마다 머리를 계속 맞바꾸는 걸 보니 당장 죽을 마음은 없는 듯하다. 결국 내 집념이 승리했다.

　슬퍼하는 건 고우의 뇌일 텐데 우는 사람의 몸에 머리가 붙어 있어서 그런지 나까지 왠지 서글픈 기분이 들었다. 마음이 어디 있느냐 물었을 때 가슴이라고 대답하는 사람이 많은 것과 뭔가 관련이 있을지도 모른다.

"미안."

아침 해가 본토의 산마루쯤에 걸렸을 때 고우가 드디어 입을 열었다.

"너, 애초에 일출 볼 마음은 없었지?"

이미 뻔하지만 다시 한번 물어 확인했다.

"처음부터 자살할 생각이었어?"

고우는 차분하게 "응" 하고 인정했다.

나는 조금 전부터 떠올리고 있던 어떤 예상을 입에 담아 보기로 했다.

"있지. 이건 완전히 내 추측인데, 넌 혹시 축젯날 밤에 산책로를 걸을 때부터 죽으려고 했던 거 아니야?"

"······응."

역시 그랬나. 그래서 고우는 망설임 없이 나와 머리를 교환했던 것이다. 어떤 성인聖人도 그렇게 선뜻 자기 목숨을 버리기는 어렵다. 그럴 수 있는 사람은 처음부터 죽음을 각오한 인간뿐이다.

"묻는 김에 하나만 더. 이것도 그냥 내 추측인데, 혹시 네가 죽으려 한 원인이 내가 습격당한 이유와도 관련이 있어?"

"······아마도."

"역시 그렇구나. 네가 이렇게 날 도우려 하는 건 원래 죽어야 할 사람은 너 자신이라고 생각했으니……. 즉 너 대신 내가 습격당한 걸 알게 됐으니. ……맞아?"

고우는 순순히 모든 것을 인정했다.

그저께 밤에 고우 앞으로 편지 한 통이 도착했다. 보낸 사람은 익명이었지만 틀림없이 날 습격한 범인일 것이다. 누나와 관련된 중요한 할 이야기가 있으니 밤 9시에 신사 아래 휴게소로 와라. 편지에는 그렇게만 적혀 있었지만 '누나와 관련된 중요한 할 이야기'라는 말이 마음에 걸린 고우는 범인을 만나기 위해 휴게소로 향했고, 여기서 중대한 엇갈림이 생겼다. 범인이 약속 장소로 지정한 곳은 산 중턱에 있는 휴게소 겸 전망대였는데 고우가 향한 곳은 해안가의 휴게소, 즉 비치하우스였던 것이다.

엇갈린 건 이뿐만이 아니었다. 범인은 전망대에 불쑥 나타난 나를 고우로 착각해 공격했다. 나와 고우는 키가 거의 비슷하고 그때 전망대는 어둡기까지 했으니 범인이 잘못 본 걸 뭐라고 하기는 어렵다. 살인을 저지르려 한 것은 둘째 치고.

산 위에서 내 머리가 굴러 내려오는 모습을 목격한 고우는 순간적으로 내 머리와 자신의 머리를 맞바꿨다. 그 찰나의 시간 동안 모든 상황—범인과 엇갈린 것과 범인이 날 자신으로 착각해 습격한 것—을 추측할 수는 없었겠지만 자신의 목숨과 맞바꿔 친구를 구할 수 있다는 생각에 사로잡혔을 것이다.

"그렇구나……. 미안."

"응?"

고우는 내가 왜 미안해하는지 모르고 목소리를 높였다.

"알아채지 못해서 미안하다는 거야. TV 같은 데 보면 자주 나오잖아. 자살한 아이의 같은 반 친구가 '걘 정말 평범한 아이였어요', '스스로 목숨을 끊을 이유 같은 건 전혀 없었어요'라고 인터뷰하는 모습이. 그런 걸 볼 때마다 난 속으로 '정말 친구라면 그 정도는 알아챘어야지'라고 생각했는데…… 결국 나도 눈치 못 챘네."

"아냐. 네가 사과할 건 없어. 전부 내 잘못이니."

부정해야 할지 긍정해야 할지 몰라 나는 일단 통증을 견디며 맨발로 신중히 비탈길을 올라가 간신히 동굴로 돌아갔다. 도모히로가 가져온 짐 속에 있던 소독약과 반창고로 발을 응급처치한다. 찰과상과 긁힌 상처들 때문에 상태가 심각했지만 이 정도로 죽지는 않는다.

"지금 다시 생각하면."

난 한마디 한마디 말을 신중하게 고르며 입을 열었다.

"그저께부터 넌 몇 번이나 죽어서 내게 몸을 양보하려 했어. 난 그걸 심각하게 생각하지 않았는데 네가 정말 죽으려 했다는 걸 알게 된 지금은 뭐랄까…… 미안해. 네 이야기를 조금 더 들어 줬어야 하는데."

머리 교환 중에는 서로의 얼굴을 볼 수 없지만 고우는 진지하게 듣고 있는 듯하다.

"그런데 조금 전 같은 방법은 비겁하잖아. 그런 속임수 같은 방법까지 써서 네가 다 떠안고 죽으려 하다니."

"……정말 미안."

"사과보다는 자세한 사정을 듣고 싶어."

고우는 잠시 머뭇거렸지만 그동안의 경위를 띄엄띄엄 설명하기 시작했다.

고우가 죽음을 떠올리기 시작한 건 몇 주 전이다. 그날 고우는 신자토 씨를 따라 마을회관에 갔다. 한 달에 한 번 그곳에서는 친목회라는 명목으로 마을 어른들의 술자리가 열리는데 그전에도 고우가 준비를 몇 번 도운 적이 있었다. 고우는 음식 준비만 마치고 집에 돌아가기로 했지만 술자리 분위기가 달아오르는 바람에 결국 늦게까지 그곳에 남게 되었다.

복도에서 식기를 나르고 있을 때 다다미방에서 만취한 어부들의 목소리가 고우의 귓가에 닿았다. 어부는 '가나'라는 이름을 입에 담았다고 한다.

—가나는 정말 딱하지. 설마 동생 때문에 죽을 줄이야.

고우는 하마터면 식기를 떨어뜨릴 뻔했다. 어부들의 섬뜩한 이야기는 멈추지 않았다.

—그 사고 말인가? 난 자세히 모르는데, 실제로 무슨 일이 있었던 거야?

—그날 꼬맹이들이 신사에서 숨바꼭질을 하며 놀았다고 해. 그때 한 명이 언덕 위에 있는 빈 쓰레기통 안에 숨었다더군. 크기가 크고 바퀴까지 달린 쓰레기통에 들어가 뚜껑을 닫고 숨어 있었어.

—설마 그 쓰레기통이…….

—그래. 어쩌다 언덕을 굴러가게 된 거야. 그 언덕 아래에 마침 가나가 있었고. 뭐 일종의 교통사고라고 할 수도 있겠지. 쓰레기통에 부딪힌 가나는 튕겨 나가 그대로 절벽 아래로 떨어지고 말았어. 그런데 그 모습을 누가 목격한 건 아니야. 충격음을 들은 참배객이 달려갔을 때는 언덕에 바퀴 자국이 나 있었고, 언덕 아래 쓰레기통에서 정신을 잃은 고우가 나왔을 뿐이지.

─그럼 결국 고우 때문에 가나가 죽은 건가? 그렇군. 그래서 그 사건에 대해서는 아이들에게 말하지 말라고…….

─응. 쓰레기통 안에서 머리를 부딪쳤는지 고우는 그때 일을 잘 기억 못 한다고 해. 불행한 사고인 건 틀림없지. 아래에 있는 전망대에서 가나의 추락 시신이 발견된 후 어떻게 된 일인지 모두가 알게 됐을 때는 머리를 싸맸어. 히메지 집안의 수난이 대체 언제까지 이어지는 건가 생각하면서.

"그 이야기를 듣고…… 난 곧장 집으로 뛰어갔어."

고우는 이야기를 마치고 입을 다물었다.

그때 어부들의 이야기에 고우가 받은 충격은 이루 말할 수 없을 것이다. 사랑하던 누나를 죽인 사람이 다른 사람도 아닌 바로 나 자신. 실제로는 사고였다고 해도 그때 자신이 쓰레기통에 숨지만 않았다면 누나가 죽지도 않았을 거라는 생각에 사로잡혔다면 학교를 당분간 쉬는 것 정도로 끝날 문제는 아니다.

"곧바로 죽고 싶었던 건 아니야. 며칠 동안은 계속 뭔가 붕 떠 있는 기분이었지. 죽음을 명확하게 의식한 건 그저께 그 수상한 편지를 받았을 때부터야."

편지에 적혀 있는 글을 읽고 고우는 직감했다. 이 편지를 보낸 사람은 나를 죽이려 하고 있다. 7일, 즉 누나의 기일 전날을 만남 날짜로 정한 것도 우연이 아니다. 범인은 과거에 이 섬에 많았던 히메지 가나의 열렬한 팬 중 한 명으로 보인다. 범행 동기는 가나를 죽인 동생에게 복수하거나 사적 제재를 가하는 것.

"이런 말을 하는 게 조금 이상할 수도 있지만 난 범인의 심정을 충분히 이해해. 그러니 그저께 아무도 모르게 휴게소로 향했어. 설마 그때 그렇게 범인과 엇갈릴 줄은 꿈에도 몰랐지."

"……아니, 아니야. 그게 아니야."

나는 목소리를 높여 부정했다.

"범인의 동기는 그게 맞을지도 몰라. 그리고 가나 씨가 죽은 원인을 군이 따져 보자면 네 책임이 있다고 할 수도 있을 거야. 하지만 그렇다고 네가 죽는 건 번지수가 틀렸어. 이건 널 위로하려고 하는 말이 아니야. 난 알고 있다고."

"뭐……?"

"전에 말했잖아. 신사에서 숨바꼭질을 할 때 비치하우스 근처에서 여자 목소리를 들었다고. 그 여자는 분명 네 이름을 부르고 있었어. 더할 나위 없이 친근하고 상냥하게. 생각해 보니 그건 분명 가나 씨 목소리였어."

고우가 말문이 막히는 것이 느껴졌다.

"몸은 위에 있는 전망대에서 발견됐다고 하지만 쓰레기통에 부딪힌 충격 때문에 그때 가나 씨는 머리가 분리됐을 거야. 몸은 전망대에 남고 머리는 그 아래 산책로를 굴러갔겠지. 정확히 그저께 나처럼 말이야. 가나 씨는 순간 자신에게 무슨 일이 일어났는지 알 수 없었겠지만 앞으로 15초 후에 자신이 죽으리라는 건 직감했어. 그래서 가나 씨는 그 마지막 15초를 어떻게 쓸지를 즉시 결정한 거야. 누군가에게 자신의 목소리가 닿을 거라 믿고, 앞으로 혼자 남을 너에게 마지막 말을 남긴 거야."

말을 신중히 고르거나 음미할 시간 따위는 없었을 것이다. 그녀의 입을 통해서 나온 말은 가나 씨의 목숨 그 자체였다.

—고짱, 사랑해.

그 말이 고우를 구원하지 못한다면 거짓말이다.

고우가 진정될 때까지 나는 조용히 생각에 잠겼다. 고우는 계속해서 나를 도우려고 했지만 진짜 목적은 자살이었다. 그런 사실이 내게 어떤 것을 일깨워 줬다. 뒤에 다른 꿍꿍이가 있었던 사람이 과연 고우뿐이었을까.

도모히로가 동굴에 돌아올 무렵에는 내 추리는 완성돼 있었다.

"그러니까 이 사건은 일종의 '모방 자살'이었던 건가?"

고우에게 들은 이야기를 도모히로에게도 전하자 그는 깜짝 놀라며 물었다.

"범인이 정말 창고에서 바다에 뛰어내렸다면 가나 씨를 따라 자살했다고 볼 수도 있겠지. 굳이 내 시신을 왜 창고까지 옮겼는지는 아직 불분명하지만."

그 해답도 나는 이미 깨달았지만 지금 이 자리에서는 일부러 얼버무리기로 했다.

"그보다 더 중요한 게 있어. 범인이 이제 와서 고우에게 복수하려 했다는 건, 범인도 고우처럼 술자리에서 가나 씨의 죽음에 대한 진실을 들었을 가능성이 크다는 말이야."

고우가 깜짝 놀라 침을 꿀꺽 삼켰다.

"설마……."

"뭐 짚이는 거라도 있어?"

"으, 응. 그날 술자리는 학수제 준비회 사람들의 상견례 자리이기도 했거든. 그래서 축제 때 머리 기예를 선보일 사람들도 참석했고."

"천개중들 말이네. 범인은 역시 천개중 중에 있는 것 같아. 그리고 아마 젊은 사람일 거야. 6년 전 가나 씨 죽음에 대한 진실을 모르고 있었다면."

"천개중이라면."

도모히로는 배낭에서 소형 디지털 비디오카메라를 꺼내
영상을 보여 줬다. 범인이 내 시신을 유기하는 모습이 찍혔
다는 그 영상이다. 용케도 가져왔다며 추켜세우자 도모히로
는 영상을 일단 자기 아버지가 보관하고 편집을 거친 후 경
찰에 넘겼다고 알려 줬다. 편집이라고 해 봐야 음성을 없애
고 범인이 찍힌 부분을 따로 뽑아내기만 했지만 편집 전 음
성이 들어간 영상이 도모히로의 집 컴퓨터에 남아 있다고
했다.

비디오카메라의 소형 액정에 표시되는 영상을 우리는 얼
굴을 맞대고 확인했다. 우리가 대략 알고 있던 대로 영상에
는 폐막식 도중에 수상한 사람이 창고에 들어가는 모습이
나왔다. 그는 흰 천에 둘러싸인 시신 같은 것을 두 팔로 안
고 그 자신도 머리에 하얀 천을 뒤집어써서 얼굴을 가렸다.
이런 상태로는 아무리 경찰이라 해도 누군지 특정하기 어
려울 것이다.

빨리 감기로 그 이후 영상도 확인했는데, 분명 그가 창고
에서 다시 나오지 않은 상황에 창고에서 연기가 피어오르
기 시작했다.

"……응? 잠깐만."

나는 돌려 감기 버튼을 눌러서 창고에서 연기가 피어오르기 직전까지 영상을 되돌린 후 이번에는 보통 속도로 영상을 재생했다. 지루한 폐막식 도중 화면 앞에 있던 관객 중한 명이 쏜살같이 몸을 일으키더니 "앗! 창고에서 연기가!"하고 창고를 가리키며 외쳤다. 그러자 가구라덴 무대에 줄지어 있던 천개중들이 일제히 창고 쪽을 돌아봤고 신사가소란스러워졌다.

이건…… 어쩌면 그런 걸까.

"왜 그래? 가쓰토. 뭐가 궁금한데?"

또다시 영상을 돌려 재생 버튼을 누르는 나를 보며 도모히로가 수상쩍은 듯 물었다.

"여기, 자세히 봐 봐. '창고에서 연기가'라는 목소리가 들린 순간."

"응……?"

나는 영상에 찍힌 천개중의 모습을 확대해 도모히로와고우에게 보여 줬다.

"천개중 중에 딱 한 명 왼쪽을 돌아보는 사람이 있지? 맨앞줄을 향해 오른쪽에서 네 번째. 계속 팔짱을 끼고 있는남자."

창고는 화면 오른편 안쪽에 있다. 화재를 눈치챈 사람이 손으로 가리킨 곳도 당연히 화면 오른쪽이다. 모두의 시선이 그쪽으로 향하는 와중에 오직 단 한 명 반대 방향을 돌아보는 천개중이 있었다.

"아, 진짜네."

"그런데 이게 왜?"

"아니, 그게……."

나는 말을 집어삼켰다. 이 영상의 중요성을 지금 여기서 설명해도 될까. 진실은 이미 90퍼센트 정도 밝혀졌고 이제 남은 수수께끼는 범인의 이름뿐이다. 그리고 그 이름도 이 영상을 바탕으로 밝혀낼 가능성이 커졌다. 그렇다면 만전을 기해 지금은 일단 잠자코 있자.

"이제 어쩌지? 오늘부터 슬슬 산 수색이 시작될 것 같은데."

"응, 맞아."

도모히로는 얼굴을 찌푸리며 팔짱을 꼈다.

"여기가 그렇게 깊숙한 산골짜기도 아니니 금세 발견될 거야. 장소를 바꿀까?"

"아니, 더 이상 우리 때문에 쓸데없이 고생시키기도 미안하니 이제 나가자. 이미 충분히 정보는 모였어. 자, 철수야."

처음 왔을 때처럼 나와 고우가 손수레 위에서 머리를 교환하며 산길을 내려갔다. 손목시계를 확인하니 아침 8시 30분. 산 수색이 시작되기 전에는 내려가야 한다.

시가지로 들어서는 좁은 골목까지 갔을 때 도모히로가 내게 물었다.

"그래서, 어디로 가게?"

"도장이 좋을 것 같아. 지금쯤 수색을 준비하느라 누군가는 그 안에 있겠지. 우선 어른들에게 사정을 설명하고……"

손수레가 민가 담 모퉁이를 돌던 바로 그때 낯익은 사람이 시야에 들어왔다.

"위험해!"

나는 순간 땅을 박차며 손수레를 세웠다. 손수레를 밀던 도모히로가 비틀거리며 뒷걸음질 친다. "대체 무슨 일……" 이라고 묻는 도모히로의 입을 손으로 가로막고 "모로즈미 씨가 있어!" 하고 조용히 상황을 전했다. 그 직후 우리 쪽으로 달려오는 육중한 발소리가 들렸다.

큰일이다. 되돌아가려 해도 이 앞은 줄곧 외길이다. 저 거한이 우리를 쫓아오면 금세 따라잡힌다. 만약 머리를 교환하는 현장을 그가 목격하기라도 하면…….

망설일 시간이 없었다.

나는 손수레에서 내려가 도모히로의 머리를 붙들어 뽑았

다. 억지로 고우의 머리를 도모히로의 몸통에 이어 붙인 후 손수레에 앉혔다.

"잠깐만 둘이 교환해."

그리고 서둘러 손수레를 길가 우체통 뒤에 숨겼다.

고개를 돌렸을 때 눈앞에 모로즈미 씨의 거구가 보였다. 갑작스럽게 나타난 나를 보며 여우에 홀린 듯한 표정을 짓고 있다.

"안녕하세요."

일단 인사부터 했다.

"가쓰토니……?"

"네."

모로즈미 씨는 혼란이 극에 달한 듯했다.

"네가 왜 살아 있는 거야? 그럼 그 시신은 누구?"

"아직 아무도 죽지 않았어요."

그러자 모로즈미 씨는 "뭐?" 하고 어이없어하며 되물었다. 늘 근엄한 얼굴로 길모퉁이에 서 있는 이 사람도 이런 표정을 지을 때가 있구나. 그럼 오히려 신뢰할 수 있을지 모른다.

"모로즈미 씨. 부탁이 있는데요."

"뭔데?"

어쨌든 지금은 이 사람에게 기댈 수밖에 없다.

"제가 아는 모든 걸 말씀드릴게요. 대신 제 부탁을 들어주시겠어요?"

오랜만에 도모히로의 집에 갔는데 역시 섬 제일가는 명문가답게 넓은 부지를 보며 새삼 놀랐다. 도모히로의 안내로 입구에 들어서자 많은 이들의 인기척이 느껴졌다. 산 수색에 참가하는 주민들이 부지 안 도장에 모여 준비 중인 듯했다.

모로즈미 씨가 도장 현관 앞에 서서 초인종도 누르지 않고 문을 열자 도장 안이 웅성거렸다.

"갑자기 이렇게 불쑥 찾아봬서 죄송합니다. 여러분께 중요한 할 이야기가 있어서요."

마을 어른들이 혼란스러워하는 동안 나는 모로즈미 씨의 넓은 등 뒤에서 나가 그들 앞에 모습을 드러냈다.

"가, 가쓰토!"

나를 본 어른들은 예상대로의 반응을 보였다. 이들 중 반정도는 나와 안면이 있는 사람들이다. 천개중과 마을 소방대, 청년단 등이 모인 것으로 보인다. 벽 앞에서 엽총을 손질 중인 사람들은 엽우회의 명사수들이다. 이런 사람들이 모여 수색에 나서면 어떤 범죄자든 두 손 들고 항복할 수밖에 없지 않을까.

사람들 중에는 기도 부자의 모습도 보였다.

"말도 안 돼! 넌 이미 죽었을 텐데!"

기도 선배는 마치 유령이라도 본 것처럼 덜덜 떨면서 뒷걸음질 쳤다.

"이렇게 멀쩡하게 살아 있으니 기뻐해 주세요."

"보시다시피."

내 옆에서 모로즈미 씨가 목소리를 높였다.

"굳이 산을 수색할 필요가 없어졌습니다. 지금 이곳에는 없지만 고우와 도모히로 군도 무사합니다."

남자들이 술렁거리자 모로즈미 씨가 눈빛으로 그들을 제압했다.

나와 모로즈미 씨는 도장 안에 들어가 현관문을 단단히 잠갔다. 지금부터 여기서 나올 이야기는 외부에 퍼져서 좋을 이야기가 아니다.

"그래서, 도대체 어떻게 된 일인가?"

모든 이들을 대표해 다이치 옹이 모로즈미 씨에게 물었다.

"제가 설명드릴게요."

내가 앞으로 나섰다.

"모로즈미 씨에게는 조금 전 대략 말씀드렸는데 아무래도 사정이 복잡해서요. 아, 참고로 말씀드리자면 모로즈미 씨에게 수탈에 대해서도 전부 말씀드렸습니다. 죄송해요."

도장 안이 또다시 뒤숭숭해졌다. 그럴 만도 하다. 아득히 오래전부터 지켜져 온 금기를 내가 간단히 깨 버렸으니까. 여기저기서 나를 비난하는 소리가 들렸지만 다이치 옹이 고함을 버럭 쳐서 그들을 제지했다.

"가쓰토가 사정이 있다고 하지 않나. 우선 이야기를 들어보세."

"감사합니다."

다이치 옹의 위엄에 겁을 조금 집어먹으며 나는 조심스레 말을 이었다.

"우선 제가 어떻게 살아 있는지부터 설명드리죠. 그전에 몇 가지 여쭤봐도 될까요? 지금 이곳에 천개중분들이 몇 분이나 계시나요?"

"올해 축제에 참석한 사람이라면 다 모여 있지. 모두 너희를 찾기 위해 모였어."

"감사합니다. 몸을 잃어버린 제가 어떻게 계속 살아남았는지 아마 천개중분들이라면 어렴풋이 눈치채실지도 모르겠네요. 저희 적토도인들은 머리가 떨어져도 일정 시간 동안은 죽지 않습니다. 그러니 그 불탄 시신이 정말 제 몸이 맞는다고 해도 제가 죽었다고 장담할 수는 없는 거죠."

나는 산에서 지낸 우리의 잠복 생활에 대해 자세히 설명했다. 천개를 뒤집어쓴 남자에게 습격당한 이야기, 고우가 나를 구해 준 이야기, 도모히로까지 합세해 셋이 계속 머리를 교환해 가며 살아남은 이야기, 도모히로가 몇 번인가 마을에 내려가 사건 정보를 수집했다는 이야기까지. 고우가 스스로 목숨을 끊으려 했다는 이야기와 가나 씨 사고에 대한 진실은 일단 함구했다.

"맙소사. 이야, 너희 정말 대단하잖아."

기도 선배는 진심으로 감탄하는 듯했다. 역시 제삼자는 편하다.

이야기가 일단락될 때쯤 뒷문에서 대기 중인 고우와 도모히로가 나타나기로 입을 맞췄다. 한꺼번에 너무 큰 충격을 주지 않는 게 좋다고 판단해 미룬 건데 아무래도 올바른 판단이었던 듯하다. 그전까지 굳은 얼굴로 있던 도모히로의 아버지 오사베 도모카즈는 무사히 돌아온 아들을 보자마자 감격에 겨워 울음을 터뜨렸다.

"한 가지 물어도 되겠나?"

우느라 말문이 막힌 자신의 아들을 곁눈질하며 다이치

옹이 손을 들었다.

"왜 너희끼리 자취를 감췄지? 어째서 어른들에게 의지하지 않은 거냐? 난 그 부분이 영 납득이 안 되는구나. 혹시 우리 중에 범인이 있다고 의심했기 때문인가?"

"뭐 그것도 그렇지만……"

나는 애초에 범인을 내 손으로 직접 찾아 복수할 생각이었다는 이야기와, 그러기 위해 도모히로와 고우의 도움을 받아 사건을 조사하고 있었다는 이야기까지 솔직히 털어놓았다.

"여러분께 불필요한 걱정을 끼친 건 정말 죄송합니다."

나는 다이치 옹과 도모카즈 씨를 향해 고개를 숙였다.

"흠. 그러다 시간이 흘러 마음이 바뀌어서 산에서 내려왔다?"

"네. 이제는 좀 지쳐서요. 물론 지금도 범인이 증오스럽기는 하지만, 그것보다 더 복잡한 사건의 경위를 알게 돼서……"

내가 그렇게 운을 떼자 또다시 도장 안이 술렁거렸다.

"혹시 범인을 알아낸 거냐?"

"아뇨, 그건 아니지만 정보를 이것저것 취합해 정리하다 보니 대충 짐작이 가서 산에서 내려오게 됐습니다. 모로즈미 씨에게 수탈의 비밀을 털어놓은 것도 물론 모로즈미 씨에게 들켜서 그런 것도 있지만, 경찰의 힘을 빌려 사건을 잘 뒷수습할 목적이 크죠. 수탈에 대해 숨긴 채로 진실을 전하기는 어렵다고 판단했어요."

나는 모로즈미 씨에게 거래를 제안했다. 이 섬의 비밀을 포함해 모든 것을 알려 주는 대신 수탈에 대한 비밀을 외부에 발설하지 않고 법적으로도 문제가 없게끔 이번 사건을 처리해 줬으면 한다고. 그리고 간략히 설명하자면 그 불탄 시신은 우리 중 그 누구도 아니고 어떤 목적으로 섬에 온 외부인 A의 것이며, 범인도 어떤 목적으로 섬에 온 외부인 B다. 왜냐하면 범인은 투신자살한 흔적이 있고 섬 주민 중에는 사라진 사람이 없으니까. 그런 내 이야기를 다 들은 모로즈미 씨는 잠시 고민하더니 최대한 협력하겠다고 약속해 주었다.

"상황에 따라 일부 수사진에게는 사정을 설명하고 협조를 부탁할 수도 있지만 믿을 만한 사람으로 한정할 테니 안심하셔도 됩니다."

"흠……. 이렇게 된 이상 자네를 믿고 맡길 수밖에 없겠군."

다이치 옹은 체념한 것처럼 고개를 흔들었다.

"어쨌든 가쓰토의 이야기를 다 듣고 나서 판단하지."

"네. 음, 어디서부터 설명해야 좋을까요……. 사건 직후 저는 범인이 정말 투신자살한 게 맞는지 곰곰이 생각해 봤습니다. 범인이 자살했을 경우 범인이 신사에 시신을 옮긴 이유가 불분명하고, 범인이 살아 있을 경우에는 그가 어떻게 창고에서 탈출했는지가 불분명하니까요. 하지만 사건 이후 천개를 하나 도둑맞고 천개가 있던 선반에 수수께끼의 지문이 남았다는 사실 때문에 순식간에 범인이 살아 있을 가능성이 커졌죠. 조금 전 모로즈미 씨에게도 여쭤봤는데 그 지문은 창고 창틀에도 남아 있었고, 관계자 중 그 누구의 지문과도 일치하지 않았다고 하더군요."

그러자 모로즈미 씨가 옆에서 고개를 끄덕였다.

"그럼 범인은 역시 창고에서 무사히 탈출했다고 봐야겠죠. 탈출 방법이 있었다면 범인이 시신을 창고에 옮긴 이유도 명백해집니다. 범인은 자신이 투신자살했다고 사람들이 믿을 만한 상황을 연출하고 싶었던 거예요. 당시 신사에 있던 분이 들었다는 물소리도 그 연출에 포함된 위장이었겠죠. 하지만 이 가설과 잘 들어맞지 않는 사실도 있습니다. 이를테면 천개 도난 사건. 범인은 왜 위험을 무릅쓰고 천개를 훔쳐야 했는가. 그건 천개를 도난당하지 않은 상황을 가

정해 보면 알 수 있어요. 사건 이후 곳간에 천개가 전부 있다는 게 판명되면 절 습격할 때 범인이 쓰고 있던 천개는 예비품이 아닌 처음부터 범인이 쓰고 있었던 것, 즉 범인은 천개중 중 누군가라는 뜻이 돼요. 하지만 범인이 시신을 창고에 옮길 때 천개중들은 모두 가구라덴 무대에 모여 있었죠. 바로 여기서 모순이 생겨서 투신자살이 위장이었다는 게 밝혀지는 겁니다. 범인은 그런 상황을 방지하기 위해 천개를 훔쳤어요."

"애초에 범인이 예비품인 천개를 훔쳤다가 널 공격하고 나서 다시 곳간에 돌려놨을 가능성도 있지 않나?"

다이치 옹이 논리적으로 반론을 제기했다. 어쩌면 내 추리의 목적지를 이미 눈치챘는지도 모른다.

"아뇨. 당시 가구라덴 무대의 모습은 머리 기예 공연부터 폐막식까지 전부 비디오카메라로 녹화됐어요. 곳간 입구도 카메라에 찍히고 있었으니 몰래 천개를 곳간에 돌려놓을 수는 없었어요. 그래서 범인은 '범인은 축제 전에 예비품 천개를 훔친 외부인이고, 범행 이후 천개를 어딘가에 버리고 창고에서 투신자살했다'라는 우스꽝스러운 줄거리를 만들기 위해 천개를 훔쳐야만 했던 거예요. 일단 그러면 앞뒤는 맞으니까요. 뭐 경찰 수사가 시작되기 전까지 천개를 훔쳐야 했기 때문에 범인이 초조한 나머지 곳간에 자기 지문을 남기고 만 건 크나큰 실책이라 할 수 있겠죠. 축제 이후 천개가 빠짐없이 반납된 걸 신주 부인이 확인했다는 사실을 몰랐던 것도 범인에게는 불운이었어요. 알고 있었다면 애초에 천개를 훔칠 이유가 없으니까요."

"그래. 그런데 네 가설이 정말 옳다고 해도."

다이치 옹이 또다시 반론했다.

"시신 발견 이후 위험을 무릅써서까지 천개를 훔칠 이유는 없지 않나? 미리 훔치는 편이 더 안전할 텐데."

"네. 바로 그 부분이 중요해요. 전 '천개를 훔친 시점이 시신 유기 이후라면 범인은 애초에 습격범이 천개를 뒤집어쓰고 있었던 걸 몰랐던 게 아닐까?'라고 의심하게 됐죠. 즉, 천개를 훔친 사람과 날 습격한 범인은 서로 다른 사람이 아닐까. 그리고 천개를 훔친 사람이 시신 유기범이라면 습격범과 시신 유기범도 서로 다른 사람 아닐까……. 그렇게 생각했을 때 수많은 의문이 눈 녹듯이 풀렸습니다."

외부인의 범행으로 연출하려고 한 범인이 얼굴을 가리기 위해 하필 이 적토도의 고유문화인 천개를 뒤집어쓴 이유가 뭘까. 그건 바로 '두 사람이 서로 다른 사람이었으니까'. 습격 당시 천개를 뒤집어쓰고 있던 범인이 시신 유기 때는 하얀 천으로 얼굴을 가리고 있었던 이유가 뭘까. 그것도 '두 사람이 서로 다른 사람이었으니까'. 내 머리를 떨어뜨린 범인이 굳이 시신에 불을 붙인 이유는 뭘까. 그 역시 '두 사람이 서로 다른 사람이었으니까'. 다시 말해 습격범과 유기범은 서로 전혀 다른 별개의 목적을 가지고 있었던 것이다.

"자, 그럼 두 범인의 행동을 되짚어 볼까요? 천개를 뒤집어쓴 습격범은 범행 이후 현장을 떠났고, 그 후 현장을 찾은 시신 유기범이 제 시신을 발견했어요. 그리고 유기범은 제 시신을 창고로 옮겨 마치 범인이 투신자살한 것처럼 위장했죠. 그러나 그 후 그는 습격범이 천개를 뒤집어쓰고 있었다는 걸 알게 돼요. 사전에 그 사실을 알았다면 흰 천이 아닌 천개와 비슷한 대바구니 같은 걸 쓰고 영상에 찍혔을 테니까요. 거기서 유기범은 앞뒤를 맞추기 위해 곳간에서 천개를 훔친 후 어딘가에 버렸어요. 자, 여기까지 제 추리가 전부 사실이라면 시신 유기범의 정체는 단 한 명으로 좁혀집니다. 범인은 시신 유기 후 습격범이 천개를 뒤집어쓰고 있었다는 정보를 입수한 인물이에요. 사건 발생 이후 곳간에서 천개를 도둑맞기까지의 시간 동안 제가 그 정보를 전한 사람은 계속 저와 머리를 교환하던 히메지 고우를 제외하면 오사베 도모히로뿐이죠."

한순간의 공백 후 도장 안에 단숨에 아우성이 터졌다.

도장에 있는 모든 이들의 시선이 상석에 앉아 있는 도모히로에게 쏠린다. 삑 하고 전자 메트로놈이 울리자 도모히로는 말없이 고우에게 몸을 양보했고, 그 직후 고우는 경악하는 눈빛으로 도모히로의 머리를 봤다. 참으로 기이한 광경이다.

"가쓰토."

다이치 옹이 무겁게 입을 열자 찬물을 끼얹은 것처럼 순식간에 도장 안이 다시 조용해졌다.

"넌 지금 내 손자를 범죄자 취급하고 있다. 응분의 책임을 질 각오는 돼 있겠지?"

"아, 네. 근거가 부족하다면 한 가지 더 말씀드릴게요. 제가 산에 틀어박힌 건 복수를 위해서였는데 그 진의는 고우와 도모히로에게도 알리지 않았어요. 말릴 게 뻔하니까요. 그저 범인이 누군지 알고 싶으니 협력해 달라고 두 사람에게 부탁했을 뿐이죠. 두 사람은 그때 흔쾌히 제 부탁을 받아 줬지만, 곰곰이 생각해 보면 그것도 부자연스럽지 않나요? 아무리 생각해도 어른들에게 솔직히 털어놓고 도움을 요청하는 게 훨씬 나은데, 제가 '내 인생 마지막 부탁이야'라고 하니 고우와 도모히로 모두 별 고민도 없이 받아 줬죠. 냉정히 생각하면 두 사람의 그런 태도는 매정하다고 볼 수 있어요. 제가 살아날 가능성이 일고도 없다고 생각한 거나 마찬가지니까요. 바로 그 시점에 저는 두 사람에게도 어른들의 보호를 요청하지 못할 이유가 있다는 걸 깨달아야 했어요. 나중에 다 말씀드리겠지만 고우의 목적은 절대 비난받을 만한 건 아니었죠. 하지만 도모히로의 목적은 옹호할 수 없어요. 자신의 범죄가 드러나지 않게 비밀리에 사후 공작을 벌이는 것이었으니까요."

돌이켜보면 참으로 이상야릇한 이틀이었다. 우리는 셋 다 머릿속에 다른 꿍꿍이가 있었다. 다른 누군가가 산을 내려가자고 제안하면 어떤 이유를 들어 반대할지 모두가 똑같이 고민했고, 그렇게 기적적인 균형이 만들어지며 산에서의 잠적 생활이 시작된 것이다.

"그렇군."

다이치 옹은 그러면서도 전혀 납득하지 못한 듯했다.

"네가 무슨 말을 하고 싶은지는 알겠다만, 정말 도모히로가 시신을 유기했다면 어떻게 창고에서 탈출했지? 설마 창문을 넘어 거친 바다에 뛰어들었다가 헤엄쳐서 육지로 올라왔다고 하려는 건가?"

"아뇨아뇨. 그 반대예요. 도모히로라서 비로소 그 창고에서 탈출할 수 있었던 거예요. 당시 창고 출입구는 카메라가 감시 중이었고 창문 밖은 아찔한 낭떠러지. 그러니 그 두 곳은 출구로 이용할 수 없어요. 하지만 생각해 보면 그 창고에는 또 다른 출구가 있죠. 바로 바닥 근처에 있는 환기구예요. 환기구는 건물 뒤쪽으로 이어지니 그곳을 통해 밖에 나가면 카메라에 비치지 않을 것이고 나무 뒤를 지나 남의 눈에 띄지 않게 신사에서 나갈 수 있어요. 도모히로는 바로 그 환기구로 탈출한 거예요. 아, 무슨 말씀을 하고 싶으신지 알아요. 도모히로가 그런 작은 환기구를 통해 나갈 수 있었을 리 없다. 네, 분명 그 말씀이 맞습니다. 환기구는 쇠창살로 막혀 있는 탓에 어린아이도 드나들 수 없으니까요. 하지만 머리를 집어넣는 것 정도는 가능하죠. 그리고 저희 적토도인들에게는 그걸로 충분해요. 저희는 머리를 뗐다 붙였다 할 수 있으니까요. 환기구 앞에 드러누워 머리를 분리한 후 환기구를 통해 머리만 밖으로 내보내면 일단 탈출에 성공해요. 물론 머리만 남은 상태로는 얼마 후 죽어 버리니 창고 뒤에는 머리를 이어 붙일 다른 몸이 마련돼 있었겠죠. 그럼 창고 안에는 머리 없는 몸만 남게 돼요. 그 몸이 바로 불탄 시신으로 발견된 몸이었고요. 즉, 도모히로는 애당초 머리 없는 시신을 창고에 옮기지 않았던 거예요."

"뭐……? 뭐라고……?"

그 자리에 있는 모든 사람의 마음을 대표하는 것처럼 기도 선배가 고개를 갸웃했다. 설명이 너무 어려웠나.

"자, 그럼 처음부터 말씀드릴까요? 사건 당일 밤, 제가 습격당한 현장에는 아마 도모히로도 우연히 와 있었을 거예요. 도모히로는 습격범의 정체를 모르는 듯했으니 소리를 듣고 전망대에 달려왔을 때 습격범은 이미 도망친 뒤였겠죠. 그리고 현장에는 방금 습격을 당한 제 몸이 남아 있었고요. 거기서 도모히로는 무슨 생각을 했는지 서둘러 자기 머리를 떼어 제 몸에 이어 붙였어요."

"뭐? 그게 대체 무슨 소리지? 왜 그런 짓을 한다는 거야?"

"동기에 대해서는 나중에 제대로 설명드릴게요. 어쨌든 그렇게 생각하면 창고 탈출의 수수께끼가 풀려요. 제 몸에 자기 머리를 이어 붙인 후에도 도모히로의 몸은 잠시 동안은 살아 있어요. 그리고 15초 안에 그 몸에 머리를 갖다 붙이기만 하면 도모히로의 몸이 되살아나고, 다시 제 몸이 죽는 거예요. 이 교환을 반복하면 도모히로는 두 개의 몸을 산 채로 유지할 수 있죠. 바꿔 말해 이두일체의 반대, 즉 일두

이체가 되는 거예요. 한쪽 몸에 머리가 붙어 있을 때 다른 쪽 몸을 들쳐 안고 달려가 15초 안에 몸을 교환하는 행동을 반복하면 이동도 할 수 있어요. 몸을 들고 뛰어야 하는 만큼 이두일체로 머리를 교환하는 것보다 훨씬 까다로웠겠지만요."

이 가능성을 깨달았을 때 나는 솔직히 '그대로 비치하우스에 와서 우리를 구해 줬으면 좋았을 텐데'라고 생각했다. 그러나 당시 도모히로의 머릿속에는 내가 살아 있을 가능성이 전무했다. 설마 집에 있어야 할 고우가 산책로에 와 있고 내가 그와 머리를 맞바꾸며 목숨을 부지하고 있을 줄은 꿈에도 몰랐을 것이다. 그러니 나중에 나를 발견했을 때 도모히로는 그토록 놀라는 모습을 보였다.

"도모히로는 두 개의 몸을 계속 살려 두며 움직이기 시작했어요. 전망대에서 신사까지 가는 뒷길은 평소에도 인적이 드물고 신사 사무소 뒤쪽이라 경내에 들어가는 모습을 들킬 가능성이 작죠. 일두이체 상태로 사무소 뒤로 돌아간 도모히로는 그곳에서 시신을 유기하기 위해 대담한 행동에 나섰어요. 우선 바다에 버릴 가짜 시신을 만들었을 거예요. 아마 사무소에서 침대 시트나 이불 같은 걸 가져오지 않았을까요. 그리고 자신도 머리 위에 시트를 뒤집어쓰고 얼굴을 숨기면 준비 완료예요. 여기서부터 창고 탈출까지의 모든 행동은 15초 안에 마쳐야 합니다. 15초가 흐르면 둘 중 어느 한쪽의 몸이 죽어 버리니까요. 도모히로는 한쪽 몸을 창고 바로 뒤에 눕혀 두고, 다른 쪽 몸에 머리를 이어 붙인 후 서둘러 가짜 시신을 품에 안고 창고 밖으로 돌아가 카메라에 모습을 비추며 창고에 들어갔어요. 그리고 가짜 시신을 창문 밖 바다에 던지자 신사에 있던 많은 분들이 뭔가가 바다에 떨어지는 물소리를 듣게 됐죠. 이후 도모히로는 창고에 있던 등유를 몸에 뿌리고 재빨리 환기구 앞 바닥에 드러누운 다음 머리를 떼어 환기구 밖에 내보낸 후 창고 뒤에 눕혀 둔 몸에 이어 붙였어요. 15초 안이기만 하면 머리가 바깥에 있던 몸과 연결돼 도모히로는 손쉽게 창고를 탈출할 수 있었던 거예요. 그다음은 간단한 사후 처리만 하면 돼요. 막대 같은 걸 써서 시신을 창고 가운데까지 밀어 넣은 후 나뭇가지 등에 불을 붙여 환기구 안에 집어 던지면 모든 게 끝. 범인이 머리 없는 시신을 불태운 후 투신자살했다고 볼 수밖에 없는 상황이 완성되는 겁니다. 자, 그럼 이런 방법을 쓸 수 있었던 사람은 누굴까요? 그 사람은 저와 몸을 교환할 수 있었던 인물, 그러니까 저와 나이 차가 한 살 미만인 사람이에요. 즉, 오직 도모히로만 그 창고에서 들키지 않고 탈출할 수 있었던 거예요."

"그렇게 탈출할 수 있었다고 해도⋯⋯."

선배를 비롯한 많은 청중은 아직 수긍하지 못하는 표정이다. 이제 슬슬 결정적인 증거를 제시해 볼까.

"물론 이 가설은 가정으로 쌓아 올린 추측에 불과해요. 헷갈리고 이해하기 어려운 부분도 많죠. 우선 가장 먼저 동기 문제가 눈앞을 가로막아요. 도모히로가 과연 그렇게까지 해서 기적의 탈출 쇼를 보여줘야 했던 동기가 대체 무엇인가. 저는 몸이 불태워질 정도로 도모히로의 원망을 산 짓을 한 기억이 없어요. 그래서 도모히로가 평소 절 어떻게 생각했을지 진지하게 상상해 봤습니다. 중학교 때까지 저와 도모히로는 육상부에 함께 있었어요. 동아리라고 해 봐야 둘뿐이었으니 팀 메이트이자 라이벌이었죠. 그런데 기록상으로 보면 모든 종목에서 언제나 제가 도모히로를 앞질렀습니다. 도모히로는 말이죠. 남들보다 두 배는 자존심이 센 아이예요. 전 기록으로 도모히로를 이길 때마다 도모히로에게서 강렬한 경쟁의식을 느꼈죠. 실제로 그 무렵 도모히로는 내가 상상했던 것보다 훨씬 더 분하고 원통해하고 있었던 게 아닐까⋯⋯ 내 신체 능력을 질투했었던 게 아닐까⋯⋯ 그리고 그게 동기가 될 수 있을까⋯⋯. 뛰어난 신체 능력을 손에 넣기 위해 제 몸을 훔친다는 동기 말이에요."

　모든 청중이 '턱도 없는 소리' 같은 표정을 짓고 있는 와중에 유독 다이치 옹과 도모히로만 얼굴이 창백해진 채 입을 굳게 다물고 있다.

　"정말 몸을 훔치는 게 목적이었다면 도모히로가 가장 먼저 제 몸에 머리를 이어 붙인 행동도 설명할 수 있어요. 습격 현장에 우연히 와 있던 도모히로는 습격범이 사라진 직후 제 몸 앞까지 달려와 제 머리가 비탈길 아래로 떨어진 걸 알게 됐어요. 스이토 가쓰토가 살지 못할 건 확실하지만 그 몸은 아직 살아 있다. 그리고 지금 나는 가쓰토의 몸에 머리를 이어 붙일 수 있다. 지금이라면 이 몸을……. 도모히로의 결단과 행동은 순식간에 이뤄졌습니다. 도모히로는 조금 전 제가 설명드린 방법으로 두 개의 몸을 창고로 옮긴 후 '필요 없어진 몸'에 불을 붙인 거예요. 불태운 것은 몸이 누구 것인지 알 수 없게 하기 위해. 더 정확히 말하면 지문을 없애기 위해서였어요. 이 가설은 언뜻 듣기에 다소 엉뚱하게 들릴 수도 있지만, 손쉽게 검증할 방법이 있죠. 도모히로가 쓰던 몸이 정말 도모히로의 몸이 맞는지 꼼꼼히 확인해 보면 되니까요. 동굴에 있는 동안 도모히로는 머리를 교환하는 걸 이상하리만큼 싫어했고 교환 중에도 몸을 보지 말라며

잔소리를 했죠. 하지만 지금 도모히로는 고우의 몸으로 머리를 교환 중이라 움직일 수 없어요. 그리고 제가 쓰고 있는 이 몸에는 조금 전까지 도모히로의 머리가 붙어 있었죠. 자, 그럼 한번 확인해 볼까요?"

나는 쪼그려 앉아 왼쪽 양말을 벗었다. 맨발인 왼발을 청중 앞으로 뻗어 보여 준다.

"자, 여러분이 직접 확인해 보세요. 이 새끼발가락, 다른 발가락에 비해 약간 굵죠? 이건 이 몸이 틀림없는 제 몸이라는 뜻이에요. 이 새끼발가락은 다지증의 흔적이니까요."

그렇다. 나는 태어날 때부터 다지증이었다.

다지증은 널리 알려진 선천성 기형 중 하나다. 손가락이나 발가락이 여섯 개 이상 달린 채로 태어나는 질환인데 여섯 번째가 완전한 형태를 띨 수도 있지만 다섯 번째와 결합된 경우도 있다. 보통 유소년기에 과잉된 손, 발가락은 수술로 절제해 형태를 갖춘다. 나도 철이 들기 전 왼발을 수술했는데, 기존 다섯 번째 발가락(새끼발가락)이 아직 미발달 상태였으므로 여섯 번째와 다섯 번째를 접합하는 형태로 발가락을 다섯 개로 만들었고, 그래서 지금도 왼발 새끼발가락이 조금 일그러진 형태를 띠고 있다.

"마…… 말도 안 돼."

다지증 이야기를 듣고 가장 놀란 사람은 역시 도모히로였다. 그렇다. 이 녀석은 지금껏 눈치채지 못하고 있었던 것이다. 발가락이 여섯 개 달려 있었다면 눈치챘을 수도 있지만 수술을 받아 내 발가락은 다섯 개였다. 그리고 새끼발가락 같은 곳은 보통 주의 깊게 보지 않는다. 나조차도 부모님께 이야기를 듣지 않았다면 평생 모르고 살았을지 모른다.

"지문 같은 것보다 훨씬 알기 쉬운 신체적 특징이죠. 여러분, 이제는 아시겠나요? 이건 제가 말씀드린 창고 탈출 트릭과 몸 도둑 가설이 전부 사실이라는 뜻이에요. 그게 아니라면 까맣게 그을렸을 제 몸이 여기 있을 수도 없으니까요."

청중들 사이에서 그제야 납득하는 분위기가 형성되었다. 그와 동시에 고우와 머리를 맞바꾸고 있는 도모히로를 죄인처럼 보는 듯한 눈빛이 쏠렸다.

"생각해 보면 도모히로도 운이 없었어요. 제가 지금껏 다지증에 대해서는 그 누구에게도 말한 적이 없으니 도모히로도 설마 제 몸에 이렇게 눈에 띄는 특징이 있을 거라고는 몰랐을 테니까요. 그러고 보니 저희 부모님과는 아직도 연락 두절 상태인가요?"

모로즈미 씨에게 묻자 그는 "아니" 하고 고개를 흔들었다.

"조금 전 수사본부에 부모님이 프랑스의 어느 시골 마을에 머물러 계신다는 제보가 들어왔어. 조만간 연락도 오겠지."

"휴…… 모르는 곳에 갈 때 적어도 연락 정도는 해 주시면 좋을 텐데……. 아무튼 부모님과 별로 친하지 않은 아들이라 죄송합니다. 만약 전화로 사건에 대해 말씀드렸다면 부모님은 가장 먼저 발가락 모양을 확인해 보라고 하셨겠죠. 그럼 불탄 시신이 제가 아니라는 것 정도는 금세 밝혀졌을 테고요."

"그 점은 솔직히 아직도 잘 이해가 안 돼."

이번에는 모로즈미 씨가 반론했다.

"지금 불탄 시신의 부검 절차가 진행 중이야. 그에 앞서 혈액 속의 DNA도 감정하고 있고. 아무리 시신에 머리나 지문이 없어도 DNA를 대조하면 불탄 시신이 누군지 특정하는 건 간단하지 않나? 도모히로가 그런 점을 간과했을 것 같지는 않은데."

"물론이에요. 도모히로는 시신의 DNA를 감정해도 문제없다고 확신했어요. 이건 도모히로의 또 하나의 동기와도 관련돼요."

"또 하나의 동기?"

"불행 중 다행이라고 할까요. 부모님과 연락이 안 되는 상황이 돌고 돌아 제게 한 가지 추론을 선사해 줬죠. 줄곧 이상하기는 했어요. '왜 아직도 시신의 정체가 밝혀지지 않았을까?'라고요. 경찰은 우리 부모님과 연락이 되지 않는다는 걸 알게 되면 다음으로 곧장 섬에 있는 산부인과를 탐문할 텐데 말이죠. 섬 밖에서 태어난 도모히로는 차치하더라도 저와 고우는 섬에 있는 병원에서 태어났어요. 제가 태어날 때 옆에 있던 의사 선생님과 간호사분들을 찾아가 이야기를 듣지는 않으셨나요? 모로즈미 씨."

"물론 산부인과도 찾아갔지. 하지만…… 앗."

순간 모로즈미 씨의 험악한 얼굴에 놀라움이 번졌다.

"네, 맞아요. 제가 태어날 때 옆에 있었던 의사 선생님이 다지증을 모를 리 없죠. 경찰이 찾아오면 그 즉시 '발을 확인하면 알 수 있을 겁니다'라고 대답하셨을 거예요. 자, 여기서부터는 이야기가 조금 달라집니다. 피해자가 지금껏 특정되지 않았다는 사실은 산부인과 의사조차 제 다지증을 모르고 있었다는 추론을 이끌어내요. 응? 그럼 전 태어날 때부터 다지증인 건 아니었던 걸까요? 하지만 없었던 발가락이 나중에 뿅 하고 돋아날 리는 없겠죠. 그럼 이야기는 간단합니다. 제 몸은 제가 태어난 직후 다른 누군가의 몸과 바꿔치기된 거예요. 왼쪽 발가락이 하나가 많은 다른 누군가의 몸과요. 자, 여기까지 오면 조금 전 모로즈미 씨의 반박도 대답할 수 있어요. 제가 16년 동안 써 온 몸은 원래 도모히로의 몸이었고, 반대로 도모히로의 몸은 제가 가지고 태어난 몸이었던 거예요. 이야기가 점점 어려워지니 여기서부터는 제가 16년 동안 사용해 온 몸을 '제 몸', 그리고 도모히로가 사용해 온 몸을 '도모히로의 몸'이라고 부를 게요. 그 불탄 시신은 '도모히로의 몸'이었지만, 그 몸을 낳은 사람은 제 어머니예요. 그러니 유전 정보를 조사하면 불탄 시신은 스이토 부부의 아들, 즉 스이토 가쓰토라고 판명될 가능성이 크다. 그렇게 예상한 상태에서 도모히로는 몸을 훔친 것이니 당연히 두 명의 몸이 바뀐 사실에 대해서도 알고 있었겠죠. 아니, 지금까지 계속 '훔쳤다'라고 표현한 것도 도모히로에게는 납득이 안 될 수도 있어요. 도모히로 입장에서는 도둑맞은 몸을 되찾은 것뿐이니까요. 그렇지? 도모히로."

이제는 슬슬 솔직히 털어놓을 때도 되지 않았어? 나는 도모히로를 향해 눈빛으로 그렇게 호소했지만 도모히로는 아랫입술을 꾹 깨물고 고개를 숙이고 있다.

"그 말이 사실이야……? 도모히로, 대체 어떻게 된 거야!"

기도 선배가 몰아붙이자 도모히로는 순간 욱했는지 "그래요! 맞아요!" 하고 고개를 번쩍 들었다. 손에 들고 있던 고우의 머리가 다다미 위에 떨어지자 고우가 "아야!" 하고 비명을 질렀다.

"전부 가쓰토의 말대로예요! 전 가쓰토의 몸을 원했어요! 처음부터!"

도모히로의 입에서 공격적인 자백이 튀어나왔다.

"뭐야, 너. 말투가 왜 그래? 사람들이 괜히 이상한 의미로 오해하잖아."

"꼭 오해하지 않아도 충분히 이상한 의미 같은데……."

선배로서는 보기 드물게 정확한 지적이다.

도모히로는 10초마다 고우와 머리를 교환하며 그동안의 일을 털어놓기 시작했다.

"처음에는 그냥 가쓰토를 이기고 싶었어요. 얘는 뭐든 실실 웃으며 저를 가볍게 뛰어넘었죠……. 아무리 연습하고 또 연습해도 이길 수 없었어요. 신체 능력은 역시 타고나는 거구나. 이 세상에는 절대 이길 수 없는 것도 있구나. 전 결국 그렇게 결론 내려고 했어요. 하지만 얼마 후 모든 게 반대였다는 걸 깨닫고 말았죠. ……작년 연말에 할머니가 돌아가시기 직전 제게 이런 말씀을 남기셨거든요. '미안하다, 도모히로. 네 지금 몸은 원래 가쓰토의 몸이란다'라는 말씀을."

그러자 다이치 옹이 깊숙이 한숨을 내쉬었다.

"그런 거였군. 가쓰토. 우리 손자가 네게 폐를 끼쳤구나. 미안하다. 우리 집안에 망신살이 뻗치는 이야기지만…… 도모히로가 그런 짓을 한 것도 원인을 거슬러 가면 결국 우리 오사베 집안의 문제지."

다이치 옹은 스스로 언급한 '집안에 망신살이 뻗치는 이야기'를 자세히 들려주었다.

나와 도모히로의 몸을 바꿔치기한 사람은 도모히로의 할머니였다. 도모히로는 본토에 있는 대학병원에서 태어난 지 얼마 안 돼 부모님과 함께 섬으로 돌아왔다. 첫 손자를 기대한 조부모는 도모히로의 몸을 보며 경악했다. 태어날 때부터 손자의 몸에 발가락이 여섯 개가 달려 있었던 것이다. 평소 미신 같은 것에 심취해 있던 도모히로의 할머니는 결국 그 몸을 불길한 징조로 생각해 산부인과에 몰래 침입해서 거의 비슷한 시기에 섬에서 태어난 나와 손자의 몸을 바꿔치기하는 폭거를 저지르고 말았다.

할머니 입장에서는 손자를 생각해 벌인 일이겠지만 나로서는 참을 수 없다. 오사베 집안 사람들은 얼마 안 돼 손자의 몸이 바뀐 걸 알아챘다고 하지만 그 무렵 나는 부모님과 함께 본토에 일시적으로 옮겨 가 살았고 본토 병원에서 발가락 수술을 받았다. 부모님은 내 발가락을 보며 출산 때는 몰랐지만 선천적인 다지증이라고 생각해 수술을 받았다고 한다. 그리고 그 사실을 알게 된 오사베 집안 사람들은 앞으로도 영원히 그 일을 함구하기로 했고, 따라서 내 부모는 지금도 아들의 몸이 바뀐 것을 모르고 있다. 어이가 없을 정도로 칠칠치 못한 부모라 할 수 있지만 슬프게도 이 세상에는 원래 어이가 없을 만큼 무딘 이들이 엄연히 존재한다.

반면 오사베 집안 사람들은 결코 무디지 않았다. 오랜 세월 죄책감에 시달리던 도모히로의 할머니는 죽음을 눈앞에 두고서야 마침내 손자 앞에서 자신의 소업을 참회했다. 그러나 대화 도중 병세가 급격히 악화해 몸을 맞바꾼 이유까지 전하지는 못했다. 이 역시 도모히로에게는 불운하기 짝이 없는 일이라 할 수 있다.

"그 뒤로 1년 가까이 계속 고민하고 또 고민했어. 심지어 얼마 전 선배 생일 모임 때 가쓰토가 잠든 사이 몸을 바꿔 버릴까 생각하기도 했지. 하지만 닮았다고는 해도 엄연히 다른 사람의 몸이니 들킬 게 분명하다. 그래도 어떻게든 이 몸을 꼭 가지고 싶다…… 축젯날 밤에는 이런 내 욕구가 마침내 절정에 도달했어. 정확히 그럴 때 별생각 없이 들른 휴게소에서 네가 습격당하는 현장을 목격했고. 습격범이 곧장 도망친 건 내 낌새를 눈치채서였겠지. 그래서 난 범인의 모습을 거의 보지 못했고 내가 달려갔을 때 넌 이미 목부터 위가 사라진 상태였어. 순간 뭔가에 씌었는지…… 아니, 이런 말은 핑계밖에 안 되겠지. 그런데 왜 정말 그런 바보 같은 짓을 저질렀는지 나도 잘 이해가 안 돼. 충동을 참을 수가 없었던 것 같아. 가쓰토, 정말 미안해."

도모히로는 내 앞에서 무릎을 꿇고 고개를 숙였다. 메트로놈 소리가 들려서 고우에게 몸을 넘겼지만 어째서인지 고우도 계속 무릎을 꿇고 있다.

"가쓰토, 그 몸은 네가 쓰도록 해. 스스로 내 몸을 불태워버린 이상 난 몸을 가질 자격이 없어. 지금은 고우에게 몸을 빌리고 있지만 고우가 더 이상 머리를 교환하기 싫다고 하면 그때는 나도 깨끗이……."

"아니, 됐어. 고개 들어, 도모히로. 고우나 너나 그렇게 쉽게 목숨을 버리려고 하지 마. 뭐 나도 이런 말을 할 처지는 못 되려나. 아무튼 정말 당황스럽기는 해도 어쨌든 넌 진심으로 날 도우려고 했어. 그리고 네가 황급히 천개를 훔친 건 언젠가 내가 경찰에 습격범에 대해 증언할 거라 예상했기 때문이야. 네 범행의 사후 공작과 병행해 넌 어떻게든 나를 살리려고 노력했어. 내 머리를 냅다 던져서 죽이는 게 더 나았을 텐데."

"내가 그런 짓을 할 리 없잖아!"

"그래. 그러니 난 널 비난하고 싶지 않아. 앞으로의 일들은 사법기관의 판단에 맡기려고 해. 네게 어떤 죄를 묻게 될지는 나도 잘 모르겠지만 시신 유기라고 해도 아직 아무도 죽지 않았잖아. 천개를 훔친 일은 범죄가 되려나. ……그러고 보니 네가 천개를 훔치러 갔을 때 그 안에 천개는 전부 있었어?"

"응. 예비품이 총 세 개 있는데 어느 것도 손을 댄 흔적이 없었어. 선반 바깥쪽이 깨끗하게 청소돼 있었지만 선반 안쪽에는 먼지가 쌓여 있었고."

그렇군. 좋은 정보다.

"자, 그럼."

나는 청중을 돌아보며 일단 한숨을 돌렸다.

"이로써 시신 유기범의 정체는 일단락된 것 같네요. 다음은 핵심인 습격범에 대해."

그러자 선배가 내 말을 가로막았다.

"자, 잠깐! 기다려! 난 아직 이해가 안 돼!"

"선배가 이해하고 못 하고는 이제 중요하지 않아요. 범인이 이미 자백했으니까요. 나머지는 경찰에 맡겨야죠."

"아니, 아직 거대한 모순이 남아 있잖아! 지문 말이야! 천 개를 훔친 녀석이 남겼다고 하는 그 지문은 관계자 중에 일치하는 사람이 없었어. 그럼 당연히 도모히로의 지문과도 일치하지 않는다는 뜻 아니야?"

제법 아픈 부분을 찔렸다. 되도록 그 부분은 언급하지 않은 채로 끝내고 싶었는데.

"글쎄요. 도모히로는 그때 잠적해 있었으니 도모히로의 지문과 대조할 수는 없지 않았나요?"

"아니. 경찰은 도모히로네 집에 가서 도모히로의 지문도 수집했다고 들었어."

"음……."

말문이 막혔다. 그 지문의 주인이 누군지는 알고 있다. 그러나 그걸 이 자리에서 밝혀도 될까. 사건의 본질과는 관련이 없을 텐데.

"헤헤. 논파 성공!"

선배는 히죽거리며 의기양양하게 미소 지었다. 나는 점점 화가 치밀기 시작했다. 습격범의 정체까지 앞으로 한 발짝 남았는데 이 선배는 자신의 호기심을 위해 흐름을 깨뜨리는 것으로 모자라 자각도 없이 타인의 중대한 비밀을 파헤치려 하고 있다.

"죄송해요, 기도 선배. 그것만은……."

도모히로는 어떻게든 넘겨 보려고 했지만 난 "됐어" 하고 도모히로를 제지했다.

"그렇게 궁금하시다면 알려 드리죠. 조금 전에는 일부러 말씀드리지 않았는데, 전 범인에게 습격당했을 때 발목을 세게 접질렸어요. 그러니 도모히로도 몸을 신사까지 옮길 때 꽤 고생했을 거예요. 많이 아팠을 테니까요. 동굴에 숨어 있을 때 도모히로가 가장 신경 썼던 건, 자기 몸이 실은 스이토 가쓰토의 몸인 게 밝혀지지 않게 하는 것이었어요. 하지만 저나 고우가 잠들 때는 어떻게든 몸을 빌려줘야 했죠. 그때 발목에 통증이 남아 있다면 가쓰토가 이 몸이 실은 자기 몸이라는 걸 눈치챌 수도 있다. 그러니 도모히로는 '대역'을 준비했던 거예요. 고우가 잠들어 있는 동안 저와 도모히로가 사용했던 몸은 저도 도모히로도 아닌 제삼자의 몸이었어요."

"뭐? 하지만 머리 교환은 나이 차가 한 살 미만인 사람들끼리만 할 수 있잖아?"

"맞아요. 그러니 필연적으로 이 섬에는 또 한 명, 그러니까 도모히로의 생일부터 1년 이내에 태어난 사람이 있다는 말이 돼요."

"뭐라고!"

그렇게 경악하며 소리친 사람은 고우도 선배도 아닌 선배의 아버지, 기도 원장이었다. 원장에게는 미안한 일이지만 여기까지 온 이상 이제 돌이킬 수 없다.

"미리 말씀드리면 이 부분의 추리는 전부 역산이에요. 전 도모히로의 새끼발가락을 확인하고 제 몸이 아직 살아 있음을 깨달았어요. 거기서부터 거슬러 올라가면 저희가 머리를 교환할 때 도모히로의 몸은 다른 누군가의 것을 빌렸다고 생각할 수밖에 없죠. 그러고 보니 짚이는 데가 있었어요. 이틀째 되던 날 밤 마을에서 돌아온 도모히로는 몸에서 비누 냄새가 났죠. 그때 도모히로가 동굴을 벗어난 시간은 고작 한 시간 정도였어요. 과연 그 시간에 목욕까지 하고 돌아올 수 있을지 의심스러웠고, 게다가 도모히로에게 처음 몸을 빌릴 때 전 도모히로의 몸에서 술 냄새가 풍긴다는 걸 깨달았죠. 도모히로는 억지로 술을 받아마셨다며 시치미를 뗐지만 실은 그때 그 몸은 저희와 나이 차가 거의 나지 않는데도 축젯날 밤에 술을 어느 정도 마신 사람의 것이었어요. 그리고 그런 사람을 전 딱 한 명 알고 있어요."

나는 기도 선배를 마주 보며 그의 얼굴을 손으로 가리켰다.

"바로 선배예요."

"……뭐?"

선배는 거의 10초 동안을 망연자실해 있었다.

"자, 잠깐. 난 술 같은 거 안 마셨는데?"

"그런 건 이제 와서 상관없어요. 문제는 선배의 나이에요."

"난 열여덟 살인데……."

"아뇨."

난 선배의 변명을 대번에 차단했다.

"선배는 며칠 전 생일에 막 열일곱 살이 됐어요. 학년으로 치면 고등학교 2학년이죠. 즉 선배의 나이는 정확히 한 살이 더해진 거예요. 저와 도모히로는 6월에 태어났으니 선배와 나이 차가 실제로는 8개월밖에 나지 않아요. 그러니 도모히로도 선배의 몸을 빌릴 수 있었고요. 그 밖에는 도모히로가 제 눈을 속일 방법이 없었으니 확실해요."

"뭐, 뭐? 아니, 잠깐만. 뭔가 착오가…… 있는 거겠지?"

선배는 당황하며 나와 자기 아버지의 얼굴을 번갈아 봤다. 기도 원장은 입을 꾹 다문 채 고개를 숙이고 있다.

"자, 시신을 유기한 이후 도모히로의 행동을 처음부터 찬찬히 되짚어 볼까요. 도모히로는 시신을 유기한 후 산책로에 갔어요. 아마 그 주변에 떨어져 있을 제 머리를 찾으러 갔겠죠. 하지만 비치하우스에서 저와 고우가 머리를 교환하는 모습을 보고 나서 도모히로는 황급히 되돌아갔어요. 저를 구하는 동시에 자신의 범행이 들통나지 않게 할 방법으로 선배의 몸을 빌리는 방법을 떠올린 거예요. 도모히로는 선배 집에 몰래 들어가 방 안에서 잠들어 있던 선배와 몸을 교환했어요. 위험한 도박이었지만 선배는 술을 마셔서 깊게 잠들어 있을 테니 제 몸과 바뀌어도 눈치채지 못할 거라 판단했겠죠. 그 후 도모히로는 선배의 몸으로 비치하우스에 돌아와 저희를 구했어요. 도모히로가 와 준 덕에 저희는 차례대로 눈을 붙였는데, 고우가 잠들어 있는 동안 도모히로는 느닷없이 고우를 깨우고 제 머리를 고우의 몸에 이어 붙인 후 자기 혼자 산을 내려가 버렸죠. 그때는 뒤통수를 맞았다고 생각해 화가 났지만, 지금 생각하면 도모히로는 그때 선배에게 몸을 돌려주러 갔던 거예요. 선배는 한 번 잠들면 누가 업어 가도 모를 만큼 깊이 잠드는 사람이지만, 그래도 제 몸에 머리가 붙어 있는 상태로 눈을 뜨게 할 수는 없었겠죠. 자, 여기서 천개가 있던 선반에 남은 지문 이야기로 돌아가자면, 그건 바로 선배 지문이었어요. 그러니 관계자들의 지문과 일치할 리 없죠. 천개를 훔칠 때 도모히로는 아직 선배의 몸을 빌린 상태였으니까요. 선배는 축제 전 창고를 청소했으니 창고 창틀에 남아 있던 지문도 아마 그때 묻었겠죠? 도모히로는 축제 다음 날 아침, 선배가 눈을 뜨기 전 산에서 내려가 천개를 훔친 후 선배에게 몸을 돌려주러 갔어요. 그리고 둘째 날 밤, 즉 어젯밤도 마찬가지예요. 도모히로는 어떤 구실을 들어 산을 두 번 내려갔는데, 그건 한밤중에 선배의 몸을 빌린 후 새벽이 되기 전에 돌려주기 위해서였어요. 그때는 발목이 이미 제법 나아진 상태였으니 필요하지 않았을지도 모르겠지만요.”

“아, 아니. 그런 건 됐고…… 그러니까 내 나이가…… 뭐라고?”

선배는 여전히 당황하고 있다.

“선배가 열일곱 살이라면 선배가 태어난 시점은 기도 원장님이 미국에 가 있던 시기와 겹치게 돼요. 아마 그 부근에 선배의 나이를 속인 이유도 있지 않을까요. 그 이상은 기도 집안의 사적 영역이니 억측만으로 따질 수는 없습니다.”

원장이 미국에 건너간 후 섬에 남은 원장 부인이 불륜을 저질러 선배를 임신했고 시기상 원장의 친아들이 아닌 것으로 밝혀진 게 아닐까. 이후 추문이 퍼지는 걸 두려워한 부부는 선배를 실제 나이보다 1년 빨리 태어난 것으로 했다.

즉, 원장이 아직 섬에 있는 기간에 생긴 아이로 만든 것이다. 불륜을 통해 생긴 아이라는 이유 외에 자식의 나이를 속여야 할 이유 같은 건 떠오르지도 않는다. 어쩌면 선배가 같은 학년에 쉽게 적응하지 못한 것도 다 나이 차에 따른 미묘한 발육 상태 차이 같은 게 영향을 끼쳤을지 모른다.

"아버지! 이게 대체 무슨 소리예요! 설명해 주세요!"

흥분하며 달려드는 아들을 기도 원장이 애써 말렸다.

"그만하자. 그 얘기는 나중에 집에 가서 엄마랑 같이 천천히 하고 싶구나. 그런데 꼭 한 가지 말하고 싶은 건 진실이 어떻든 네가 내 아들인 건 변함없다는 거야."

"뭐예요, 그게……. 말도 안 돼."

선배는 망연자실하게 그 자리에 주저앉았다. 그러니까 이 이야기는 일부러 언급하지 않고 넘어가려 했건만. 아무튼 이제는 기도 집안에서 자체적으로 해결할 문제다. 기도 원장 부부가 선배에게 어디까지 진실을 밝힐지도 외부인인 내가 관여해서는 안 된다.

"자, 그럼 이번에야말로 습격범의 정체를 밝혀 보고자 합니다."

기도 부자가 도장 한쪽 구석에서 소곤거리는 모습을 힐끗 한번 보고 나는 다시 청중들을 돌아봤다.

"우선 범인이 저를 습격한 동기부터. 이건 조금 전 제가 언급한, 고우가 어른들의 눈에 띄고 싶지 않았던 이유와도 관련이 있어요."

나는 가나 씨 사고에 대한 진실, 내가 고우로 오인받아 공격당한 것, 그리고 고우가 자살을 계획하고 있었다는 이야기를 설명했다. 고우의 사적인 부분을 공개하는 셈이지만 사건 규명을 위해서는 피할 수 없다.

가나 씨 사고의 진실에 대해 설명하자 청중들은 놀라서 고개를 드는 사람과 어색하게 눈길을 돌리는 사람으로 나뉘었다. 놀라는 이들은 전부 젊은 사람들이고, 연배가 있는 이들은 모두 사고의 진실을 알고 있는 듯했다.

"그렇군. 알아냈구나……."

다이치 옹이 깊숙이 한숨을 내쉬었다.

"고우. 우리는 6년 전 사고의 진실을 젊은 세대들에게는 전하지 않기로 굳게 약속했다. 그 진실이 너희에게 너무 고통스러울 거라고 생각했기 때문이야. 하지만 결국 진실을 깨달았을 때 네가 어떤 심정일지는 예상하지 못했어. 미안하구나, 고우. 이제는 가나가 마지막까지 널 걱정했다는 걸 알게 됐으니 앞으로 죽을 생각 같은 건 하지 말고 살았으면 한다."

"절 걱정하셨다면 이제 괜찮아요."

고우는 주저 없이 말했다. 겉으로는 아무렇지 않은 척하고 있지만 고우가 정말 다시 딛고 일어설 수 있을까. 6년 전 묻혀 버린 진실을 이제는 정면으로 마주 보고 천천히 극복해 갈 수밖에 없을 것이다.

"자, 고우 이야기는 여기까지예요. 하지만 저한테는 바로 지금부터가 중요합니다."

나는 도장에 모인 천개중들의 얼굴을 쭉 한 번 둘러봤다. 그리고 '범인은 바로 이 안에 있습니다'라고 말하려다가 부끄러워 그만두었다.

"전 아직 습격범의 이름은 몰라요. 하지만 어떡해야 습격범의 정체에 도달할 수 있는지는 깨달았죠. 도모히로의 자백으로 범인이 천개중분들 중에 있다는 게 판명됐어요. 도모히로가 천개를 훔치기 전까지 예비 천개를 누가 가져간 흔적이 없다는 건, 다시 말해 범인이 당시 뒤집어쓰고 있던 천개는 천개중들에게 한 개씩 지급된 천개라는 뜻이 되겠죠. 범인은 가구라덴 무대에서 자기 공연을 마치고 신사를 빠져나가 휴게소에서 절 습격한 후 곧장 다시 신사로 돌아가 폐막식까지 자리를 지켰을 거예요."

"그렇군. 용의자가 천개중으로 좁혀진 것만으로도 사건

해결에 가까워졌다고 할 수 있겠군."

자신 또한 용의자 후보에 포함된다는 걸 알면서도 다이치 옹은 느긋한 태도를 고수했다.

"그런데 머리 기예를 마치고 나서 우리는 각자 자유롭게 축제를 즐겼지. 그때 누가 신사를 빠져나갔는지까지는 우리도 파악하고 있지 않아."

"그런가요. 뭐 그래도 상관없어요. 제가 여러분께 여쭙고 싶은 건 축제가 열리는 동안이 아닌 폐막식 때 일이니까요."

나는 도모히로가 가져온 비디오카메라를 꺼내 작은 화면에 폐막식 영상을 틀었다.

"경찰에도 제출된 창고 발화 장면이에요. 자, 이걸 유심히 봐 주세요. '창고에서 연기가'라는 목소리가 들렸을 때 천개 중분들 중 오직 한 분만 반대쪽을 돌아본 분이 있어요. 맨 앞줄을 향해 오른쪽에서 네 번째, 계속 팔짱을 끼고 있는 남자죠."

"그래, 그건 나도 확인했지."

영상을 편집한 오사베 도모카즈가 대답했다.

"이상하다고는 생각했지만 그냥 뭔가 착각한 게 아닐까? 그게 그렇게 큰 문제야?"

"착각요? 관객들은 전부 창고 쪽을 바라보는데도요? 아뇨. 이건 착각 같은 게 아니에요. 영상을 보면 여러분은 폐막식 동안에도 서로 잡담을 나누는 것처럼 보여요. 즉, 얼굴이 보이지 않아도 목소리로 상대방이 누군지 알 수 있었을 거예요. 이분이 누군지 혹시 기억하시는 분 계시나요?"

"자리 순서가 처음부터 정해져 있었으니 간단히 밝혀지겠지만…… 저기가 다테바야시의 자리였나?"

도모카즈가 지목한 중년의 천개중이 고개를 끄덕였다.

"그래. 내가 그 옆자리에 있었어. 한두 마디 주고받았으니 확실해."

순식간에 모두의 시선이 도장 입구 근처에 있는 청년에게 쏠렸다. 창백한 얼굴로 정좌하고 있는 다테바야시는 긴장한 것처럼 움츠러들었다.

"저…… 제, 제가 뭐……?"

다테바야시 가즈나리. 동사무소에서 근무하는 남자다. 평범한 체격에 늘 혈색이 좋지 않아 보이는 20대 중반의 청년. 분명 가나 씨와 같은 세대일 것이다.

나는 다테바야시 앞으로 성큼성큼 다가가 그를 물끄러미 내려다봤다. 이제야 만났다.

"전 바로 이분이 범인이라고 생각합니다."

도장에 있던 사람들이 너나 할 것 없이 말문이 막혔다. 그

중 몇 명 정도 다테바야시와 나이가 엇비슷한 사람들의 얼굴에 경악과 동시에 왠지 납득하는 듯한 기색도 희미하게 비쳤다.

"그때 '창고에서 연기가'라는 말을 듣고 범인은 소스라치게 놀랐을 거예요. 범인의 계획에 방화는 없었을 테니까요. 천개중들은 모두 순간적으로 오른쪽 안쪽에 있는 창고를 돌아봤지만 다테바야시 씨는 왼쪽을 돌아봤죠. 그렇게 해야만 오른쪽 뒤에 있는 창고를 볼 수 있었으니까요. 즉, 그때 다테바야시 씨의 얼굴은 정면을 향해 있지 않았어요. 제 말이 맞죠?"

다테바야시는 대답하지 않았다. 대신 선배가 "어떻게 된 일이야?" 하고 물었다. 출생의 비밀에 대한 충격에서는 어느 정도 벗어난 듯하다.

"머리 기예 중에는 '사마의'라는 기술이 있어요. 머리를 회전시킨 상태로 고정하는 기술이죠. 그것과 원리가 같아요. 수탈의 묘한 특징 중 하나로 머리가 옆으로 돌아간 상태여도 머리가 몸에만 붙어 있으면 내부 조직에는 문제가 생기지 않아요. 그때 다테바야시 씨가 바로 그런 상태 아니었을까요? 다테바야시 씨의 머리는 계속 '사마의' 상태, 즉 마주 보고 왼쪽 뒤를 향한 상태로 몸에 붙어 있었던 거예요.

그리고 그런 상태로 창고를 보려면 몸을 보통 때와 반대로 틀어야 하죠. 그러고 보니 전 범인에게 습격당할 때 범인의 천개를 주먹으로 친 바 있어요. 대단한 반격은 아니었지만 혹시 그때 범인의 머리가 천개 안에서 휙 돌아가 사마의 상태가 돼 버린 게 아닐까. 천개는 밖에서 보면 어느 쪽이 정면인지 알 수 없으니 그럴 가능성도 충분하다고 판단했어요. 하지만 머리가 돌아갔다면 다시 원위치로 돌리면 그만 아닌가. 전 자문자답해 봤습니다. 그렇다면 범인에게는 혹시 머리를 원위치로 돌리지 못할 다른 이유가 있었던 게 아닐까…… 하고요. 이를테면 손을 쓸 수 없었다든지 같은. 영상 속에서 이 남자는 시종일관 팔짱을 끼고 있습니다. 혹시 이 팔짱에 어떤 의미가 있는 건 아닐까. 손을 다쳤나? 아니, 범인이 숨기고 싶어 하는 걸 보니 손에 범행을 입증할 뭔가가 묻어 있기라도 했나? 그러고 보니 그 휴게소에는 바닥에 페인트통이 몇 통 떨어져 있었어요. 범인과 몸싸움을 벌일 때 둘 중 누군가의 다리가 그 통을 걷어차서 넘어지는 소리가 났고, 이후 범인은 균형을 잃고 땅에 쓰러졌죠. 그래, 바로 이거다. 범인은 그때 바닥에 쏟아진 페인트에 손을 갖다 대 손바닥이나 손가락에 페인트가 묻은 게 아닐까? 그러니 범인은 마지막에 내 머리를 날릴 때도 머리를 손등으로 친게 아닐까? 거기에는 페인트가 묻어 있지 않았으니. 나중에 발견될 제 얼굴에 페인트가 묻어 있으면 범행 당시 범인의 손에도 페인트가 묻어 있었다는 게 밝혀지니까요. 범인이 머리 방향을 원래대로 돌리지 못한 이유도 마찬가지예요. 손을 쓰지 않고는 머리를 원위치로 돌릴 수 없다. 하지만 천개를 건드려 조금이라도 페인트가 천개에 묻으면 그 천개의 주인인 자신이 범행 현장에 있었다는 게 밝혀질 위험이 있다. 천개는 축제 이후 신사에 꼭 반납해야 하니까요. 그러니 범인은…… 즉 다테바야시 씨는 폐막식 내내 팔짱을 끼고 있었던 거예요. 신사에서 손을 씻으면 남의 눈에 띌 수도 있으니 못 씻었을 테고요."

다테바야시는 여전히 입을 꾹 다물고 있다. 대신해서 그를 변호하려는 사람도 없다.

"뭐 이 모든 게 제 억측이기는 해요. 그러나 확인하는 건 쉽죠. 모로즈미 씨. 다테바야시 씨를 조사해 주시겠어요? 만약 다테바야시 씨의 손에 페인트 흔적이 남아 있으면 그걸로 끝이고, 페인트 흔적이 없다면 당일 입고 있었던 유카타나 나막신 같은 곳에 어떤 흔적이 남아 있을 가능성이 충분……."

내 말이 미처 끝나기도 전에 갑자기 다테바야시가 튕겨

나가듯 몸을 벌떡 일으켰다. 반응이 한 박자 늦은 나는 다테바야시의 몸과 부딪혀 다다미에 엉덩방아를 찧었다.

"이 자식……!"

내가 일어서기 전에 다테바야시는 옆에 있는 엽총을 집어 들더니 익숙한 손놀림으로 총구를 고우에게 향했다.

"너 때문에……!"

그는 증오의 말을 내뱉고 단숨에 방아쇠를 당겼다. 지근거리에서 폭음이 울려 퍼지자 나는 볼썽사납게 또다시 고꾸라졌다. 황급히 고개를 들어서 고우의 이름을 외친다.

고우는 바닥에 주저앉은 채 입술을 파르르 떨고 있었다. 총알은 고우의 귀 바로 옆을 스쳐 등 뒤에 있는 벽에 박혔다.

고개를 돌리니 다테바야시는 총구에서 연기가 피어오르는 엽총을 겨눈 자세 그대로 멍하니 서 있었다. 모로즈미 씨가 재빨리 두툼한 손으로 총신을 움켜잡고 사선을 위로 젖힌다. 조금 전까지 도장 구석에 있던 모로즈미 씨가 언제 옆에 왔는지 전혀 눈치채지 못했다.

"멍청한 자식!"

다이치 옹의 날카로운 외침이 허공을 갈랐다. 노인은 성큼성큼 다테바야시에게 다가가 엽총을 빼앗고 다테바야시를 확 밀쳤다.

"뭐가 고우 때문이라는 거냐! 아무것도 모르는 주제에! 넌 가나가 왜 죽어야 했는지 한 번이라도 생각해 본 적 있느냐!"

응? 뭔가 말투가 묘하다.

다테바야시와 비슷한 또래인 젊은이들 사이에 당혹감이 번졌다. 그중 한 명이 조심스럽게 손을 들어 다이치 옹에게 물었다.

"저…… 그 말씀은 설마…… 그 소문이 사실이었던 건가요? 가나의 유서가 발견됐다는?"

"네? 유서요?"

순간 나도 당황했지만 다테바야시가 놀라는 정도에는 비할 바가 못 됐다.

"그, 그게 무슨 소리죠……? 유서라니……? 가나는 이 녀석 때문에, 사고로…….."

"아니, 그건 결과에 불과하다. 그날 가나는 왜 하필 그런 위험한 벼랑 끝에 서 있었을까? 그 아이는 처음부터 스스로 목숨을 끊을 마음으로 그곳에 향한 거야."

다이치 옹은 침을 튀기며 그날의 진실을 폭로했다.

당시 히메지 가나는 섬 또래 남자들의 마음을 사로잡고 있었다. 그중에는 과격한 팬도 있었고 특히 다테바야시는 가나를 평소에 스토킹한다는 소문이 돌았다.

사고가 일어난 걸 알게 된 마을 어른들은 가나가 당시 그곳에 있던 이유를 조사한 후 그녀의 집에서 유서처럼 보이는 문서를 발견했다. 글에는 자신을 돌봐준 친척과 동생에게 보내는 사과가 절절히 적혀 있었고, 자신의 죽음이 스토커 피해 때문이라는 내용도 있었다. 마을 남자 중 누군가가 집요하게 만나 달라면서 가나를 협박했고 가나는 그런 상황이 고통스러운 나머지 스스로 목숨을 끊으려 한 것이다. 마을 어른들은 가나의 친구들을 조사해 그의 정체와 그동안의 비열한 행동을 전부 밝혀냈지만, 결국 당사자에게도 미래가 있다는 걸 고려해 유서의 존재를 포함한 모든 진실을 은폐하기로 결정했다.

"그 사람이 누군지 넌 누구보다 잘 알고 있을 거다. 슬픈일이지만 그날 고우의 사고가 없었어도 가나는 목숨을 끊었겠지. 유서에는 동생에게 보내는 사과의 말이 길게 적혀있었어. 그토록 가족을 사랑했던 가나가 동생을 남기고 혼자 떠나야만 했던 거다. 그 아이를 그토록 궁지에 몰아넣은 사람이 누구지? 그 아이의 진짜 원수가 누구야? 응? 다테바야시!"

무서운 할아버지라고는 생각했지만 화를 내니 이토록 박

력 있을 줄 몰랐다. 당사자인 다테바야시도 노인의 질타에 압도돼 말문이 막혀 있다. 게다가 그의 눈앞에는 지금 처참하고 아이러니한 진실이 들이닥쳤다. 가나가 죽은 원인을 거슬러 가면 다테바야시 본인에게 귀결하는 것이다.

다테바야시는 맥없이 고개를 떨궜다. 어깨가 희미하게 떨리고 있다. 진정 비난받아야 하는 사람이 누구인지 이제는 깨달은 듯했다.

나는 고우에게 달려가 몸을 부축해 일으켰다.

"고우, 괜찮아?"

"으, 응……."

총알이 귀 옆을 스쳐 가는 바람에 놀라 쓰러지기는 했지만 고우와 도모히로는 여전히 머리를 착실히 교환하고 있었다. 이제는 완전히 익숙해 보인다.

"우린 정말 운이 좋았네."

다테바야시의 얼빠진 모습을 보며 고우가 조용히 중얼거렸다.

"내가 가쓰토를 발견한 것, 도모히로가 우리를 발견한 것, 그리고 가쓰토가 누나의 마지막 말을 들었던 것도 다 행운이었어. ……그런 바보 같은 짓을 저지른 나를 가쓰토가 외면하지 않은 것도."

"마지막 건 행운이 아니야. 다 내가 노력해서 그렇게 된 거라고."

"응. 정말 고마워. 그리고 모로즈미 씨가 이 자리에 있었던 것도."

"그래, 맞아."

그때, 등 뒤에서 또다시 총소리가 울려 퍼졌다.

"앗!"

내가 황급히 돌아봤을 때는 이미 누군가가 다다미 바닥에 털썩 쓰러진 뒤였다.

다테바야시였다. 그의 몸에서 떨어져 나간 머리가 도장 벽에 세차게 부딪혀 붉은 얼룩을 만들고 있다. 다테바야시는 엽총을 한 자루 더 가지고 있었고 그걸로 자기 머리를 쏜 듯했다. 이건 머리 기예 따위가 아닌 누가 봐도 자포자기한 범인의 자해였다.

갑작스러운 상황에 모두 어안이 벙벙해져서 움직이지 못했다. 하지만 나는 가슴 한구석에서 그의 심정이 왠지 이해되기도 했다. 가나의 죽음을 복수하려고 고우를 죽이려 했던 다테바야시. 그런 그에게 진짜 원인을 제공한 사람은 다름 아닌 자기 자신이라는 진실이 밝혀졌을 때 그가 느꼈을 절망감이 어느 정도일지는 상상도 되지 않는다.

다테바야시의 머리는 손상이 극심해 차마 눈 뜨고 볼 수 없었다. 그러고 보니 난 원래 범인을 죽이려고 했다. '범인이 죽어도 그렇게 속이 후련하지는 않아' 하고 과거의 나에게 가르쳐 주고 싶었다.

"꺄앗!"

그때 날카로운 절규가 터졌다. 그리고 고개를 돌린 내 눈앞에, 무시무시한 광경이 뛰어들어 왔다.

"모, 모로즈미 씨!"

모로즈미 씨의 거대한 손이 누군가의 머리를 움켜쥐고 있었다. 소방대의 일원으로 이 자리에 함께 있었던 청년 사와구치다. 모로즈미 씨가 사와구치의 머리를 떼어 낸……상황? 머리를 잃은 사와구치의 몸이 다다미 위에 풀썩 쓰러진다. 모로즈미 씨가 들고 있는 머리는 얼굴이 창백해진 채 이를 딱딱 부딪치고 있었다.

모로즈미 씨가 갑자기 고개를 돌려 나와 눈이 마주쳤다. 그의 두 눈이 새빨갛게 빛나는 것처럼 보이는 건 기분 탓일까. 나는 본능적으로 뒤로 물러나 비틀거리며 도장 반대편으로 도망쳤다.

등 뒤에서 잇달아 비명이 터졌다. 돌아보니 모로즈미 씨는 다른 청년의 머리를 뽑고 있었다. 무릎이 풀린 사람, 패닉에 빠져 도망치려는 사람, 과감하게 모로즈미 씨에게 덤벼드는 사람. 모로즈미 씨의 갑작스러운 폭거에 사람들의 반응은 제각각이었고 도장 안에서는 지옥도가 그려졌다.

"가, 가쓰토…… 대체 어떻게 된 거야?"

고우는 상석에 앉아 눈물을 글썽이며 떨고 있었다.

"나도 몰라. 모로즈미 씨가 갑자기 날뛰고 있다는 것밖에……."

"도망치자. 여기 있다가는 우리도 죽을 거야!"

"아니, 기다려. 도망치지 않아도 돼."

고우와 머리를 맞바꾼 도모히로가 냉정하게 그렇게 내뱉었다. 떨림도 어느새 잦아들어 있다.

"잘 봐. 모로즈미 씨는 지금 교환하고 있을 뿐이야."

"뭐?"

도모히로의 말을 듣고 모로즈미 씨 쪽으로 시선을 향했다. 모로즈미 씨보다 다테바야시가 벌떡 일어서 있는 모습이 먼저 눈에 들어왔다. 아니, 다테바야시가 아니다. 몸은 다테바야시지만 그 목 위에 달려 있는 건 조금 전 모로즈미 씨가 떼어 낸 사와구치의 머리다. 사와구치는 영문을 모르겠다는 얼굴로 주변을 두리번거리고 있다.

또다시 비명이 터졌다. 모로즈미 씨는 나이가 스무 살쯤 되는 청년의 머리를 오른손으로 뽑아 왼쪽 옆구리에 끼고 있던 머리 없는 몸통에 이어 붙였다.

순간 나는 가슴이 철렁해졌다.

"그렇구나. 이건 교환이 맞아……!"

"가쓰토, 그게 무슨 말이야?"

여전히 모로즈미 씨의 의도를 이해 못 한 고우에게 나는 빠르게 설명했다.

"모로즈미 씨는 지금 머리를 하나씩 밀어내고 있는 거야. 지금 다테바야시의 몸에 붙어 있는 건 사와구치 씨의 머리야. 사와구치 씨는 아마 다테바야시보다 한 살 어리겠지. 그러니 다테바야시의 몸에 머리를 이어 붙일 수 있어. 저것봐. 사와구치 씨의 몸에는 그보다 조금 더 어린 사람의 머리가 붙어 있잖아. 모로즈미 씨는 저런 식으로 약간 어린 사람들의 머리를 떼어 낸 후 연장자의 몸에 갈아 끼우고 있어. 순서대로."

"하, 하지만, 대체 왜……?"

"왜긴. 우리를 구하기 위해서지."

천개중인 아버지와 함께 있던 3학년 미야타 선배가 도장 현관문을 격렬히 두드리고 있다. 그러나 문은 열리지 않는다. 그 뒤로 모로즈미 씨의 두꺼운 손이 뻗어 왔다.

"으악!"

혼신의 절규와 함께 미야타 선배의 머리가 뽑히더니 고등학교 졸업생 선배의 몸에 붙었다.

"아까 다테바야시가 총으로 자기 머리를 날려서 자살하는 바람에 지금 이 도장에는 몸이 하나 남게 됐어. 나이 어린 상대와 머리를 계속 교환하다 보면 그 남은 몸의 나이를 낮출 수 있는 거야."

그렇다. 기도 선배가 열일곱 살로 판명되어 다테바야시부터 우리까지의 나이가 계단 순으로 이어진 것이다.

기도 선배는 정신없이 도장 안을 도망쳐 다니다가 결국 모로즈미 씨에게 붙잡혀 귀에 거슬리는 비명과 함께 머리가 뽑혔다. 모로즈미 씨는 그 머리를 미야타 선배의 몸에 이어 붙이더니 우리를 향해 손짓했다.

"가쓰토. 도모히로의 머리를 이쪽으로."

"네!"

도모히로의 머리가 기도 선배의 몸에 붙자 우리 셋은 사흘 만에 나란히 자기 다리로 일어설 수 있게 됐다. 물론 벌써부터 누구의 몸이 누구 것인지 헷갈리기 시작한다. 적어도 도모히로의 몸은 기도 선배의 것이지만 그 밖에 이어 붙일 수 있는 몸이 없으니 어쩔 수 없다.

나는 이제 더 이상 15초를 세지 않아도 된다는 안도감을 만끽하기로 했다.

소란은 조금씩 잦아들었지만 진짜 문제는 거기서부터였다.

모로즈미 씨의 행동은 결국 어쩔 수 없는 것으로 이해됐다. 우리를 구하려면 다테바야시의 몸을 시작으로 몸과 머리를 하나씩 밀어낼 수밖에 없었던 것이다. 그러나 여유롭게 그걸 설명하다가는 15초가 지나 버릴 수 있고, 15초가 지나면 머리 없는 몸은 죽어 버린다. 아니, 만약 설명할 시간이 있었더라도 우리를 위해 몸 교환을 허락할 사람이 과연 있었을까.

그러나 이렇게 한번 몸 교환이 이뤄지면 강제로 몸을 돌려 달라고 할 수도 없는 노릇이다. 그건 곧 죽으라는 말과 같은 뜻이기 때문이다. 결국 누군가가 강제로 몸을 바꿀 수밖에 없었고, 그것을 단행할 수 있는 배짱을 가진 사람이 함께 있었던 것이 우리에게 가장 큰 행운이 되었다.

주민들의 머리를 바꿔 끼웠다는 이야기는 도장 안에서만의 비밀로 하고 그 대신 적토도인들의 수탈에 대한 비밀을 발설하지 않고 사건을 처리하자는 거래가 마을 어른들과 모로즈미 씨 사이에서 이뤄졌다. 사건을 어떻게 처리할지에 대해 오랜 논의를 거쳤고 회의가 끝난 건 어느덧 하늘이 어두워질 무렵이었다.

그 이튿날에는 사건이 해결됐다는 뉴스가 TV에서 나왔다. 살인 사건 같은 건 없었고 모든 건 다테바야시의 자살 때문이었던 것으로 처리됐다. 시신에 머리가 없는 건 다테바야시가 엽총으로 이마를 쐈을 때 머리가 창고 창문 밖으로 날아가 바다에 떨어졌기 때문이라고 했다.

그러나 적토도 안에서만은 사건이 그렇게 마무리될 수 없었다. 다테바야시는 가나보다 두 살 선배로, 죽었을 때 나이가 스물여섯 살이었다. 거기서부터 열여섯 살인 도모히로에게 몸을 이어 붙이기 위해 모로즈미 씨는 무려 열세 명이나 되는 젊은이들의 몸을 교환했다. 그들 대다수가 다른 사람의 몸으로 살아가야 하는 상황에 난색을 표했다. 충분히 그럴 만하다.

그 후 섬의 젊은이들이 모여 몸을 어떻게 조정할지 논의했고 몇 명인가는 자기 몸을 되찾았다. 그러나 도모히로에게 몸을 줘 버린 선배처럼 아무리 궁리해도 자기 몸을 돌려받을 수 없는 사람도 있었다. 그들에게는 오사베 가문에서 거액의 사례금이 지급될 거라 했지만, 오랫동안 함께한 자기 몸을 포기하는 게 쉽게 돈으로 무마될 만한 문제는 아니다. 사건의 중심에 서 있다가 결국 내 몸을 되찾은 나는 조금 죄책감이 들었다.

부두에 파도가 몰아치고 짠내를 실은 물보라가 얼굴에 닿았다. 산과 마을에 어느덧 봄이 찾아왔지만 이 섬의 항구는 1년 내내 쌀쌀하다.

옆에서 다이치 옹이 헛기침을 했다. 도모히로가 "그냥 집에 계시지" 하고 조용히 핀잔을 주자 할아버지는 손자의 어깨를 툭툭 두드렸다. 그날 이후 친구의 몸을 훔치려 한 도모히로가 혹시나 오사베 가문에서 추방될까 봐 나는 내내 노심초사했다. 물론 사건 직후에는 호된 질책을 받고 근신했지만 그로부터 반년이 지나 밖을 돌아다니는 것 정도는 허락된 듯했다.

"세월 참 빠르군요. 그 뒤로 벌써 반년이라니."

모로즈미 씨가 섬을 돌아보며 나직이 중얼거렸다.

사건을 원만하게 수습한 최대 공로자는 바로 모로즈미 씨였다. 수사본부에 어디까지 진실이 알려졌는지는 알 수 없지만 적어도 공식적으로는 수탈의 비밀이 지켜졌다.

모로즈미 씨는 그 뒤로도 순경으로서 직무를 다하며 2년의 임기를 훌륭히 마쳤다. 그는 오늘 섬을 떠난다.

"자, 슬슬 시간이 됐습니다."

모로즈미 씨는 그렇게 말하고 트렁크 가방을 밀며 배로 이어지는 선제*에 발을 올렸다. 선제 끝에 있는 어선과 트렁크 가방도 모로즈미 씨 옆에 있어서 그런지 작아 보였다.

"이 섬에서의 경험을 살려 다음 부임지에서도 열심히 근무할 생각입니다. 물론 섬의 비밀에 대해서는 무덤까지 가져갈 테니 안심하십시오."

다이치 옹은 "잘 부탁하네" 하고 깊숙이 고개를 숙였다.

"그런데 배웅하러 나온 사람이 우리밖에 없는 건 좀 그러네."

고우의 말마따나 섬을 떠나는 모로즈미 씨를 배웅하러 나온 사람은 사건 관계자 몇 명뿐이었다. 그때 도장 안에 있었던 이들은 지금도 모로즈미 씨에게 트라우마를 안고 있다. 사건 이후 주민들 사이에서 모로즈미 씨를 따돌리는 분위기가 만들어진 건 그 덕분에 목숨을 건진 나로서는 안타까운 일이었다.

"어쩔 수 없지. 현지인들과 융화되지 못한 건 주재원으로

---

* 배에 오르내릴 때 끄는 사다리.

서의 내 역량 부족이기도 하니."

"아뇨. 겸손이 지나치세요."

나는 진심을 담아 그렇게 말했다.

"모로즈미 씨는 그때 도장에 있던 모든 이들의 나이를 전부 파악하고 있었어요. 아니, 심지어 생일까지 다 알고 있었을 거예요. 만약 몰랐다면 머리를 교환할 수도 없었을 테니까요. 그렇게 훌륭한 주재원은 이전에도 앞으로도 없을걸요."

"그게 내 일이니."

모로즈미 씨는 웃음기 없는 얼굴로 대답했다.

"평소부터 친하게 지냈다면 그렇게까지 패닉이 일어나지는 않았을지도 모르지."

옆에서 도모히로가 눈치 없이 끼어들었다.

"저도 중간부터 머리를 나이순으로 하나씩 밀어내고 있다는 걸 깨달았지만, 그런 걸 싹 다 잊어버릴 만큼 그때 모로즈미 씨의 모습은 무시무시했어요."

"맞아. 모로즈미 씨가 젊은 사람들의 머리를 뽑고, 던지고, 또 뽑고, 던지고…… 아니, 던지지는 않았지만 아무튼 정말 아비규환이었어. 지옥에서 온 귀신인 줄 알았다니까."

"어쩔 수 없지."

그렇게 말하는 모로즈미 씨의 얼굴에 미소가 떠올랐다. 처음 보는 그의 미소였다.

"난 귀신의 후예니까."

"또 그런 농담을."

모로즈미 씨를 태운 어선이 본토 쪽으로 사라져 가는 모습을 바라보며 나는 속으로 의심했다.

과연 모로즈미 씨가 농담 같은 걸 할 사람일까. 뭐 이제는 상관없는 일이지만.

신인 작가가 보여줄 수 있는
패기 넘치는 아이디어의 향연

요즘 들어 어디에서나 심심찮게 들을 수 있는 신조어 중에 '고인 물'이라는 단어가 있습니다. '고인 물은 썩는다'라는 격언에서 처음 유래한 표현답게 초기에는 '오래되어 활력이 없이 정체하거나 쇠퇴하는 상태, 또는 그런 집단에 속한 사람들을 일컫는 말'로써 주로 부정적인 의미로 쓰였지만, 최근 들어서는 용례가 조금 달라져 '어떤 분야에서 높은 경지에 이른 사람들을 경의의 의미를 담아서 부르는 말'로 긍정적인 뜻으로 사용되는 경우가 많아졌다고 합니다. 그리고 모든 문화, 예술 장르를 통틀어 아마 추리 소설만큼 '고인 물'이 많은 장르도 드물 것입니다. 재화의 제공자인 작가

는 물론 소비자인 독자들까지 모두 '고여 있는' 이 업계에서
는, 특히 업계에 처음 진입하는 신인 작가가 눈에 띄는 성과
를 올리려면 말 그대로 피나는 노력이 필요합니다. '나올 만
한 트릭은 전부 나왔다'라는 이야기가 농담이 아닌 것처럼
도는 곳인 만큼 웬만한 실력으로는 절대 눈 높은 그들을 만
족시킬 수 없기 때문입니다. 그중 전 세계에서 손꼽을 정도
로 추리 장르가 사랑받으며 탄탄하게 뿌리 내린 일본 미스
터리 소설계에서는 2010년대 후반쯤부터 아주 독특한 움
직임이 눈에 띄기 시작했습니다. 새파란 신인 작가들이 업
계의 수많은 '고인 물' 선배 작가들을 누르고 각종 추리 관
련 문학상을 수상할 뿐만 아니라 그해 가장 뛰어난 작품을
고르는 순위에도 당당히 이름을 올리는 사례들이 속출한
것입니다. 그중에는 유독 '특수 설정 미스터리'라는 이름으
로 불리는 작품들이 많았는데 SF, 판타지 장르의 요소와 설
정을 논리적인 미스터리와 융합한 추리 소설의 세부 형식
을 일컫고, 이 형식에서 무엇보다 필수적인 것이 바로 기발
한 아이디어입니다. 즉, 얼마나 놀랍고 기발한 발상을 작품
속에 녹여냈느냐에 따라 신인 작가도 충분히 '고인 물' 선배
들과 경쟁하는 동시에 독자들에게도 주목받을 수 있는 무
대가 만들어진 것입니다. 그리고 2021년, 그런 아이디어

하나로 수많은 이들의 감탄과 찬사를 자아낸 작품이 있습니다. 바로 이 작품 사카키바야시 메이의 데뷔작 『15초 후에 죽는다』입니다.

과장을 조금 섞어 말하자면, 저는 이 책의 책장을 처음 펼친 지 15초도 되지 않아 작품의 설정에 반하게 됐습니다. 그리고 읽은 지 15분 후에는 작품의 재미를 확신했고, 15시간 후에는 앞으로 읽을 분량이 얼마 남지 않은 상황을 아쉬워했으며, 책을 다 읽은 15일 후에는 이 작품이 가진 의의와 이런 신인 작가가 계속해서 배출되는 일본 미스터리의 저력을 곱씹으며 국내 독자들에게도 소개해 함께 즐기고 싶다고 생각했습니다. 『15초 후에 죽는다』는 제목 그대로 15초 후에 죽음을 앞둔 네 가지 상황 속에서 벌어지는 피해자와 범인의 치열한 두뇌 싸움을 그린 작품입니다. '지금 내 눈앞에 총알이 허공에 떠올라 있다'라는 도발적인 문장으로 시작하는 표제작 「15초」는 주인공이 총에 맞은 후 죽기 전까지의 15초 동안을 다룹니다. 죽기 전 마지막으로 범인 고발과 반격을 꾀하는 주인공과 완전범죄를 꿈꾸는 범인의 대결이 마치 스톱모션 애니메이션처럼 머릿속에 선명하게 그려지는 것이 특징입니다. 두 번째 단편 「이다음에 충격적인 결말이」는 시청자 참여형 추리 퀴즈 드라마 속 엔딩에서 여주인공의 '15초 후의 느닷없는 죽음'에 대해 드라마를 보며 추리하는 독특한 구성과 후반부의 연이은 반전이 백미인 작품이고, 다른 수록작과 사뭇 다른 몽환적이고 아스라한 분위기의 세 번째 단편 「불면증」은 15초 후의 교통사고로 인한 죽음이 반복되는 기억에 대한 수수께끼를 다룬 여운이 남는 이야기입니다. 마지막 단편 「머리가 잘려도 죽지 않는 우리의 머리 없는 살인 사건」은 일단 독특한 설정 자체로 시선을 사로잡을 뿐만 아니라 추리 소설로서의 재미도 놓치지 않으며 결국 두 마리 토끼를 다 잡으려 시도한 작가의 도전 정신이 듬뿍 느껴지는 작품입니다. 수많은 연작 단편집의 홍수 속에서도 이 책 『15초 후에 죽는다』가 유독 눈에 띄는 건, 이렇듯 '15초 후에 죽는다'라는 공통적인 '상황'만으로 단편들을 하나로 엮어낸 이 작품만의 보기 드문 특징 덕분일 것입니다. 전체를 관통하는 설정을 고수하기 위해 필요한 기발한 발상과 아이디어가 특수 설정 미스터리라는 형식 속에서 젊은 신인 작가의 패기와 맞물려 훌륭한 시너지 효과를 낸 사례라고 할 수 있습니다. 그것을 증명하듯 이 작품은 추리 소설 출판으로 유서 깊은 도쿄소겐샤 출판사의 '미스터리즈! 신인상'에 선정됐고, 표제작인「15초」는 우리나라에서도 유명한 일본의 인기 드라마 시리즈「기묘한 이야기」의 에피소드 중 하나로 만들어지기도 했습니다.

　작가 사카키바야시 메이는『15초 후에 죽는다』출간 후 내놓은 에세이에서 가장 존경하고 좋아하는 작가로 엘러리 퀸을 꼽았습니다. 특히 표제작인「15초」는 엘러리 퀸의 모 대표작 속에서 범인이 총의 방아쇠를 당기기 전까지의 몇 초 동안에 피해자가 다잉 메시지를 남기는 장면을 보며 '죽음을 앞둔 불과 몇 초 사이에 이 피해자의 머릿속에서는 대체 어떤 식으로 사고 회로가 돌아갔을까?'라고 상상한 것이 이야기의 시초가 되었다고 합니다. 표제작도 훌륭하지만, 특히 제가 이 책을 읽으며 무엇보다 작가가 엘러리 퀸의 영향을 짙게 받았다고 느낀 작품은 바로 네 번째 수록작 「머리가 잘려도 죽지 않는 우리의 머리 없는 살인 사건」입니다. 이 작품은 제목부터 시작해 설정 자체가 너무도 압권이라 '혹시 설정만으로 승부하는 작품이 아닐까?'라고 다소 걱정하면서 읽기 시작했는데, 작품 후반부부터 탐정 캐릭터가 선보이는 노도와도 같은 추론 제시와 해설을 읽으며 모든 게 기우였음을 깨달았습니다. 그리고 이런 기발한 설정

속에도 엘러리 퀸을 향한 경의가 듬뿍 느껴지는 꼼꼼한 복선 회수와 논리적인 로직 추리를 녹여낸 작가의 패기와 실력을 보며 책장을 펼친 지 얼마 되지 않아 작품에 푹 빠져 이 책을 끝까지 읽은 제 선택을 후회하지 않게 됐습니다. 평소 일본 미스터리 중에서도 특히 젊은 신인 작가의 데뷔작을 읽고 번역할 때면 자연스럽게 작가가 앞으로 보여 줄 행보를 상상하곤 합니다. 여러분과 함께 새로이 지켜보게 될 이 1989년생 신인 작가의 미래는 어떨까요. 앞으로도 작가가 차근차근 경험과 실력을 쌓아 가며 이런 수준의 작품을 꾸준히 내놓는 한 아마 15년 후에는, 아니 어쩌면 그보다 조금 더 일찍 당당히 '고인 물' 반열에 들 수 있지 않을까 조심스럽게 예측해 봅니다.

2022년 여름
이연승

15초 후에 죽는다

1판 1쇄 인쇄 2022년 8월 30일 | **1판 1쇄 발행** 2022년 9월 20일

지은이 사카키바야시 메이 | **옮긴이** 이연승

책임편집 민현주 | **디자인** 박진범 | **제작** 송승욱 | **발행인** 송호준

발행처 블루홀식스 | **출판등록** 2016년 4월 5일 제2016-000100호
주소 경기도 파주시 회동길 483-1 | 전화 (031)955-9777 | 팩스 (031)955-9779
이메일 blueholesix@naver.com

ISBN 979-11-89571-80-1 (03830) | **정가** 16,800원

인스타그램 @blueholesix | **유튜브** blueholesix

네이버스토어
PC http://smartstore.naver.com/blueholesix
MOBILE m.smartstore.naver.com/blueholesix